울고 웃고,
사랑하며 살며

주형후 수필집

울고 웃고, 사랑하며 살며

초판 1쇄 인쇄일	2020년 1월 10일
초판 1쇄 발행일	2020년 1월 16일
지은이	주형후
펴낸이	최길주
펴낸곳	도서출판 BG북갤러리
등록일자	2003년 11월 5일(제318-2003-000130호)
주소	서울시 영등포구 국회대로72길 6, 405호(여의도동, 아크로폴리스)
전화	02)761-7005(代)
팩스	02)761-7995
홈페이지	http://www.bookgallery.co.kr
E-mail	cgjpower@hanmail.net

ⓒ 주형후, 2020

ISBN 978-89-6495-155-2 03810

이 도서의 국립중앙도서관 출판시도서목록(CIP)은 e-CIP홈페이지(http://www.nl.go.kr/ecip)
와 국가자료공동목록시스템(http://www.nl.go.kr/kolisnet)에서 이용하실 수 있습니다.
(CIP제어번호 : CIP2020000138)

주형후 수필집

울고 웃고, 사랑하며 살며

BG 북갤러리

읽기 쉽고 편하여 공감이 가는 글

모든 사람들은 나름대로 인생을 살다 보면 골곡 많고 사연 많은 한 편의 드라마 같은 삶을 살아갑니다. 그래서 사람들은 무엇인가 쓰고 싶고 남기고 싶은 이야기들이 많아 책을 내고 싶지만 대단한 용기와 아울러 오랜 준비와 많은 자료가 없이는 불가능하기 때문에 그러지 못합니다. 이런 면에서 저자가 이번에 《울고 웃고, 사랑하며 살며》의 책을 출간함을 무엇보다 축하합니다.

더구나 저자는 지금부터 50년 전인 1968년도 초등학교 6학년 때 내가 담임으로 사제지간의 인연을 맺으며 지금까지 그 관계를 이어온 사람으로서 더욱 반갑고, 기쁘고, 자랑스러워 다른 사람들보다 더 마음 깊이 축하를 합니다.

저자는 어린 초등학교 시절 매사에 예의 바르고 주관이 뚜렷한 학생이었으며, 특히 의리가 매우 강한 사람으로 기억됩니다. 옛날이나 물질문명이 고도로 발달한 현대사회나 예와 의는 모든 사람이 지켜야 할 기본 도리입니다. 어렸을 때부터의 그런 품성을 갖추었기 때문에 사업가로서 큰 성공을 거두었으며 이 책의 여러 곳에서 그러한 생활모습이 잘 나타나 있습니다.

　내가 사범학교를 졸업하고 처음 교단에 나갈 때 존경하는 선생님을 찾아뵙고 "어떻게 학생들을 가르치는 것이 잘 가르치는 것입니까?" 말씀드리니 "쉽게 가르치는 것이 잘 가르치는 것이다"라고 말씀하셨습니다. 그런데 사실 쉽게 가르친다는 것은 매우 어려운 것입니다. 이러한 생각으로 《울고 웃고, 사랑하며 살며》를 읽어보니 글을 읽기가 쉽고 편하여 저자의 쓰고자 하는 뜻이 잘 이해가 되고 나도 공감이 가니 그 내용이 흥미 있고 재미있을 수밖에 없습니다. 그러니 한편의 내용을 읽으면 마치 소설을 읽는 것처럼 다음은 어떤 이야기가 펼쳐질까 궁금하여 저절로 책장이 넘어가지 않을 수 없었습니다.

　이렇게 좋은 글을 쓸 수 있는 것은 저자가 지금까지 사업을 하면서 겪은 어려운 시련과 고통을 이겨내며 우리의 삶을 깊이 있게 성찰하고 남을 존중하고 배려하는 타고난 품성에서 비롯되었다고 생각됩니다.

　다시 한 번 《웃고 울고, 사랑하며 살며》의 출간을 무한 축하하며 이 책을 읽는 모든 이에게 저자가 바라는 대로 삶에 도움이 되고 입가에 늘 미소가 머물기를 바랍니다. 그리고 저자에게는 더 좋은 제2편의 책을 기대해 봅니다.

2019년 12월 23일
전 목천고등학교 교장 **한면우**

서민들의 삶과 철학이 잘 살아있는 수필

톨스토이는 《사람은 무엇으로 사는가?》라는 작품 속에서 "우리가 살아가는 데 꼭 필요한 것이 사랑"으로 사람들의 세상살이가 어려울 때일수록 사랑만이 사람을 사람답게 하고, 어려움을 극복하게 하는 매개체임을 밝혔다. 성경에서도 사랑의 중요함을 여러 곳에서 밝히며, 그 본질이 '오래 참는 것'이라고 밝히고 있다. 그런데 이 《울고 웃고, 사랑하며 살며》 속에는 오랫동안 참고 견디어온 본인의 철학이 꾸밈없이 그대로 잘 나타나 있다. 그 속에는 동년배 유년기의 비참한 생활실상과 가부장적인 사회 환경과 우리나라의 헐벗은 산하를 잘 그려서 오히려 조국을 빛나게 한다.

또한, "누구나 천국에 들어가려면 어린이의 순진한 마음을 갖지 않으면 안 된다"고 여러 사상가들과 유명한 책들은 밝히고 있는데, 이 책 속에는 필자의 지내온 어린 시절의 어려운 서민들의 삶과 철학이 천진난만한 생각과 행동으로 절절히 잘 살아있다. 그래서 이 책을 읽게 되면 엷은 미소와 강렬한 동료적 의식이 살아나서, 우리의 과거를 돌아보게 해주며, 어떤 곳에서는 시원한 카타르시스를, 어떤 곳에서는 안타까움과 깊은 인간애가 흘러넘치는 것을 느끼게 된다.

그래서 과거의 기록을 정리하고 싶은 사람이나 소년기의 어려움을 극복하고 성공한 사람은 이 책을 읽고 다시 한 번 사랑과 삶과 웃음과 울음을 재음미했으면 하고 간절히 권한다. 또한 누구든지 자기에게만 중요한 의미를 갖는 작은 사건들을 재해석하며 정리하길 바라서 일독을 권한다.

2019년 12월 10일

한국교원대학교 명예교수 지리학박사 **주경식** 근배

때로는 가슴이 찡하고,
때로는 함빡 웃음 짓게 하는 따뜻한 이야기들!

저자는 나의 초등학교 친구다. 그러나 조용한 어린 시절을 보낸 나는, 친구와 한동네에 살았지만 친구에 대해 그다지 알지 못했던 것 같다. 초등학교 5학년 때인가, 그의 형이 월남전에 파병되었다가 제대하면서 가져온 물품들을 부러워하고, 그의 집에서 달콤한 것들을 함께 먹었던 기억이 난다.

친구가 수필집을 낸다고 하였다. 단숨에 읽고는 깜짝 놀랐다. 그의 삶을 담담하게 털어놓은 글들을 읽으면서, 글 솜씨에도 놀랐고, 그의 삶에 대한 통찰 또한 놀라웠다. 똑 같은 삶을 살면서도 생각 없이 살아가는 이들에게, '이렇게 사는 것도 좋지 않습니까?' 하면서 조용히 말을 건넨다. 내 생각과 마음을 흔들어놓는다.

지나간 시대의 향수를 구수한 옛 언어로 들려주는 그의 이야기는 읽는 이의 마음을 평온하게 감싸며 미소 짓게 한다. 또한 세상 사람들의 각박함에 대해서 부드럽고 젊잖게 드러내 보여줌으로써 우리로 하여

금 우리의 주변사람들을 다시 돌아보게 만든다.

따뜻한 시선으로 삶과 사람을 바라보면서도, 해학을 잃지 않고 긍정적으로 헤쳐 가며 살아온 삶에 대한 진솔한 고백을 읽으며, 때로는 가슴이 뭉클해짐을 느꼈다. 방송에 글을 썼다는 이야기는 들은 적이 있었지만, 이렇게 좋은 글들을, 그렇게 오랜 동안 써왔다는 사실이 놀라웠다.

독자들은 그의 글을 통해 그의 삶과 가족, 친구, 이웃들과의 관계에 대한 재미있고 의미 있는 에피소드들을 듣게 된다. 그러나 이 책의 더 좋은 점은 그의 이야기들을 통해 우리의 삶, 우리의 가족과 친구와 이웃들에 새롭게 인식하고 바라볼 수 있게 하는 깨달음까지 준다는 점이다. 단순히 한 사람의 인생 이야기가 아니라, 시대를 보여주고, 시대를 살아가는 사람들의 행태의 뒷면을 뒤집어 보여준다. 가볍게, 편안한 마음으로 읽어내려 갈 수 있으면서도, 그 무게감에 가끔씩 멈춰 자신을 성찰하게 한다는 점은 이 책이 우리에게 주는 덤이다.

이 책을 통해 친구를 새롭게 알게 되어 기쁘고, 여러 이야기들을 통해 나의 삶에 대해 다시 생각할 수 있게 되어 감사하고, 또한 때로 힘들었지만 멋지게 살아온 그의 인생을 부러워하며 축하하고 싶다.

평택대학교 국제무역행정학과 교수 **박승용**

글을 쓰며

사람들에게 자기 인생은 자꾸만 꼬이지만 남의 인생은 모두 쉬워 보인다. 남의 인생은 사업도 잘 되고, 가정도 순탄하고, 자녀도 별 탈 없이 공부도 잘하며 취업도 잘하는 것처럼 보인다. 우리 모두는 그렇게 따라하고 싶어 한다. 과연 그럴까? 천석꾼은 천 가지 걱정이고 만석꾼은 만 가지 걱정이 있다. 세상만사가 자기 뜻대로 마음대로는 되지 않는다. 항상 행복과 불행은 공존한다. 신은 불행을 먼저 보내 시험에 들게 한 후 행복을 보낸다.

나와 한 이불을 덮는 가장 가까운 사람을 내가 사랑하지 않는다면 도대체 이 세상 어느 누가 나의 분신을 사랑해 줄 것인가. 자꾸 사랑도 해 버릇해야 한다. 공부도 해본 사람이 잘한다. 왜? 경험이 축적되기 때문이다. 사랑이나 연애도 해본 사람이 잘하고, 실패도 자주 해본 사람만이 성공을 하기 쉬우며, 책도 읽어본 사람만이 자주 읽고 한 가지라도 깨우친다.

나만 운전을 잘한다고 무사고가 되는 것은 아니다. 가만히 있어도 다른 차가 사고를 만든다. 인생의 길도 자기 생각대로 느낌이나 감정대로 행동할 수만은 없는 것이다. 가만있어도 주위 환경에 의해 바뀐다. 그래도 사고를 덜 내려면 수많은 독서와 훈련, 선배들의 조언이 필요하므로 혼자보다는 여럿의 감정이 포함되어야만 외로움과 괴로움을 덜 수 있을 것이다.

인생의 길에는 어찌 살아야 한다는 교과서나 법칙이 없다. 이렇게 살아도 후회하고 저렇게 살아도 후회한다. 여러 사람 가는 길이 꼭 옳지만은 않다. 스스로 깨우치고 스스로 나침판을 보며 스스로 방향을 잡아야만 한다. 이 책을 읽고 우리 사회의 외롭고 어렵고 힘든 이들에게 조금이나마 보탬이 된다면 나로서는 과분한 일이다.

우리는 성공했다는 사람을 흔히 본다. 그런데 경제적인 면만을 보고 말하는 것 같다. 그렇다면 성공이란 무엇인가. 그 사람이 어떤 분야에서 없어서는 안 되는 사람으로 자리매김할 때 그를 성공한 사람이라 할 수 있을 것이다. 그래서 사람들은 책을 읽고 조언을 들으며, 인생의 성공 길을 찾는 것이리라. 자전거는 달려야 넘어지지 않는 것처럼 계속 매진하는 사람만이 넘어지지 않고 성공에 이를 것이다.

이 글을 쓰면서 생각한 것이 누군가에게 도움이 되고 입가에 미소가 머물 수 있는 책이 된다면 나는 더없이 기쁘게 박수를 칠 것이며, 한 마디라도 조언이 되어 줄 수 있다면 더 이상 바랄 것이 없을 것이다.

2019년 10월

주형후

/ 차례

제1장 그리운 그때 그 시절, 그래도 그립다

제2장 소중한 나의 사랑하는 가족

제3장 사는 게 다 그렇지 뭐!

제4장 더불어 사는 사회

제5장 제 생각은 이렇습니다

제1장

그리운 그때 그 시절, 그래도 그립다

이상한 물음

이제껏 살면서 이해 못하는 말들이 있었다. 내가 어렸을 때 어른들의 하시는 말씀을 들어보면 "해가 많이 길어졌어요"라는 말이다. 그런데 나는 해가 길어지는 것을 볼 수 없었다. 구름 낀 날이나 비 오는 날이 아니라면 해는 항상 볼 수 있는데 그 해가 점점 길게 커지는 것을 난 못 느끼는데도 사람들은 해가 길어졌다고 하는 것이다.

'거참 이상하다.'

내가 잘 모르는 곳으로 해가 길어졌는가 싶어서 어른께 물었다.

"아저씨, 해가 어느 쪽으로 길어졌어요?"

하늘의 해를 가리키면 대부분의 어른들은 의아해 하다가 "이놈아, 네가 커서 철들면 알게 돼"라고 하신다.

그런가? 아직까지도 철은 들지 않았어도 그 말을 이해하기에는 나이가 한참 지난 초등학교 6년 자연 시간이지만, 당시는 거짓말이라고 생각했다.

내가 어렸을 때 어른들이 하시는 말씀 중에 "아이고 그 참 시원하네" 라고 하는 말인데, 이 말은 뜨거운 국을 마시며 자주 했다. 그런데 뜨거운 국을 먹으며 시원하다고 하는 그 말이 나로서는 도저히 이해 불가였다. 시원하다는 것은 뜨겁거나 덥지 않고 서늘하거나 산뜻할 때 쓰는 말인 듯한데, 나로서는 생각하기 힘들었다.

'왜 뜨거운 것을 시원하다고 할까?'

그 말뜻 역시 시간이 흐른 후에야 비로소 알게 되었지만, 당시에는 상대가 이상하거나 거짓말을 하는 것이라고 느꼈다.

음식을 맛있게 먹고는 "짜지도, 맵지도, 아주 담백하고 입에 너무너무 착 맞아요" 한다.

'그냥 맛이 아주 산뜻하니 좋다' 하면 될 걸, '단짠신쓴'이 아니고 무슨 담백, 황홀, 너무너무를 외치나? 차라리 '이런 맛은 난생 처음이다' 하면 되지.

제대로 뭘 모르는 상황에서 형수가 생겼다. 시집 온지 얼마쯤 지냈을까. 어머니와 형수가 하는 말씀 중에 잊히지 않는 것이 "애가 섰다"는 것이다. 아니 우리 집에서 애라고 불리는 사람은 나밖에 없고 나는 잠잘 때만 눕고 항상 움직이며 돌아다니는데 나를 서있다고 하는 것이 이상했다. 그런데 그 말은 다른 사람들도 종종했다.

별 이상한 말들을 한다 싶어 형수에게 물어보면 형수는 언제나 빙긋이 웃기만할 뿐 별다른 설명이나 말이 없었다. 그런데 그 말이 애를 가졌다는 말로 알기까지는 상당한 시간이 흐른 뒤였다.

멸치와 추석

추석이 다가온다. 모두들 예쁘게 치장하고 손에는 꾸러미의 선물을 들고 목적지를 찾아 나서겠지만 예로부터 전해 내려오는 그 추석이 나에게는 어떤 사연을 떠오르게 한다.

추석을 한 달 여 앞둔 어느 날, 아버지는 장에서 멸치 한 포대를 사오셨다. 이 멸치는 추석날에 탕국에도 들어가고 손님들이 모이면 나오는 음식에 골고루 섞여서 맛을 낼 것이다. 어머니는 누런 포대 종이로 만든 봉지의 입을 묶은 끈을 풀어서 열어 보셨고, 우리는 빙 둘러 엎드린 채 어머니의 손에 쥐어져 나오는 물체를 구경하려고 기다렸다. 그 기다림의 기대 속에는 우리가 벌써 그 속의 내용물이 무어라는 것을 알고 있었고 그것을 먹어 볼 수가 있다는 점이었다. 이윽고 한 줌을 쥐어 내신 어머니의 손에는 누리 붉은 멸치가 한 움큼 쥐어져 있었고, 그것들은 우리들 손에 몇 개씩 건네졌다. 나는 내 손바닥의 멸치를 헤아려 보았다. 하나, 둘, 셋, 넷, 다섯, 나에게 배당된 멸치는 모두 다섯 마리로 어떤 것은 내 작은 손가락만 했고 어떤 것은 그보다 작으며, 똑바른 것에서 꼬부라진 것, 머리가 없는 것도 있었다. 그것을 야금야금 씹어 먹으니 그 두메산골에서 고구마 밥으로 허기를 때우던 시절에 먹은 그 멸치 맛은 도저히 잊지 못한다.

어머니는 탕기에 멸치를 조금 덜어 내고 포대 주둥이 입구를 단단히 묶어 벽장 속에 넣어두고 탕기를 들고 부엌으로 나가셨다. 아마 오늘 저녁은 저 멸치를 넣어서 끓인 아주 맛있는 시래기 국을 먹을 수 있을 것이다.

그런데 이 멸치를 넣어두는 벽장이 참으로 묘한 곳이다. 이 벽장은 안방에 나의 키 정도 높이로 부엌 쪽으로 돌출되게 나 있었는데 이것을 부엌 쪽에서 보면 가마솥단지가 있는 부뚜막 위쪽으로 튀어나오게 길게 되어 있어서 나무로 밥을 지을 때마다 따뜻함이 밀려오니 안의 물건들은 항상 뽀송뽀송했다. 나무로 틀을 만들고, 수숫대를 엮은 발을 나무에 고정시키고, 그곳에 찰흙을 양쪽에 발라서 만든 일종의 창고이다. 이곳에는 내가 처음 보는 신기한 것이 더러 있었다. 쇠라고 불리는 아버지의 귀중품인 나침판과 보루담배, 잎담배가 있고, 골패라고 하는 손가락 한 마디만한 놀이 기구가 있으며, 숯불을 담아서 쓰는 다리미가 있고, 각종 문서들과 잘 쓰지 않는 작은 잡다한 물건들이 이곳에 모두 들어있다. 당시에 나는 어렸기 때문에 이곳의 물건을 구경하려면 윗목의 개어 놓은 이불과 요를 갖다 쌓아 놓고 그 위에 올라서서야 안의 내용물을 볼 수 있었다.

어느 날 학교에서 돌아온 나는 집 안에 아무도 없는 것을 확인하고 멸치 포대가 들어있는 벽장문을 열었다. 몇 마리를 빼먹기 위해서였다. 그런데 그 포대 옆에 굵고 큰 멸치 1마리가 떨어져 있는 것이었다. 나는 이상한 기분이 들었다. '거참 어쩐 일일까? 어머니는 절대 음식 물을 흘리거나 버리지 않으시는데' 하다가 나는 '이게 웬 횡재인가' 하며 그 멸치를 '짭짭' 맛나게 씹어 먹었다. 한참을 씹어 고소한 맛의 멸치 가루가 퍼져 입안에 침이 가득해지면 '꿀꺽' 삼켰다.

이렇게 먹고 나서 생각하니 아무래도 무언가가 이상하여 나는 멸치 포대를 이리저리 세밀히 살펴보았다. 포대 주둥이는 분명 어머니가 매 놓은 대로 튼튼하게 두 번 묶여 있는데, 밑쪽에는 내 손가락 3개가 들어갈 정도의 구멍이 있고, 그곳은 누군가가 벌써 빼 먹은 듯 약간 안쪽으로, 눅눅한 멸치가 엉키어 들어 있었다. 나도 손가락을 넣어서 몇 개씩을 빼 내 한주먹 정도를 주머니에 넣고 얼른 밖으로 나와서 아주 맛있게 우물우물 먹으며 날이 어둡도록 아이들과 놀다가 집에 들어갔다.

이처럼 하루나 이틀에 한 번씩을 빼 먹었는데 나만 빼 먹었으면 얼마 줄지 않았겠지만, 형제 몇 명이 모두 그렇게 하였으니 그 멸치는 얼마 가지 않아서 바닥만 남게 되었고, 손가락이 드나들던 구멍은 주먹이 드나들 정도로 커져 있었다.

드디어 추석 전날 어머니께서 음식을 준비하려고 멸치 포대의 묶은 끈을 푸는데 이 포대가 푹 쭈그러드는 것이었다. 어머니는 이상하다는 생각에 포대를 열어보니 그 많던 멸치가 거의가 모두 어디로 가고, 포대의 머리 부분, 즉 끈을 묶는 근처에 뭉쳐있던 멸치 덩이만 포대 바닥으로 '툭' 떨어졌던 것이니, 어머니인들 기겁을 하지 않을 수 없으셨을 것이다.

곧 집안에 비상이 걸리고 범인을 색출하니 다른 사람은 모두 안 했다고 변명을 하므로, 학교에 가 있는 형과 나만이 범인으로 지목되지 않을 수 없었다.

그날, 학교에서 돌아 온 우리 둘은 아버지께서 내려 주시는 회초리 찜질이라는 중벌을 아주 호되게 받았기에 지금도 추석이 다가오면 허벅지, 장단지가 '스멀스멀' 근지러우며 아파오는 것만 같다.

어느 쉬는 날, 옛 생각에 빠져 집사람에게 멸치를 한 바가지 퍼 오게 하여 아이들과 둘러 앉아 씹어 먹어 보았다. 한두 개를 먹던 아이들은 "아빠, 이그를 무슨 맛으로 묵어요. 안 묵을라요" 하며 이내 방으로 들어가 버렸다.

집사람만이 마지못해 내장을 까내고 몇 개 더 먹었을 뿐이다. 나도 그렇게 먹어보고 내장째로도 먹어봤지만 옛날의 그 맛이 아니라서 얼마 먹지 못하고, 고추장에 찍어 먹어보았다. 그런데도 옛 맛을 못 느끼니 내 입맛의 간사함을 알 수 있었다.

서울이 싫어!

나는 서울이 무척 가고 싶었다. 당시 서울이라는 곳은 시골 아이들에게는 무조건적인 동경의 대상이었다. 서울에는 커다란 집들도 많고, 어쩌다가 읍내라도 나가야만 가끔 볼 수 있는 세 발, 네발 자동차가 수두룩하며, 전기선을 머리에 이고 전차가 다닌다고 했다. 그리고 무엇보다도 창경원이라는 곳에는 호랑이와 사자가 산다는데 그곳에 꼭 가서 보고 싶은 것이 어릴 적 나의 소원이었다.

초등학교 4학년 초가을이다. 2년 터울의 6학년 형이 수학여행을 서울로 간단다. 그런데 나와 같은 학년인 봉수도 6학년인 그의 형을 따라서 같이 수학여행에 동참을 한다고 우리에게 자랑을 했다. 당시 봉수네는 술도가를 했는데 마을에서 엄지손가락을 꼽을 만큼 부유하게 잘 살았고, 또 학교에도 그런저런 영향을 미칠 정도라고 우리는 알고 있었다.

학교에서 집으로 돌아온 나는 봉수처럼 형과 같이 서울에 보내 달라고 떼를 쓰며 마당구석에 주저앉아 울기도 하고 사정도 해 보았지만 허사였다. 아버지와 어머니는 마당에서 콩 타작을 하고 계시며 나의 주장을 들은 척도 안하고 오로지 도리깨질에만 열중하고 있을 뿐이셨다.

얼마 후 부모님은 콩을 가마니에 담고, 깍지는 여물 칸에 넣고, 콩대는 헛청 나뭇간으로 옮기셨다.

이미 날이 기울기 시작할 때쯤 아버지는 "6학년 되면 보내줄 테니 그리 알아. 그러니 마당 좀 쓸고 콩깍지 좀 갖다가 쇠죽이나 끓여"라고 말씀하셨다.

그리고는 지게를 지고 나가셨다. 어머니 역시 머리에 쓴 수건을 '탁탁' 털어 다시 쓰고 나가셨다. 시골의 가을은 세워 놓은 부지깽이도 일을 해야 하는 제일 바쁜 시기이다. 나는 콩깍지가 널브러진 마당을 쳐다보았으나 쓸지 않았다. 괜한 마음의 심통이 심술을 부렸기 때문이다. 그렇지만 쇠죽은 끓이지 않을 수 없었다. 소는 우리 집 보물 1호로서 아무리 몸이 아프거나 일이 바빠도 쇠죽만큼은 끓이곤 했다. 어두워지면 아버지는 지게를 진 채 들에서 소를 몰고 오실 것이고, 소가 외양간에 들어서면 곧 바로 쇠죽솥의 뚜껑을 열고, 쇠죽을 한 동이 퍼다 줄 것이기 때문이다.

사랑채는 아버지께서 기거하는 방과 토광이 있고, 나뭇간과 외양간, 헛간 그리고 화장실로 계속 이어진 일자 건물로, 본채보다도 컸다. 이 사랑채의 부엌은 마당 쪽에 붙어있고 그곳에 쇠죽솥이 걸려 있었는데 비가 오는 날은 빗물이 튀어들어 불 피우기가 힘이 들었다.

나는 쇠죽솥에 여물과 콩깍지를 넣고 물을 부은 후 아궁이에 불을 붙였다. 마른 솔가지와 콩대가 '탁탁' 소리를 내며 타기 시작하고 얼마 뒤 솥은 끓고 김이 나기 시작했다. 아궁이에 잔 부스러기를 잔뜩 밀어 넣고 사립문을 나와서 아이들이 놀고 있는 네거리 골목으로 향했다.

낮에는 덥고 바쁘니 아이들은 해가 지고 난 후에 모여 깜깜해질 때까지 놀았다. 120여 호 되는 마을에 아이들이 모여서 남자들은 남자들대로 여자들은 여자들대로 모여 놀고 있을 때였다.

갑자기 "불이야! 불이야아" 소리가 들렸다.

여기저기서 외치는 소리에 우리는 놀이를 멈추고 고개를 돌려 소리 나는 쪽을 보았다. 저쪽에서 하늘을 향해 벌건 불꽃이 널름거렸고 수많은 불티가 초저녁 밤하늘을 향해 별똥처럼 오르고 있었다. 순간, 누구랄 것도 없이 아이들이 '우르르' 그곳으로 뛰었고 어른들도 뛰었다. 그런데, 그 불은 바로 우리 집이었다. 그것도 내가 쇠죽을 끓이던 사랑채였다.

언제 학교에서 왔는지 형이 안채 지붕 위에 올라가서 멍석을 펴고 있었다. 이 멍석은 불티가 날아와 초가집 지붕의 다른 곳에 불이 붙는 것을 방지하기 위한 것으로 나는 그때 처음 알았다. 그리고 형 친구 4명이 모두 와서 동네 어른들과 물동이를 들고 동분서주하였지만 사랑채는 나무 뼈대만 검게 남고 초가지붕은 '폭삭' 내려앉았다.

나는 불을 끄는 것도 잊고 다른 아이들처럼 구경만 했다.

그날 우리 집의 소는 내 잘못으로 밤이슬을 맞으며 감나무 아래서 매인 채 밤을 지새워야만 했다.

나는 내가 아궁이 근처를 깨끗이 하지 않았고 아궁이 속의 불이 다

탈 때까지 지키지 않아서 불이 난 것이라는 생각 때문에 겁이 더럭 났다. 아버지와 어머니 그리고 형에게 야단맞을 생각에 집에 들어가지를 못했다. 어둠이 좀 무서웠지만 아무도 없는 빨래터 넙적 바위에서 누워있었다. 이곳은 여자들이 빨래를 하는 곳으로 기둥을 세워 양철 지붕이 되어 있으며, 마을에서는 10여 미터 정도 떨어져 있었다. 배가 고파서 도저히 못 참겠지만 그래도 겁이 나서 선뜻 움직일 수가 없었다.

그때, 발자국 소리에 이어서 어둠속에서 엄마와 형이 나타났다.

"집에 가자."

밝힌 호롱불 옆의 밥상 앞에 앉았지만 아무도 나에게는 말을 하지 않았다. 나는 그것이 더 불안했지만 말없이 밥만 퍼 넣었다 그때 밥을 먹던 형이 "아버지, 불이 왜 났지유? 쟈가 냉거여유?" 하고 물으며 나를 가리켰다. 하지만 아버지는 "밥이나 먹거라" 하고 마셨다.

그 말씀 외에는 말이 없었다. 우리 집 식구들은 나를 빼고는 대체로 말이 없는 편이었다. 그런데 잠시 후 형이 "선생님한티 수학여행 못 간다고 하구서, 200원 되루 달래 각구 올까유?" 하며 아버지를 쳐다봤다.

그러나 누런 놋쇠 숟가락으로 된장국을 떠 잡수시던 아버지는 "아서, 기냥 갔다 와" 하셨다.

이게 무슨 말인가. 나는 서울을 못 가서 그랬는데 형은 가지 않을 듯이 이야기를 하다니. 형이나 나나 서울은 가보지도 못했는데. 형은 그 서울을 가지 않아도 좋은 듯 말을 하는데. 형은 창경원의 그 사자도 보고 싶지 않은 모양이었다.

그때부터 나는 형을 미워하기도 하며, 한편으로는 무서워하기 시작했다.

그랬다. 형은 나보다 무엇이든 잘했고, 나보다 앞섰다. 공부도 잘했고, 나뭇짐도 나보다 많이 했고, 소꼴도 나보다 많이 베었으며, 나락이나 보리밭 일도 고랑 수를 헤어보면 항상 나보다 많았다. 학교 끝나면 난 나가서 놀고 싶은데 형은 집안일을 잘도 거들었다. 우리 집에서 나처럼 일을 못하는 사람은 아무도 없다. 그리고 무엇보다도 동네 사람이나 이웃들이 내가 하거나 해 놓은 일을 쳐다보며 "에이그, 쯧쯧쯧쯧, 지 성 반도 못 따라 가는 놈"이라 했다.

이런 말로 형과 나를 비교하는 것이 나는 정말 싫었다. 그러면 나는 그 말을 한 사람을 째려보며 그 자리를 떴다. 일이고 뭐고 나에게는 필요 없다. 그리고는 동네 아이들과 어울려서 어두워지도록 놀았다.

사춘기 때에도 연장 집어던지고 친구들이 일하는 곳에 가서 막걸리 잔을 기울이며 잔소리나 하다가 어두워지면 집으로 돌아오곤 했다.

우리 집 식구들과는 성격도 딴판이다. 식구 모두는 술을 한 잔밖에 못하지만 나는 2병을 거뜬히 비운다. 아무래도 난 주어다 기른 아이거나 돌연변이가 틀림없다.

그러나 우리 식구들은 누구 한 사람 내게 훈계나 잔소리를 하지 않았다. 그래서 내가 올바로 클 수 있었는지도 모른다.

그래도 부족하지만 그런 대로 산다.

아무튼 난 형이 있는 서울이 죽어도 싫다. 형이 사는 살림살이를 쳐다보며 나 자신이 기죽기 싫은 것도 이유가 된다.

- 이 글은 〈사상신문〉에 게재된 글임.

선생님, 만수무강하십시오

산골 속의 내 고향. 때는 1968년도에 나는 초등학교 6학년을 맞았다. 지금은 중학교가 무시험입학이지만 그 당시만 해도 중, 고, 대학을 모두 전·후기로 나누어 원하는 학교에 가서 시험을 치른 뒤 합격을 해야만 진학을 할 수 있는 시대였다.

찢어지게 가난했던 그 시절에 과외는 생각조차 못하는 산골 아이들을 배려해 이끌어 주신 분이 바로 담임선생님이셨다.

자택이 대전이신 선생님은 진학을 원하는 10여 명의 학생들을 방과 후부터 어두워질 때까지 교실에 모아놓고 공부를 시켰으며, 마칠 때는 어둠속에서 턱걸이와 멀리뛰기, 팔굽혀펴기를 해야만 해산을 시켰고, 마지막 버스로 대전에 돌아가셨다.

당시 미혼이셨던 담임선생님의 열정이 얼마나 대단했는가 하면 과외 비용도 없는 상태에서 방학 때는 아예 이불과 양초를 가져오게 하여 불을 밝히고 교실에서 밤 12시까지 시험을 보며 공부를 가르쳤다.

하루 한두 번씩 학교와 집을 오가며 도시락을 가져와 식사와 공부를 병행, 합숙한 결과 십여 명의 학생들은 모든 교과서를 '달달' 외우고 문제를 풀어 나가게 되었다. 그렇지만 시험을 치기만 하면 보통 두세 개씩 문제의 정답을 꼭 틀리곤 했다. 왜 그런가를 지금도 곰곰이 생각해 보면 그 물음이, '아닌 것은?' 하고 물었을 때 성급히 우리는 '알맞은 것은?'으로 잘못 읽어서 1번을 쓰기 때문이었다. 거기다 알쏭달쏭하게 묻는 문제가 한 개씩은 들어 있기에 우리는 100점을 맞기가 그렇게 쉽지 않았다.

그러면 선생님은 화를 내시며 시험지를 들고 나오게 하며 소리쳤다.

"엎드려뻗쳐."

그러면 우리는 엎드려 궁둥이를 맞거나 틀린 숫자대로 종아리를 맞기도 하고 무조건 10대씩을 배당 받아 맞기도 했었다.

그때 맞던 그 매는 몇몇 부모님이 돌아가면서 한 뭉치씩을 교실에 전해왔는데 공부뿐만 아니라 학생들이 말썽을 일으킬 때도 자주 애용되곤 했다. 특히 매끈한 대나무 매를 즐기셨는데 우리들도 그 대나무 매를 좋아했다. 그 이유는 처음에 맞는 매는 아프지만 나중에 대나무가 갈라지기 시작하면 그때부터는 덜 아프기 때문이다.

'사랑의 매'라곤 해도 어찌나 매를 자주 맞았는지 지금도 기억이 생생하다. 여학생들 앞에서 회초리를 맞는 것이 부끄러웠고, 부모님이 아실까봐 안 아픈 척 감추기만 했으며, 선생님이 공부 못한다고 집의 부모님께 이야기할까봐 선생님을 원망할 수도 없었다. 어떤 일이 있어도 학교에는 다녀야만 하는 줄 알았고, 그 당시엔 부모님들도 누구 하나 선생님을 찾아뵙고 상담하는 학부형이 없었다.

그러던 어느 날 우리도 꾀를 냈다. 친구 중에 엄살을 무척 잘 부리는 친구가 있어서 우리는 항상 그를 앞세워 맞았는데 이 친구가 한 대만 맞으면 "아이고, 아이고, 어야아" 하며 벌떡 일어나 맞은 자리를 비벼대며 손을 떼지 않고 시간만 끄니 선생님은 5대를 때리려다가 3대로 모두의 형량을 낮추기도 하였다. 모두가 우리를 위해서 매를 들었던 것인데, 그때는 왜 그리 공부가 하기 싫었는지 모르겠다. 누가 공부가 제일 쉽다고 했던가? 지금 생각해도 공부처럼 어려운 것은 없다고 느껴진다. 그렇다고 선생님이 무조건 매를 든 것만은 아니었다.

평소에 비해 점수가 아주 잘 나온 날은 기분이 좋으신지 급장이 "차렷, 경례!" 소리가 끝나기 무섭게 "열심히 공부해서 모두들 시험 점수가 잘 나왔으니 오늘은 일찍 보내준다. 집에 가!"라고 하셨다.

우리는 조례와 함께 종례가 되는 셈이었다. 지각하는 1학년 코흘리개가 이제 학교 정문을 들어설 때 우리는 좋아하며 책 보따리를 한쪽 어깨에 메고 집으로 뛰노라면 논에서 감자를 캐던 어머니께서 "너 왜 와. 뭐 놓고 간 겨?" 하고 물었다.

"아녀요, 선생님이 공부 잘했다고 일찍 집에 가랬어유."

"그려, 그럼 어여 책 보따리 갖다 놓고 와서 이 감자 좀 담어."

그러나 집에 돌아와서는 책가방 던져놓고 우리는 신나게 하루를 들로 산으로 쏘다니기 일쑤였다. '잘 살아보세'라는 노래가 틈만 나면 들려오고 대한의 형들이 월남전에서 피를 흘리던 바로 그런 시기였다.

이렇게 공부한 우리를 대전의 중학교에 모두 입학을 시키고 선생님은 다른 초등학교로 떠나가셨다. 생각하면 할수록 우리들의 앞길을 바른길로 이끄는 데 아주 큰 몫을 하지 않았나 싶다.

합숙을 하며 선생님 없을 때마다 장난치고 '낄낄'대던 그 덕에, 나에게는 무척 절친한 친구들이 지금도 많이 있고, 그들은 전국 각지에서 나름대로의 인생길을 잘 깨우쳐 가고 있다고 본다. 그리고 그들이 이 나라의 근대화를 확고히 했다고 믿는다. 그런데도 IMF 때는 우리세대가 '명퇴' 제1호가 되었으니 참 슬픈 일이다.

기억을 더듬어보면 그 선생님의 열정이 정말 그리워진다. 그런데, 그런데 그 먹고사는 것이 무엇이기에 그렇게 못 찾아뵈었는가 하는 자책감이 나의 양심을 자꾸만 눌렀다. '스승의 날'이 다가오면 더욱 그랬다. 이렇게 '다음에'라고 미루고 미뤘는데 그 선생님이 지난 2월 22일 정년퇴직을 하셨다. 또 다시 일요일이 아니라서 전화만 드렸는데 왠지 마음이 자꾸만 '짠'하게 아팠다. 기어이 뵙고 싶어 하다가 지난 '어버이날'에서야 뵐 수 있었는데 '아' 이것이 인생인지……

나는 단번에 선생님을 알아보지 못했다. 나는 참 바보 같은 놈이다. 유수 같은 세월이 40년 가까이 흘러서 그렇던가. 20대 정열의 '꽃미남'이신 그 선생님은 어디로 가셨는지 너무나 쓸쓸해 보였다. 근처의 식당에서 큰절을 올리고 나서야 나는 나의 등짝에 붙어있던 바윗돌의 무게가 손톱만큼 가벼워지는 것만 같았다. 선생님은 해드릴 것도, 해드린 것이 아무것도 없는데 '네 신세지기 싫다'는 듯 모든 것을 부담스러워만 하셨다. 그 강인하고 대쪽 같던 성격은 예나 지금이나 별로 변한 것 같지 않으셨다.

언젠가 한 날은 한 뭉치의 회초리를 내 아이의 감전초등학교에 매로 만들어 가져다 드렸더니 선생님은 깜짝 놀라 눈을 동그랗게 뜨며 "지금 이런 거 필요 없어요! 도로 가지고 가세요" 하며 이상하다는 듯 나를 보며 빨리 가져가기를 원하는 것이었다. 멋쩍게 도로 가지고 오면서 왜 그것이 지금은 필요 없는지 아직도 나는 의아스럽기만 하다. 성적도 좋지만 참된 인성교육이 가정과 사회를 지키는 근본이 된다고 나는 믿기 때문이다.

사람의 인성 교육이 바로 되어 있다면 막가파, 지존파, 유 모 씨 등과 같은 극단적인 일을 저지르는 사람이 어찌 생길 수 있단 말인가. 아무리 세상이 변했기로 잘잘못을 가르치는 데 손바닥 몇 대정도의 '약매'는 필요한 게 아닐는지.

덕분에 잘 다듬었던 그 회초리는 옥상의 고추 대를 세우는 데 아주 요긴하게 써먹었다

2005년 7월 25일

– 이 글은 〈사상신문〉에 실렸던 글임.

잊지 못할 '스승의 날' 사건

학생 때 '스승의 날' 사건이다. 나를 가르쳐 주신 선생님들은 모두 존경스럽고 훌륭하셨다. 나는 선생님이 아닌 스승의 날에 대한 잊지 못할 추억이 있다.

내가 2학년 때.

스승의 날 바로 전날이었다. 오전 수업 3교시에 국어 선생님은 칠판에 '스승은'이라고만 적어 놓고 반의 아이들을 차례로 불러서 칠판에 다음 말을 적어 넣게 하였다. 어떤 아이는 스승은 '저를 끝없이 사랑하십니다'라고 적은 아이도 있고, 어떤 아이는 스승은 '저의 참다운 안내자 이십니다'라고 적으니 선생님은 미소를 띠면서 흐뭇해 하셨다.

이렇게 하여 내 앞 번호가 쓰고 난 후 내가 나가려는데 수업 끝 종이 울려 나는 나가서 '저 하늘의 구름입니다'를 적지 못하고 그 시간 수업은 끝났다.

칠판에는 '스승은'이라는 글씨만 덩그러니 쓰여 있었다.

당시에 나는 무협소설에 빠져 있던 시기로서 장풍과 검풍, 지풍 등이 난무하고 소림, 무당, 개방파 등 구대문파가 어떻고, 원수를 찾아서 강호 출두하는 주인공들의 이야기책에 몰두해 있었다. 대개 내용은 멋지고 준수한 젊은이가 절세 미소녀와 처음에는 싸우지만 같이 합심하여 원수를 물리치고 강호나 중원 무림을 통일하는 내용으로, 틈만 나면 책상 위에는 교과서를 펼쳐 세워놓고 고개를 숙여서 무협지를 읽곤 할 때였다. 그래서 이날도 쉬는 시간에 이 책을 읽다가 보니 곧 4교시가 시작되겠는데 아무래도 볼일을 봐야 할 것 같아서 교단을 지나 나가다 보니 한 급우가 '스승은'이라는 이 말에 칠판에다 토를 다는데 '스승은 나의'까지만 써 놓고 서서 생각을 하고 있는 것이다.

"야! 그 분필 이리 줘 봐."

분필을 받아 들고 뒷말을 쓰려니 나 역시 멋지게 창작적인 생각이 잘 나지 않는데 조금 전 무협지에서 원수를 찾는 대목이 생각나서 '스승은 나의'까지 쓴 친구의 문구 뒤에다 '원수다'라고 적고서는 그냥 나갔다. 그런데 누가 뒤에서 내 귀를 찢길 듯 아프게 잡아당기면서 끌고 가는데 귀를 잡혀 돌아볼 수도 없이 그냥 끌려간 곳은 교무실이었다. 그분은 소문난 교감선생님이다. 잡혀 끌려가서 꿇어앉아서 두 손 들고 벌을 섰는데 한창 사춘기 때에 정말 창피하고 부끄러웠다. 교감선생님은 다 듣도록 큰소리로 여러 선생님께 설명을 하니, 모든 선생님들은 "저 자식, 저거, 내가 네 원수냐?" 하며 머리통에 꿀밤을 주며 나가고 여선생님들도 출석부로 머리 위를 한 대씩 때렸다.

그런데 늦게 들어온 담임선생님이 "너 왜 그래?" 하고 물어도 어떻게 설명도 제대로 못하겠고, 또 해 봤자 잘 했다고 할 사람도 없을 것만 같아서 고개만 푹 숙인 채 우물쭈물 웅얼웅얼하고 하고 있으려니 선생님은 "무슨 소리야? 야! 인마, 네 말 하나도 못 알아듣겠다" 하고는 4교시 수업을 하러 나가셨다.

아까부터 화장실은 가긴 가야겠는데 교감선생님은 보이질 않고, 야, 정말 죽겠기에 할 수 없이 옆의 영어선생님께 사정을 하고 볼일을 보고 와서 다시 4교시가 끝날 때까지 1시간 벌을 섰다. 점심시간이 시작되자 그때서야 나타나신 교감선생님은 한참이나 훈계를 하고는 숙제를 내주며 나를 보내 주셨는데, 그 숙제라는 것이 1주일 동안에 반성문 100장을 써오라는 것이었다. 날마다 15장씩 반성문을 쓰는데 이게 장난이 아니다. 첫날은 그럭저럭 썼는데 둘째, 셋째 날은 쓸 내용이 없어서 중간에는 책을 베껴 쓰기도 하고, 노래가사도 써 보고, 먼저 내용도 재탕을 하기도 했는데 정말 고역을 치렀다.

어머니는 내가 하교 후 반성문에 매달리며 노트에 빡빡하게 글을 써 나가니 남의 속도 모르시며 "내 자식이 공부를 아주 열심히 한다"며 기뻐하셨다.

그날이 다시 다가 온다.

전국의 선생님들 정말 고맙습니다.

내일은 딸아이 학교에 일일교사로 오라는데 무엇을 교육시킬지 난감하지만 준비를 해야겠다.

2003년 스승의 날 전 일에

신사고와 신문화를 가지신 아버지

아버지는 내가 어릴 때부터 무섭고 어려운 분이셨다. 잘못한 일이 생겨 야단을 맞을라 치면 항상 '경우 바르게만 살라'며 교훈을 주시고 회초리로 종아리를 때리시곤 했다. 난 어려서는 그 경우가 뭔지도 모르면서 맞으며 듣기만 했었다.

우리 가족은 항상 가난과 싸워야만 했지만 아버지는 4, 5년에 한 번씩 이상하고도 기발한 일을 벌려놓곤 하시어 집안 식구들을 어렵고 힘들게 하였다.

앞집이 소장수를 하여 떼돈을 벌었다고 하자 아버지도 빚을 내어 소를 샀다. 그리고는 소를 끌고 철길 다리를 건너는데 어찌 소가 사람처럼 철길을 건널 수가 있으랴. 빠진 한 발을 침목 위에 올리고 '이랴' 하면 다른 다리가 빠지고, 그 발을 또 들어 올려놓으면 또 다른 다리가 빠지고. 이렇게 노력하다가 건너지도 못하고, 도로 돌아 나오지도 못하는 상황에서 저쪽에서는 열차가 오는데, 아버지는 뛰어 내렸지만 가

엾은 소의 운명은 끝이 나고야 말았다.

추운 겨울 개울을 건널 때 양말을 벗지 않아도 되고 먼 길을 돌아가기보다는 철길이 가까운 지름길이었으니, 아버지는 소 생각은 하지 않고 빠른 것만 생각하신 것 같다.

이런 경우 어머니는 자리보전을 하고 누우신다. 음식을 전폐하고 물만으로 1주일여를 지내니, 우리 형제들은 어머니가 굶으시는데 우리만 먹을 수가 없어서 같이 굶어야 하는 고생을 해야 했다.

이렇게 조용히 지내시던 아버지가 이번에는 돈을 몇 곱절로 잘 번다는 아편에 손을 대신 모양이다. 이른바 판매책인데 순박한 시골 농부가 그것을 빚으로 대전에서 사기는 했지만 팔아야 할 곳을 몰라 이리저리 물으며 찾다가 만주까지 가셨으니 그만 물건꾸러미의 증거물과 함께 잡혀 들어가는 사고로 다시 이어졌다. 평양까지 소문이 났었다니 잡히지 않았다면 오히려 이상한 일이다. 이때에도 어머니의 숨은 노력이 피가 맺히게 이어져 석방될 수가 있었다.

집안이 잠잠해 지자 아버지는 목수 2명과 3년에 걸쳐서 아주 그럴싸한 시골집을 지으셨다. 어머니는 그동안에 계속 밥을 지어 나르고 자식들과 들일과 집안일들을 억척스레 하여 갚아 나갔다. 지금도 집이 남아 있지만 어디 내놔도 손색이 없으니 당시에는 아마 대궐 같았으리라.

그 후에 6 · 25가 터지자 아버지는 들은 바에 의하여 집을 걱정하신 모양이다. 좋은 집은 인민군이 모두 방화한다는 소문에 집 안의 가재도구와 이불을 모두 회관의 공회당으로 옮겨놓았다. 회관은 공동을 위해 여러 사람이 모이는 곳이니 설마 우리 집보다 안전하다고 판단하셨겠지만, 반대로 인민군은 새로 지은 우리 집에 여장을 풀고 회관에 불을 지르는 통에 우리 식구들은 추위에 떨면서 그해 겨울을 지내야만 했다.

5·16후, 이번에는 하천부지를 불하받아 논을 몇 마지기나 만드셨다. 불도저로 자갈 하천을 밀어내고 돌을 주어냈으며, 앞산 흙을 리어카에 실어다 넣었다. 사실 이런 것을 보면 아버지께서는 근대적인 사고를 가지고 계신 분이라는 것은 틀림없었다. 몇 년을 이렇게 집안 식구들의 무딘 손으로 주야에 걸쳐 노력하니 그 논들은 A급 토지로 변하고 버드나무와 포플러를 심어서 제방천도 아주 튼튼하게 하니 황금 이삭이 넘실대는 옥토가 된 것이다. 눈이 오나 비가 오나 일손이 부족한 이때 공부를 좋아하던 형이 일을 하지 않고 책만을 파며 대입 검정고시에 매달리자 어머니는 "중학교 나왔으면 됐지 무슨 공부를 자꾸 한다고 그래" 하시며 어느 비 오는 날 책들을 모두 마당에 던졌다. 형은 울면서 그 책들을 주웠고 쇠죽솥에서 말려가며 단어를 외워야만 했다. 그러나 그렇게 고생하며 만든 그 논들의 운명은 그리 길지 않았다.

아버지는 어느 해 겨울동안 노름으로 그 금싸라기 옥토를 모조리 날리셨다. 이런 집안의 사건이 터질 때마다 우리 집은 한랭전선이 펼쳐지곤 했으나 어머니의 힘은 대단하여 우리 형제를 무사히 교육을 마치게 키워주셨다. 이때도 소문을 들은 어머니는 얼마나 화가 나셨던지 몇 달째 들어오지 않는 아버지를 찾아 그 노름방으로 가셨다.

문 밖에서 소리로 확증을 잡고는 뛰어들어 화투판을 뒤엎고 화투장을 밖으로 집어던졌다. 화투판은 자연 끝이 나고 아버지는 돌아오셨으나 집안의 불화음은 몇 달, 며칠이 갔다. 어머니께는 모질고 독한 여편

네라는 주위 사람들의 별명이 붙었다.

몇 해 후, 어느 날부터인가 셋째 외삼촌이 우리 집을 자주 출입을 하곤 하더니 기어이 아버지의 도움으로 빚을 얻어 가고는 소식이 끊겼다. 자연히 그 빚은 우리의 몫이 되어 또다시 집에 남은 골짜기 논 두 마지기마저 빚보증으로 날려야만 했다. 어머니는 친동생이 그랬지만 친동생을 '죽일 놈'이라 욕하셨고 아버지와의 불화로 누우셔야 했다. 달라진 것이 있다면 형수가 밥을 해서 부모님과 우리에게 올렸으므로 밥을 굶지 않아도 된다는 점이다. 당시에 아버지께서도 화가 나셨던지 외삼촌 집에 가서 그 집에 있는 고장 난 경운기를 우마차에 싣고 오셨다는 점이다. 결국은 마당 귀퉁이에 몇 년을 있다가 고물로 팔았다.

연로한 아버지께 큰형이 소를 한 마리 사라며 당시 돈 100만 원을 드렸다. 아버지께서는 새벽에 소장에 가서 이런저런 소를 고르다가 돈을 잃어버리셨다. 한복의 조끼 주머니가 예리한 칼에 금이 가 있었으니 전문 소매치기 범에 의한 범행의 표적이 되었으리라. 그 사건으로 인해 아버지는 아프셔서 자리보전을 하셨다.

그리고 결국은 그 소로 인하여 마음의 병을 얻어 세상을 달리하셨다. 정말로 가슴 아픈 사건이다.

이런 환경에서 자란 우리 형제들은 정말 차돌처럼 강하고 질경이처럼 질기게 운명과 싸우며 자라서 아무것도 가진 것 없이 시작하여 지금은 모두 그림자를 만들며 살고 있다. 아버지께서도 보리쌀 두 말 가지고 분가하여 살았다 하셨으니 우리도 그 피를 이어받아 닮은 모양이다. 아마 그런 환경을 만들어 준 아버지의 보이지 않는 힘 때문이리라.

아버지께 찾아오는 손님이 일주일에 두 번 정도로 많으셨다. 그러면 아버지께서는 통성명을 하신 후 꼭 자식들을 불러 절을 하게 하였고 끼니가 없어도 밥을 짓게 하셨는데, 나는 아무것도 모르지만 그것이 싫었다.

아버지의 생각은 대단하여 당시 동네 최초로 경운기를 살 정도였으며 타작에 쓰는 호롱기도 우리 집만 있어서 동네 사람들이 빌리러 왔었다. 그리고 전자에 소개했지만 불도저를 운전수와 함께 대절하여 하천을 옥토로 만들고, 밭을 낮게 밀어 논으로 만들었으며, 돌을 주어내고 산의 황토 흙을 리어카에 실어다 객토를 하여 옥토로 만드셨다.

그래도 신사고와 신문화를 가지신 분이셨으며 또한 아버지의 상(喪) 때에는 생판 얼굴도 모르는 분들이 줄을 지어 조문하신 것을 생각하면 뭔가 한가락 하신 분이라 기억된다. 경우가 바르신 분이셨지만 그 이면에 어머니나 나의 형제들은 고생이 너무 심하여 아버지에 대한 애착의 추억이 슬픈 기억밖에는 별로 없다.

지금 후회되는 것이 있다면 아버지께서 운명을 아셨는지 느릿한 어조로 "시조 읊을 테니 받아 적고 배워라" 하시는 것을 "에이, 지금 그런 걸 뭐 하러 배워요" 하며 뿌리쳤는데 차라리 녹음이라도 해 놨더라면 아버지가 그리울 때 음성이라도 들을 수 있을 텐데 말이다.

"호미로 사람을 찍는 놈이 어데 있어?"

엄마의 심부름을 "네가 가라"며 싸우는 자녀를 보다가 문득 어릴 적 추억 속의 부모님 생각이 떠올라서 몇 자 적어 본다.

내가 초등학교 2학년 때의 일이다.

어머니께서는 고된 농사일로 허리며 무릎 관절이 자주 아프셨다.

그래서 당시 시골에서 불리던 '우슬'이라고 하는 풀의 뿌리를 삶아서 그 물을 자주 드셨다. 그 풀의 잎은 작은 깻잎 같고 마디가 꼭 소의 무릎 관절처럼 뭉툭하며, 그 마디에서 가지가 나고, 키는 약 1미터 정도씩 자라며, 씨는 깨알만 하여 사람 옷에 도깨비바늘 씨처럼 잘 붙었다.

모두들 들로 산으로 일하러 나가고 텅 빈 집을 지키던 나는 심심하면 괭이를 들고 이 풀의 뿌리를 캐러 다니곤 하였다. 그러니까 조달업자가 바로 나였던 것이다.

그날도 숲으로 가는 도중에 친구가 놀기를 겸해서 나를 따라갔다.

나는 괭이를 가지고 흙을 '푹푹' 찍어서 그 풀을 캤고, 친구는 그것을 모아들고는 내 옆을 따랐다. 그 친구는 겁이 많아서 내가 하자는 대로 했고 내가 아니면 또래에 놀만한 친구가 없어서 나이는 같아도 나는 대장처럼 굴었다.

그러하다가 힘을 주어 괭이질을 하려고 괭이를 머리 위 뒤쪽으로 치켜드는 순간 "악!" 하는 소리와 함께 무언가 둔탁한 느낌이 괭이자루를 든 나의 손으로 전달되기에 뒤를 돌아보니, 괭이 날의 뒤쪽 ㄱ자 구부러지는 부분이 친구의 눈썹 부분을 때리고 말았다. 그런데 이 녀석은 "아야아, 아야아" 하며 주저앉아 울고 있고 아픈 부위에 가져다 댄 손바닥의 손가락 사이로는 붉은 피가 줄줄 흐르고 있었다. 내심 겁이 버럭 났다. 이 녀석의 울음소리가 얼마나 컸던지 조용하던 동네에서 한두 명씩 사람이 나와 서서 이쪽을 쳐다보는데, 그 사이에는 분명 친구의 어머니도 곧 나타날 참이고 이리로 뛰어 올 것이다. 이거 야단이 났다.

나는 냅다 뛰기 시작했다. 괭이고 약초고 다 내던져 버리고는 동네에서 좀 떨어진 앞산 밑으로 달렸다. 그리고는 아무도 없는 앞산 밑의 하천가 뚝방에 그냥 주저앉아 있었는데 집에는 못 들어간다. 분명 날벼락이 칠 것이기 때문이다. 형이나 부모님께 죽도록 혼이 나고 야단맞는 것은 괜찮은데 만약에 회초리나 작대기, 몽둥이가 동원된다면 아, 생각만 해도 끔찍하기 때문이다.

어둠이 천천히 세상을 물들이자 무서움이 몰려왔다. 그때쯤 내 뒤쪽에서 발자국소리가 났다. 그리고 그 발자국 소리는 점점 더 가까워졌는데 다가선 사람은 바로 어머니셨다. 산으로 막힌 그 동네에서 뛰어

봤자 부처님 손 안이니 어머니는 금방 날 찾으신 것이다.

어머니께서는 "잘못했다고 빌으라"는 말씀만을 하시며 내 손을 잡아끌었다. 어머니가 있으니 분명 사건을 마무리하여 주실 거라는 확신을 가지고 집에 돌아왔고 모두들 말이 없는 중에 나에게만 독상이 주어졌다. 찐 고구마와 죽, 김치로 배를 채우자 어머니께서는 나를 데리고 그 밤에 친구네 집으로 향했다. 그리고는 친구의 부모님과 할머니께 잘못을 빌게 하셨다. 친구 집에서는 노발대발이다.

"이놈아! 호미로 사람을 찍는 놈이 어데 있어?"

사실 호미도 아니고 괭이였고 찍은 것도 아니고 친 것이었지만 아무 대답이나 설명을 할 수가 없었다. 이리하여 사건은 끝났으나 친구는 눈썹 부위에 하얀 흉터를 항상 지니고 다녀야만 했다. 눈알을 치지 않은 것이 천만다행한 일이고, 고의든 우연이든 옛일이니 그냥 넘어갔지 지금 같아서는 합의금에 성형비용까지 엄청난 액수의 금액을 주어야만 할 사건이다.

그 친구는 상처를 낫게 하려고 된장을 붙이고, 헝겊으로 싸매고, 그래도 날 따라다녔는데 상처 난 곳을 보고 누가 "너 왜 그래?"라고 물으면 "쟤가 호미로 나를 찍었어요"라고 말하니 동네에서는 내가 아주 못되고 성질 더러운 놈으로 찍혔다. 하지만 나는 변명을 하지 않았다. 그것이 그것이기 때문이다. 오히려 큰 애들이 나를 호미로 사람 찍는 놈이라며 피해 다니는 애들도 있었다. 사실 고의로 친 것도 아니었지만.

지금은 어디에 살고 있는지 한번쯤 그 친구가 보고 싶다.

그런 나의 부모님도 지금은 모두들 이 세상에 안 계신다. 수없이 만난 사람 중에 부모님이 제일 보고 싶다. 가끔씩 꿈에서 현몽하시지만 정말 그립다. 단 한 번이라도 효도다운 효도를 해드릴 수만 있다면 후회나 소원, 여한이 없을 텐데 매일 속만 썩였으니 하는 말이다.

왜 사람들은 꼭 자식을 낳아 키워봐야만 부모의 은덕을 알 수 있을까. 어려서 일찍이 알았다면 효자 소리 듣도록 성심으로 모셨을 것을……

가슴속 추억, 통지표 사건

때는 1970년도 중학교 2학년 겨울 방학 중에 나의 시골 고향에서의 일이다.

동짓달의 짧은 해가 동편에서 천지를 붉게 물들이자 나의 집 가족과 놉 얻은 동네의 몇몇 분들은 쇠스랑을 어깨에 메고, 또는 지게를 어깨에 지고, 여자 분들은 호미를 들고는 모두 우리 밭으로 출발했다.

오늘은 도라지를 캐는 날이다. 본래는 가을에 캐는 건데 바빠서 놔 두었던 것을 농촌 일이 거의 끝나고 한가할 때, 땅이 얼지 않은 날을 고른 것이다.

아버지는 물론 머리에 수건을 두른 어머니와 형님 그리고 형수님과 동네사람들까지 동원하니 밭에는 사람들로 북적였다. 특히나 바로 윗 마을에 사는 내 초등학교 동창 여학생이 어머니 대신 품앗이를 왔는데 나는 좀 부끄럽고 쑥스러워 내 할 일만 할 뿐, 말 한마디 붙이지도 못 했다.

일이라는 것은 먼저 남자들이 한 고랑씩을 맡아서 쇠스랑으로 흙을 '푹' 찍어 뒤집고 나가면, 호미를 든 여자들이 도라지를 골라서 한곳으로 모아 뒀다. 그러면 나와 바로 위 형은 삼태기를 들고 다니며 그 모아 놓은 도라지를 주워 흙을 털고 가마니에 담았다.

이쪽저쪽에서 무슨 이야기인지 '까르르' 소리도 나고 '허허허' 소리도 나는데 갑자기 형수님이 "도련님, 노래 좀 한 번 해봐요" 한다.

부끄럽기도 해서 몇 번을 빼다가 못 이기는 체하고는, 학교에서 단체로 관람했던 '사운드 오브 뮤직'이란 영화의 '에델바이스'를 불렀다.

그러자 형수님이 "확실히 중학교 가더니 꼬부랑 영어 노래도 잘하네" 하시며 또 시켜도 이번에는 하지 않았다. 괜스레 계면쩍었지만 가슴이 뿌듯해지기도 하고 기분이 우쭐해지기도 했다.

그러다 정오가 될 때쯤 형수가 집으로 가고 조금 있다가 형이 바지게에 도라지를 한 가마 지고 또 집으로 갔다. 그리고 약 이삼십 분이 지나니 바지게에 김이 '무럭무럭' 나는 밥과 국 그리고 반찬을 지고 형과 형수가 돌아왔다.

여자들은 여자들대로 남자들은 남자들대로 '빙' 둘러 앉아 점심밥을 먹었다. 나는 한참 때고 또 일 뒤에 먹는 꿀맛이라 한 그릇 먹고는 더 먹기 위해 밥을 덜어 내 밥그릇에 담았다.

그때 "짜식, 공부는 못 하는 게 밥은 많이 먹네" 하고 말을 한 사람은 조금 전 밥을 날라 온 형이었다. 뼈가 있는 듯한 이 말에 나는 기분이 '팍' 상했다. 모두들 나라는 애는 그런대로 공부를 잘 한다는 분위기였는데, 그 많은 사람들 앞에서, 특히 동창이 있는데서 이런 망신이 또 있을까 싶었다. 조금 전 부른 노래도 도로 아미타불이 됐다. 기분 나쁘고 심통이 나서 "내가 무슨 공부를 못한다고 그래요?" 하고 묻자, "좀 전에 우체부가 네 통신표를 갖고 와서 내가 뜯어 봤더니 점수가 24점, 28점, 30점 뭐 그렇더라. 그걸 공부라고 했냐?" 한다.

아! 무너지는 이 가슴. 쥐구멍은 어데 없을까. 이 많은 사람들, 얼굴도 또렷이 못 보는 동창도 있는데……. 그 자리에서 대꾸할 말도 없거니와 앉아 있기도 민망해 숟가락을 놓고는 슬그머니 일어섰다. 무언가 잘못됐다. 그럴 리가 없는데…….

"도련님, 괜찮으니 밥 더 먹어요."

형수님이 하는 소리를 뒤로 하고 옆 감나무 밑으로 가다 보니 도라지가 가득 들은 가마니 두 개가 서 있었다. 냅다 발로 걷어차니 가마니는 '푹' 쓰러지며 애매한 도라지만 쏟아졌다. 그러자 아버님의 날 벼락이 떨어졌다.

"왜 그걸 차구 그래? 내일 새벽밥 먹고 대전 장에 달구지 실어 팔러 갈 건데."

사실 야단맞은 것이 약 오르기보다 이런저런 생각을 해 보니 뭔가 분명 잘못됐다는 것이 결론이고, 내가 그렇게 공부를 못하지는 않았다는 것인데…….

점심 식후에 다시 일을 시작했지만 나는 입을 굳게 다문 채 땅만 보고 일만 했다. 아니 패군지장(敗軍之將)처럼 말을 할 수가 없었다.

해가 서산머리에 벌겋게 잦아들고 어둠이 골짜기 너머에서 부지런히 땅거미를 깔기 시작할 때, 일은 끝나고 리어카에 가마니를 포개 잔뜩 싣고 집으로 돌아 왔다.

컴컴한 대청마루에 등잔불이 희미하게 밝혀지고 밥상을 세 개나 놓고 모두 빙 둘러앉아 식사를 했다. 화제는 윗동네 개똥이네 집부터 밑동네 벽창호네 집까지 다양하게 돌아가지만 나의 입은 음식밖에 들어가지 않았다. 괜히 말 잘못해서 내 성적이 온 식구들의 이야기 주제가 되고 싶진 않았기 때문이다.

시간이 흘러 어린 조카들은 잠이 들고 북두칠성과 삼태성이 약간 돌아앉았을 때쯤 형에게 물었다.

"내 통지표 어쨌어요?"

"응, 그거 사랑 쇠죽솥 옆에 가봐라. 아까 점심밥 챙기다가 거기다 놨어."

그런데 아무리 찾아도 통지표가 없는 것이다. 혹시나 해서 쇠죽솥 뚜껑도 열어 보고, 재동이라는 내 집의 개가 물고 갔나 해서, 어둠속의 집 주변을 아무리 돌아봐도 허연 종이쪽지는 찾을 수가 없었다.

이튼 날.

일어나 화장실에 들른 나는 깜짝 놀랐다. 종이를 담아 두는 망태기 안에는 민주공화당이라는 신문지와 함께, 절반밖에 남아 있지 않은 통지표를 보았기 때문이다. 봉투는 없고, 내용물도 반이 찢어져 오른쪽의 것 반밖에 남아 있지 않았는데, 내 눈을 빛나게 하는 것은 오른쪽 맨 위에 적힌 글.

'본 점수는 30점 만점임'이라는 글과 라인 안 오른쪽 편에 '학급석차 54분의 1'과 그 옆, 맨 오른쪽에 '학년석차 250분에 12'라는 글이었다 (1/54, 12/250).

나는 무지무지 기뻤다. 그러나 기회는 지나갔고 나머지는 증거가 없는데……. 이 말을 도대체 누구에게 할까. 동창에게만은 꼭 그 말을 하려했으나 기회가 없었다.

　나의 집에는 편지나 문서 등을 담아 두는 '수신'이라는 뚜껑 달린 나무상자가 있었는데, 밥 챙기기에 바쁜 형은 나중에 담아두지 하고는 대강 읽어보고, 사랑채 쇠죽솥 옆 부뚜막에 놓아 둔 것이다. 그런데 그것이 종이가 귀하던 때이니 또 누군가에 의해 화장실로 옮겨졌고 글 모르시는 분이 수많던 시절이었으니 화장지로 쓰인 것이다. 누런 백지에 등사기 롤러로 밀은 그 통지표. 아직까지 가슴속 추억으로만 간직하고 있다.

十五越溪女(십오월계녀), 십오 세 꽃 같은 아가씨가
羞人無語別(수인무어별), 부끄러워 말 한마디 못한 채 이별하고
歸來掩重門(귀래엄중문), 돌아와 겹겹이 문을 잠근 후
泣向梨花月(읍향이화월), 배꽃같이 하얀 달 보며 눈물지네.

　　　　　　　　　　　　　　　　　　　　　　　지은이 : 임제

복에 없는 휴가의 꿈

/

    저는 지지리도 군대 복이 없습니다. 훈련을 다 마치고 제 앞 군번까지는 행정, 병참으로 빠져 후반기 교육을 갔는데 저부터는 곧바로 자대로 직행을 해야만 했고, 저는 33개월을 복무하고 제대했으나 2년 뒤부터는 29개월이던가, 27개월인가, 여하튼 기간도 단축이 되었습니다. 대통령 바뀔 때마다 줄어듭니다.

    선착순을 뛸 때에도 제가 중간이나 꼴찌가 되면 계속 끊으면서 돌렸고, 어쩌다 제가 선착순 순번 안에 들면 "헤쳐 모여" 하고는 끝납니다.

    군대는 줄을 잘 서야 하는데, 그 줄이 어떻게 될지는 그 누구도 모릅니다. 거기다가, 저는 잠이 참 많습니다. 보초서면서 졸거나, 불침번서다 침상에 앉아서 졸다가 주번 사관에게 들켜 군기교육대에서 유격까지를 저희 부대 창군 이래 제일 많이 다녀온 사람이 바로 접니다. 유격 5번, 군기교육대 2번을 갔으니 유격장 조교들이 저를 알아보더라고요. 일반 군인은 유격 3번에 정기휴가 3번, 포상휴가 1번 정도로 군

생활이 끝납니다.

포상휴가요? 꿈같은 이야깁니다. 저에게는 '그림의 떡'으로 그런 행운이 저를 찾은 것은 단 한 번도 없었습니다.

여하튼 당시에는 잠 좀 실컷 자는 것이 소원이었지요. 제대 말년의 그날도 사역 빼먹고 낮잠 자다가 인사계님한테 들켜서 그 벌로 제일 힘들다는 2~4시 보초 근무를 서고 있는데 또 다시 '실실' 눈이 감기기 시작하더군요. 잠의 요정이 위 눈꺼풀에다 집을 짓기 시작하니 점점 무거워져 아래 눈꺼풀과 닿았다 떨어졌다 하는 비몽사몽 중이었습니다.

'그런데 아니, 저것이, 저게 대체 뭐야?'

저 쪽의 경계선 안쪽으로 허연 물체가 '희뜩희뜩' 하며 이쪽으로 '슬슬' 다가오는 것이었습니다.

'순찰이라면 군복을 입었지 흰옷을 입지는 않았을 텐데.'

눈을 크게 뜨고 자세히 보니 비틀거리는 것은 사람 같았습니다. 잠이 '싹' 달아났습니다.

야, 이거 '쥐구멍에도 볕들 날 있구나. 얼씨구나 엊저녁 꿈이 좋더니, 절 씨구나 보리밥으로 잉어를 낚았구나. 이거야말로 대박이 터졌구나' 싶었습니다.

'인사계님, 저에게 보초근무를 서게 벌을 주셔서 고오~맙습니다.' 속으로 무척이나 감사히 여겼습니다. 군에서는 무단 침입자를 잡으면 간첩이든 민간인이든 열심히 보초근무를 선 대가로 포상휴가에 연결이 되기 때문입니다.

즉시, 비상이 걸리고 5분 대기조가 출동하여 그는 포박되었고 상황실로 이송되었습니다. 그때부터 잠도 안 오데요. 왜냐고요? 휴가 때문이지요. 드디어 나도 포상휴가를 타먹게 되는 것입니다. 동기나 후배들이 만날 때마다 "축하한다" 혹은 "주병장님, 축하합니다" 이렇게 말하는데 정말 기분 최고로 날아갈 것만 같았습니다.

드디어 5일 뒤, 1주일간 저의 포상휴가가 결정되었다는 행정반의 연락을 받자 마음이 들떠서 밥도 제대로 안 넘어가고 춤이라도 추라면 출 것 같았습니다. 날짜는 왜 그리 빨리 다가오지 않는지, 국방부 시계가 천천히 도는 것인지, 앉으나 서나 휴가 생각뿐이었습니다. 옷도 칼날을 세우고 신발(워커)도 반질반질하게 매일 닦았습니다.

그런데 휴가 2일 전 갑자기 행정반에서 "외출, 외박, 포상휴가 모두 연기한다"라는 전달을 들었습니다. 정기 휴가만 보낸다는 것입니다. 아니 이게 무슨 억장 무너지고 김밥 옆구리가 터지는 말도 안 되는 소리란 말입니까. 내가 어떻게 잡았는데, 이럴 순 없어, 내게 이런 기회는 다시 올 수 없단 말이야. 가 보신 분은 아시겠지만 휴가보다 더 좋은 게 어디 있단 말입니까!

아! 무너지는 이 가슴.

"울고 싶어라. 울고 싶어라 이 마음."

하늘이 노랗습니다. 이유는 그때 사회가 '대통령 직접 선거'라는 구호아래 날이면 날마다 데모를 할 때로서 광주는 민주화 운동이 일고 나라가 어수선하여, 삼군이 모두 비상 대기 상태가 됐던 것입니다. 휴가 중인 어떤 사병은 휴가를 반납하고 자진 복귀를 했다고 〈전우신문〉에서는 '애국심'이니 '충정'이니 하며 보도를 하기도 했습니다. 그러니 어떡합니까?

이렇게, 그냥 그렇게 2달 보름정도를 '포상휴가'라는 희망만 가지고 있다가 그대로 제대를 했다는 억세게 복 없는 저의 이야기였습니다.

이처럼 군대 복이 없는 제가 제대 후에 예비군은 어떠했는지 아십니까? 그것 참, 예비군도 군자가 붙는 군대입니다.

지금은 동원훈련을 제대 후 5년간만 받는 모양인데 저희 때는 10년간을 받았습니다. 1년에 1번씩 5일에서 6일간을 해당 부대에 입소를 하여 훈련을 받았지요. 이렇게 10년을 동원 예비군으로 있다가 일반 예비군으로 넘어가자 법이 바뀌어 동원 기간도 줄어들더라고요. 어째서 제가 끝나고 난 뒤부터만 그렇게 법이 잘 바뀌는지 모르겠습니다.

※ 참고 : 그때 담 넘어온 민간인은 부대 근처의 산에서 고시공부를 하던 사람으로, 불합격되자 홧김에 마을에 내려가 술을 너무 많이 먹고 마을 뒷산의 자기 숙소를 찾아가다 그곳으로 잘못 들어왔었다 합니다.

– 이 글은 〈MBC〉 라디오 '남성시대'에 소개되었던 글임.

딸의 얘기에 옛일이 떠오르다

초등학교 6학년 딸아이가 어딘가 전화를 해대고 늦었다며 허겁지겁 설쳐대기에 시계를 보니 등교시간은 아직 남아 있었습니다. 왠지 이상하다 싶어 제가 "와 그라노, 무슨 일 있나?" 하고 물었습니다.

"아, 아빠 학교에 다녀와서 이야기할게요."

이렇게 말하고 딸아이는 이내 나가버립니다.

오늘따라 날이 무척 춥습니다. 금년의 첫눈이 전국적으로 간밤에 내렸고 지금도 계속 내려 특히, 호남지방을 비롯하여 전국에 비상이 걸렸다는데 조그만 피해라도 없었으면 합니다. 그런데 피해가 아예 없을 수는 없겠지요. 이곳 부산은 눈 구경이 힘든 곳입니다. 눈이 와도 땅에 닿기가 무섭게 대부분 녹아 물이 고입니다. 그래서 부산의 젊은이들은 눈을 동경하지만 어쩌다 약간이라도 쌓이기만 하면 여기저기 차량 사고가 상당히 많이 납니다. 그런데 오늘은 눈이 오지 않지만 바람이 세차게 불어 무척 춥습니다. 저는 곧 출근을 했고 다시 저녁이 되어 식사를 할 때 요놈이 입을 열었습니다.

저희 집 근처에 사는 같은 반 아이의 아버지가 돌아가셔서 요놈과 친구가 상을 당한 친구를 아침 9시까지 붙잡아 놓았고, 그 시간에 급우들은 '깜짝 위로 모임'을 준비하여 그 아이에게 용기를 주었다는 것입니다. 저도 괜찮은 생각이다 싶어서 "참 잘했네. 누구 아이디어야?" 하고 물었습니다.

"선생님이 시켰어요."

"그래? 그런데 니들 둘이서 등교하는 그 아이를 우찌 잡아 두었노?"

"백양산 입구까지 걸어갔다 왔어요."

"날이 디게 추었는데 그 아이가 참 잘 따라 주었구나. 그런데 그 아이는 기뻐 하드나?"

"예, 힘내라고 써서 매달아 놓은 거를 다 읽고 즐거워했고, 우는 아이도 있었어요."

저는 고개를 끄덕였습니다. 그 아이의 기억 속에는 평생 지워지지 않는 추억이 한 개 더 추가되어 자리를 잡을 거라고 믿기 때문입니다.

제가 초등학교 6학년 마지막 가을 소풍 때의 일입니다. 하루 전에 담임선생님은 "밥을 싸오지 말고 지어먹을 수 있게 해 가지고 오라"고 하였습니다. 이 마을 저 마을의 골짜기에 대하여 묻고 물어 장소를 정하고, 마을마다 편을 가르고, 다시 남녀 학생들로 편을 갈라 준비를 시켰는데 소풍날이 되어 모이니 어느 놈은 솥단지를, 어느 놈은 쌀을, 어느 놈은 소금과 김치, 고구마를, 어느 놈은 배추 두 포기와 무 두 뿌리를 비료부대에 넣어 둘러메고들 서서 왁자지껄하니 자갈치 시장이 따로 없었습니다. 그래도 좀 나은 집 아이들은 보자기에 깨끗이 싸서 들고 있었지만 못 살기는 거의 마찬가지이니 그놈이 그놈이었습니다.

목적지에 도착하여 냇가에서 배추를 푹푹 쪼개어 깨끗이 씻어서 들고 언덕위에 올라섰더니 다른 머슴아들이 밥을 잘 못해서 설익은 밥을 싸서 고추장을 찍어먹을 수밖에 없었습니다. 선생님은 돌아다니며 밥을 한 숟가락씩 맛을 보고 등수를 가렸는데 우리는 탈락이었습니다. 이것은 노트 몇 권이라는 상품을 놓치고 마는 결과로 이어지고 "밥 하나도 바로 못하느냐"며 친구들에게 따지고 달려들어 싸울 뻔한 일이 지금도 가끔 떠오르는데, 아마 이 아이들도 평생을 잊지 않고 불현듯 떠오르는 추억으로 고이 간직될 것입니다.

– 이 글은 〈사상신문〉에 게재됐던 글임.

간 큰 옥수수 도둑들

지금부터 오래전, 그러니까 86년 아시안게임이 열리던 해 여름입니다. 그날도 요즘처럼 아주 무더웠고 옥수수가 익어갈 무렵의 일요일입니다. 우리들은 친구의 다 떨어진 고물 승용차를 얻어 타고 털털거리며 오전 10시경에 야외로 나섰습니다.

참고로 저희 5명 중 몇 명을 소개하자면 하나는 고물 르망승용차를 가지고 있고, 다른 한 명은 투망(초망)을 던지는데 기가 막히고, 나머지는 별 볼일 없지만 저는 주전자를 들고 따라다니며 부지런을 잘 떱니다.

이렇게 5명이서 투망을 던져 물고기를 잡기로 하고 고물차를 몰고 길을 떠나 낙동강 옆길을 따라 계속 올라간 곳은 김해 상동면이었습니다. 한참을 가면 강가의 길이 끝나고 그 길은 산속으로 이어져 면사무소와 지서(파출소)가 나오고 다시 삼랑진으로 이어집니다. 그곳에서 투망을 던져서 물고기를 잡는데 갑자기 비가 쏟아져 앞이 보이지 않는 것입니다. 우리는 물고기도 어느 정도 잡았으므로 철수하기로 하고 차에 올랐습니다. 유리가 뿌옇게 되는 것을 닦아가며 돌아 나오는데 고물차는 가끔 시동도 꺼졌습니다.

커브길가의 주막집에서 물고기를 주고 매운탕을 주문한 후 5명에서 '새'를 잡았습니다. 따는 돈은 모두 주막집의 경비로 쓰기 위해서 떼었지요. 이렇게 매운탕을 끓여서 밥을 먹으며 두꺼비도 5병을 잡고 나니 시간은 오후 4시지만 다행히 당시는 운주단속이 없던 시절입니다.

이 주막에서만 3시간을 죽친 것입니다. 그동안 비는 그치고 해가 났지만 비포장도로의 길 웅덩이에는 여기저기 물이 고였고 그 웅덩이를 지날 때마다 차는 완전 저속으로 가야만 했습니다. 그런데 버스까지 다니는 이 길이 군데군데 움푹 패여 나가 강 쪽으로 도랑이 생겨서 우리는 내려서 차를 밀기도 했습니다. 왜냐하면 우리가 차를 타면 범퍼가 땅에 닿기 때문이고 살살 가다보면 그놈의 고물차가 시동이 꺼지기 때문입니다.

한참을 이렇게 오다 한 군데에서 차를 들어 올리려고 모두 내려 보니 길가에 옥수수 밭이 펼쳐져 있고 옥수수는 수염이 까맣게 말라 비틀어 진 것이 아주 잘 익어있었습니다. 어서 나를 따다가 삶아 먹으라는 듯이 길 쪽을 향해 튀어 나온 채 옥수수 대에 업혀 있는데 술김에 제가 말했습니다.

"야! 저 옥수수 좀 봐라. 그놈 따다가 삶아 먹으면 맛이 참 좋겠다."

그러자 옆에 있던 친구가 성큼성큼 옥수수 밭으로 들어가더니 4개를 비틀어 따가지고 오는 것입니다. 그리고 하는 말이 "이거는 내꺼. 한 개는 마누라 꺼. 그리고 두 개는 내 아이들 꺼" 하며 신발의 흙을 터는데 다른 놈이 "가만 나도 몇 개 따자" 하며 밭으로 향하는 것입니다. 그러자 운전석에 있던 친구도 차에서 내려 뒤 트렁크를 열고 부스럭거리더니 마대자루를 꺼내서 가지고 가서는 '툭툭' 따서 담기 시작했고 처음의 친구도 다시 밭으로 가는 겁니다. 아니 저도 궁금하기에 근처의 것을 따려고 내렸다가 아니다 싶어 차 옆에서 "야, 야! 엥간이들 해라. 농사 진 사람도 생각해야지" 하고는 차에 돌아와서 앉아있었습니다. 온통 흙탕물이 도랑을 이루고 신발이 흙투성이지만 하늘은 파랗게 얼굴을 드러내며 따가운 여름 햇살이 퍼질 때입니다. 어디선가 엔진소리가 들리는 듯하여 저쪽 동네 쪽을 바라보니 오토바이 2대가 이쪽으로 오는 것이 보였습니다.

"야, 야! 밭주인 온다. 그만해라, 빨리 안 나오나? 느거들 인자 클랐다(큰일났다)."

그러자 이 녀석들도 사태의 심각성을 깨닫고는 모두 밖의 길로 나왔지만 운전하는 이 녀석은 마대자루에 거의 절반이나 옥수수가 들어있으니 그것을 들고 나오면 들통이 나겠고, 두고 나오지도 못하자 냅다 들어서 옆의 강으로 던지는 것입니다. 그리고 뛰어나와서는 차의 시동을 거는데 그때 시동이 안 걸리는 겁니다.

"야, 빨리 밀어라 밀어."

밀고 당기고 하며 겨우 시동을 걸고 우리가 타려했을 때는 이미 오토바이가 우리 곁에 멈추는 것입니다.

"아저씨, 와 남의 옥수수를 따능교?"

"언제 우리가 따. 안 땄오."

"그라믄 저기 저게 뭐요?"

그러면서 가리키는 곳은 강가의 버드나무에 걸려서 떠내려가지 못하는 마대자루였습니다. 마대자루는 가라앉지 않고 물위에 떠올라 있으며 버들가지에 걸려 물결에 따라 이리저리 춤을 추며 주둥이를 벌리고 옥수수를 몇 개씩 토해내어 놓고 있었습니다.

그러자 친구 녀석이 "그기 우리가 한 거 아인데"라고 하자 다른 농부가 다시 차 안을 가리키며 "좋소. 그럼 이그는 뭐요?" 하는데 거기에는 맨 처음 4개를 따서 가져다 실어놓은 옥수수가 발밑에 덩그렇게 놓여있는 겁니다. 나머지는 트렁크에 실려 있었지요. 드디어 농부의 입에서 험악한 말이 나오며 고발이란 단어가 튀어 나오는데 제가 가만히 보자니 이 일은 순리대로 해야겠다는 생각이 들었습니다. 그래서 끼어들며 "죄송합니다. 술이 웬수인데, 갚아 드리끼오. 얼마 드리면 되겠오?" 했습니다.

그러자 그는 5만 원을 요구했습니다. 당시 옥수수 가격은 4, 5백원 정도였는데 우리가 백 개를 땄겠습니까? 해봐야 3, 4십 개 정도일 겁니다. 억울하지만 어쩝니까? 죄인은 우리인데 제가 조용히 사정을 했습니다.

"저는 여기 있었고 친구들이 저거 반 자루 정도로 땄는데 좀 봐 주이소."

이렇게 사정을 해서 저를 빼고 한 녀석당 1만 원씩을 내서 4만 원을 주고, 옥수수는 발밑의 4개와 뒤 트렁크에 실은 것만을 가지고 올 수밖에 없었습니다.

그곳을 지나 돌아오는 길은 차를 밀어야 할 정도 되는 길이 없어서 우리는 묵묵히 앉아있기만 했는데 누구도 말을 꺼내는 사람이 없이 침

울했습니다. 그래서 제가 위로해 주려고 미소를 띠며 "야, 느거들 집에 가면 디게 비싼 옥수수 삶아 묵겠다" 했더니 모두들 눈을 크게 뜨고 날 째려보는데, 아이고 말 잘못해 맞아 죽는 줄 알았습니다.

'ㅎㅎㅎㅎㅎ.'

과속방지턱과 친구 결혼식

친구 결혼식 때였다.

전날 밤에 친구 여러 명이 모여서 술을 거나하게 먹고 함을 지고 가는데 사상역 근처에 과속 방지턱이 유난히도 많은 골목을 지나 역 쪽 골목으로 들어가는 길이었다. 밤길은 어두컴컴한데 군데군데 가로등이 있고, 개 짖는 소리를 뒤로 하며 신랑을 앞세우고 걸었다. 우리는 처녀 집을 모르니 이 녀석이 앞서서 걸었고, 삼삼오오 모여 희희낙락거리며 뒤를 따르는데 갑자기 앞에서 "억!" 하는 거였다. 보니 과속 방지턱에 걸려서 앞서가던 신랑이 넘어져 있는데 이 골목에 무슨 과속 방지턱이 그렇게 많이 도로를 막고 있는지 거짓말 같지만 10미터 간격으로 있었다.

어두운 데다 술이 한잔씩 거나해 비틀거린 것이 문제였다. 과속 방지턱도 주민들이 시멘트로 멋대로 조잡하게 만든 것이 수북했다. 바로 사상 영동병원 뒷길이었다.

얼마나 아픈지 신랑이 '아' 소리만 내며 일어나질 못했다. 놀라서 일으켜 세우니 '오 마이 갓!' 얼굴이 피범벅이 되었기에 근처 영동병원 응급실로 옮겼다. 결과는 이빨이 두 개나 부러지고 얼굴은 갈아서 피가 나고, 터져서 부어오른 입은, 퉁퉁한 아프리카 여인이 되는데 야, 이거 큰일이었다. 다음날이 결혼식인데 어찌해야 할지 먹은 술이 확 깼다.

연락을 받고 신부 집도 총출동했지만 어찌 해볼 도리가 없었다. 몇 시간 만에 이빨을 해 넣을 수도 없었고 아스팔트에 긁어 부어오른 부분도 어찌할 수가 없었다. 다행히 벗겨진 부분과 피맺힌 부분은 화장으로 가릴 수 있었는데 나는 이때 화장술은 누가 태초에 개발했는지 몰라도 노벨상을 줘야 한다고 생각했다.

예식 날짜를 늦출 수도 없는 일이고 다음날 신랑은 마스크를 쓰고 입장했다. 이제껏 수많은 결혼식을 다녔어도 결혼식 날 주인공이 마스크를 쓴 것은 처음 봤다. 친구인 사회자는 신랑이 지독한 감기이니 양해를 해달라고 처음과 중간 중간에 몇 번이나 이야기를 해야 했다. 그리고 신랑의 오른쪽 팔이 아파서 쓰지를 못했고 신부가 신랑 왼쪽에 서서 팔짱을 끼고 입장했었다. 후에 너무 아파 검사하니 오른쪽 팔의 뼈에 금이 갔었다 한다.

그 몸으로 첫날밤은 어찌 치렀을지는 모르지만 하여간 이런 예식은 처음이다.

※ 지금 그곳은 규격대로 된 과속방지턱이 3개뿐이고 아파트가 엄청 많이 서있다.

1986년 3월

제2장

소중한 나의 사랑하는 가족

자식에 대한 부모의 마음

나는 어려서부터 친구들과 잘 어울렸다. 학교가 끝나면 친구들 집에서 자고 오기도 하고 그 친구들이 나의 집에 놀러와 자고 가기도 했다. 그 때문인지 지금도 친구들에게 가끔 전화도 받고 부조금 낼 일이 생기면 고향까지 다녀오곤 한다.

큰 아이는 나를 닮았는지는 모르지만 가끔 밖에서 자고 오기도 하고 제 친구를 데려와서 라면을 끓여먹거나 잠을 자기도 한다. 녀석은 제 앞가림을 하는 듯도 하고, 그런 친구들 중에는 또 절친한 친구가 생길 수도 있으며, 그런 친구는 앞날을 살아감에 큰 도움이 되는 것이기에 나는 이의가 없다.

그런데 문제는 작은 아이다. 이놈은 무엇을 물어도 '웅얼웅얼' 얼버무리거나 핵심을 위주로 옳은 답을 찾지 못하고 이상한 말로 어리둥절하게 하며 틈만 나면 TV를 본다. 그 내용도 춤추고 노래하거나 코미디에 연속극 일색이다. 없애려 해도 아내의 연속극 시청 때문에 TV를 못 없애고 있는 나 자신이 한심하다. 어쩌다 온 가족이 퀴즈 프로그램을 시청하기도 하지만, 그때마다 아이는 마지못해서 함께 시청하는 모양이다.

아이들은 나와의 아침 식사 시간을 별로 달가워하지 않는다. 이야기 도중 어떤 문제에 봉착하면 나는 즉시 사전이나 그에 합당한 책을 가져오게 하여 설명을 하니 밥을 먹으며 눈물을 흘리기도 하고 "학교에 다녀오겠습니다"라는 말을 목이 멘 채 눈물을 훔치며 한다. 이럴 때 나는 내 자신이 무척 원망스럽지만 내가 교육시킬 시간이 이때 말고는 없으니 나로서도 어쩔 수 없고 이런 시간마저 없애버린다면 아이들과의 대화는 곧 단절될 것이다.

두 아이는 통 책을 읽지 않는다. 책 속에 길이 있고 남의 지식을 얻을 수 있다고 아무리 가르쳐도 컴퓨터 게임을 더 즐기니 어떻게 해야 할지 나도 갑갑하다.

나는 항상 3권의 책을 읽는다. 위치는 화장실과 내 사무실, 다른 한 권은 차 안에 있다. 이것저것 읽다 보면 어떤 땐 이 내용과 저 내용을 혼동하기도 한다. 거기에 신문이 또 있다. 내가 읽지 않은 신문은 아무도 버리지 못한다. 차곡차곡 날짜별로 쌓아놓고 틈이 나면 모조리 읽어 재낀다. 왜 그러느냐면 이것도 아이들이 보고 따라할 수 있기 때문이고 많은 정보 지식을 얻을 수 있다. 실제로 나의 행동이 알게 모르게 나의 부모형제들의 언행을 답습하고 있는 것에 대하여 나도 모르게 놀라기도 한다. 우리는 주변사회를 닮고 따라가려는 습성을 가진 인간이니 그럴 수밖에. 실제 동물들도 갓 태어나 맨 처음 눈에 띈 동물을 어미라 여기고 따라다니며 어미의 행동을 따라 한다고 알고 있다.

부모의 입장에서 자식이 나보다 더 훌륭하게 잘 자라고 성장하기를 바라지 않는 사람은 없을 것이다. 그래서 교육을 시키고 간섭을 하며 올바른 길이다 싶은 것을 제시하는데 아이들은 그것을 싫어하고 목표도 없이 그냥 그렇게 지낸다. 그래도 살아갈 수 있으니 정말 우리나라가 살기 좋아졌고 교육이나 사회가 이상하게 바뀌고 있는 것 같은데 그래도 지구는 돌아간다.

일전에 대학에 다니는 아이가 말했다.

"고등학교 때는 그렇게 죽어라 공부, 공부 하더니 대학가니 매일 노는 일뿐입니다."

왜 그럴까. 그 대학은 그렇게 할일이 없고, 목표도 없으며, 연구가 필요하지 않아 졸업논문이 없어도 졸업할 수 있는 것일까. 외국의 경우 초중고는 별로지만 대학에 가면 정신없이 공부하지 않으면 졸업하기가 힘든데, 우리나라는 어찌된 일인지 거꾸로 되니 참으로 안타까운 현실이다. 누군가 대학친구는 지나면 그뿐이라 했고, 누군가는 초중고 친구는 친했지만 잊히는 친구라고 했다. 그래도 맘에 맞는 친구는 많을수록 좋다.

인생을 살아감에 자신을 알고 어떤 목표를 설정하여 그것에 이르도록 최선을 다하는 자세가 필요할 것인데 나는 그렇게는 못했지만 그것에 다다르기 위해 수없이 목표를 수정하거나 시행착오를 겪으며 살았기에 현재에 이르지 않았나 하는 생각이 든다.

젊어서 고생은 사서도 한다는데 사람으로 고생도 해보고, '알바'도 해보며, 군대라는 특수사회도 경험하여 지식을 얻고, 친구도 알고, 책을 보고 실천하여 멋진 인생들이 되었으면 하는 것이 나와 다른 부모들의 바람일 것이다.

감기 벗어나기

지난 금요일 아침.

평상시 아침 운동을 그렇게도 싫어하던 아내가 오늘은 더 설친다. 멍게 배처럼 '울퉁불퉁 올록볼록'한 배라고 놀려대곤 했는데 오늘은 스스로 일어나 운동복을 갈아입고 있었다. 그래서 가만히 생각해 보니 오늘은 아내가 계원들과 제주도로 2박 3일 여행을 가는 날이라서 자기 딴에 미안한 마음에 따라나선 모양이다.

그런데 이상하게 내 목에 무엇이 붙은 것처럼 칼칼하고, 이것은 큰 기침을 해도 안 떨어지기에 그냥 지냈다. 오후에 아내가 떠나고 난 뒤에 '야, 이제 해방이다. 저녁에 뭘 할까' 하는 생각 중에 문득 '가만 있자, 목에 붙어있는 이것이 혹시 감기기운 아니야?' 하는 생각이 들었지만 곧 잊었다.

퇴근 후 마누라도 없는 썰렁하고 컴컴한 집을 지키고 있는데 딸아이 혼자 제 방에서 '쪼르르' 나오며 "아버지, 저녁 차릴까요?" 한다.

"그래, 좀 다오."

기름 값 아낀다며 썰렁하던 집 안의 보일러를 '방방' 틀고 뜨끈한 방에 누웠지만 뭐가 좀 허전해서 TV도 틀어보고 화장실 청소도 했지만 심심했다. '그래, 한잔하고 술김에 자자' 싶어 소주를 한 병 사왔다.

젊은 시절처럼 고춧가루를 잔에 조금씩 타고는 소주를 1잔씩 홀짝홀짝 거북스럽지만 술 1병을 다 먹고 자리에 누웠다.

다음날 자고나서 운동을 가는데 코가 맹맹한 게 아무리 생각해 봐도 어제보다는 더한 것 같았다. '거참 이상하다. 전에는 이렇게 하면 뚝 떨어졌는데' 하며 일을 마치고 집에 들어가니 역시 딸아이가 밥을 차려 줬다. 밥을 한술 뜨며 가만히 생각하니 마누라는 없고 역시 방에 혼자 멍청히 누워 있는데 한쪽 코가 맹맹하게 막혀 왔다.

'어제 술을 적게 먹어서 그런가보다. 예전에 술을 잔뜩 먹고 자고나니 아폴로눈병도 나았고 감기도 떨어졌었지, 그래 오늘은 두병을 먹자.'

밥 먹다가 나가서 소주 두 병을 사가지고 와서 역시 고춧가루를 좀 많이 타서 한 병 반을 비우고 나니 정신이 몽롱해지기에 방에 누워 정신없이 잤다.

다음날은 일요일.

정상적으로 일어났는데 머리가 띵했다. 옷을 갈아입고 운동을 가려는데 왼쪽의 막힌 코에서 콧물이 '쪼르륵' 타고 내렸다. 마스크를 하고 밖에 찬바람을 쏘이며 운동을 하면서 땀을 내니 역시 코도 '횡' 뚫리고 목과 등에는 땀도 흥건한 것이 감기가 다 나은 것 같았다. 그러면 그렇지.

집에 돌아와 퀴즈 프로를 보다 잠이 들었다. 이렇게 자다 깨다를 반복하는 중에 아내가 돌아왔다. 마침 아내가 '제주도 소주' 몇 병을 사왔기에 둘이서 3병을 먹고 잠이 들었다. 그런데 다음날 고춧가루를 타지 않은 것이 나의 실수였는지 콧물에 재채기에 목의 기침이 기승을 부리는데 '야, 이거 오지게 감기 걸린 날'이 되었지만 다행히 크게 아픈 곳은 없어서 견딜만했다.

아내가 파뿌리와 배, 밀감껍질에 유자 그리고 약간의 생강, 대추 설탕을 넣어 푹푹 끓인 물을 내놓기에 보온병에 담아서 계속 먹으니 삼일 지나 콧물이 마르긴 해도 한쪽이 막히기는 마찬가지였다.

그렇게 먹기를 일주일까지 하니 어느 정도 나아 생활을 할 만했고 이렇게 십여 일을 물 대신 계속 식후에도 먹었더니 이제는 완전히 나았다.

그런데 이번에는 아내가 내게서 옮았는지 시작을 하는데 여자라서 그런지 병원을 다니고 약에 취했다며, 머리가 몽롱하다고 난리를 피우고 있다.

요즘 감기는 약의 개수도 무척 많고, 나와 달리 아내는 며칠째 고생을 하고 있는데 그걸 못 참는 것을 보니 여자는 여자인 모양이다. 그래도 아파본 내가 아픈 사람을 이해하니 이것이 동병상련(同病相憐)인가.

禍不可倖免(화불가행면)이고 福不可再求(복불가재구)이다. 즉, 화는 요행으로 면할 수 없고 복은 다시 구할 수 없다.

건망증

평소 생활하면서 물이나 전기를 사용한 후 끄지 않는 것을 나는 가족들에게 무척이나 나무랐다. 물은 나오는 소리가 '쏴'하니 그래도 곧잘 잠그는데 전깃불이 문제였다.

"앞으로 화장실 불이나 창고 불을 끄지 않으면 벌금 천원을 낼 것."

그러자 젊은 아이들은 잘 지키는데 곧 잘 걸리는 사람은 집사람으로, 내 잔소리가 뒤따랐다. 사실 그 전기를 생산하여 집에 오기까지 얼마나 많은 사람들의 힘이 들 것이며, 나 또한 필요 없는 전기료를 물어야 하기 때문이다.

그런데 요즘에는 내가 불 끄는 것을 곧잘 잊는다. 그러면 아이들은 말이 없으나 마누라가 보면 내게 잔소리를 한다. 허, 참, 상전벽해였다. 요즘 내가 왜 이렇게 자꾸 뭘 잊는지 모르겠다. 예전처럼 그렇게 바쁘게 일을 쫓는 것도 아닌데.

문득 어느 책에선가 읽은 '히말라야의 새'라는 글이 생각났다.

눈이 하얗게 덮인 히말라야의 바위틈에 사는 새가 있었다. 이 새는 밤이면 너무 추워서 벌벌 떨며 한 가지 맹세를 했다.

'그래, 날이 새면 무슨 일이 있더라도 꼭 집을 지을 거야. 내 몸만 드나들 수 있도록 문은 작고 빈틈없이 집을 지으면 아늑할 거야. 그러면 밤마다 이렇게 떨지 않아도 되고 편안히 잠도 잘 수 있으니 몸도 개운할 거야.'

밤마다 이런 맹세를 하던 히말라야의 새는 드디어 긴 밤이 가고 해가 떠올라 따스한 햇볕이 온 몸을 덮으면, 먹이를 잡으러 나갔다. 먹이를 잡아 배를 채운 후에는 집 짓는 것을 잊은 채 딴 짓을 했다. 그러다가 밤이 되면 바위틈으로 돌아와 매일 밤 하는 대로 자기가 잊은 것을 후회했다.

'내일 날이 밝으면 무슨 일이 있어도 꼭 집을 지을 거야.'

잊고 실천하지 않아 후회하는 일이 인생에서는 비일비재하다.

내가 그 짝인지 겨울 새벽운동을 나설 때마다 챙겨가려는 물건이 있다. 바로 핫팩(Hot Pack)이다. 핫팩은 예전에 없던 물건으로, 비닐을 벗기고 내용물을 조몰락거리면 따뜻한 열이 난다. 장갑이 두꺼워도 손이 시리기에 챙겨가려는 것이다.

부산에서 본다면 낙동강이 파리의 센강처럼 북에서 남으로 흐른다. 이 강을 타고 갈대밭으로 흐르는 북풍은 볼이 얼얼하고 손가락의 감각을 잃게 한다. 그래서 집사람이 사다놓은 것이 핫팩인데 매일 운동을 가면서도 잊고 그대로 간다. 가다가 뚝방길에 올라서서 북풍을 맞으면 그제야 생각난다. 문 입구에 놔둔 것도 못 챙기니, 이제는 할아버지 소리를 듣는 것도 꼭 손주를 봐야만 듣는 소리는 아닌 것 같다.

공부도 때가 있다

아침마다 10분을 일찍 출근하여 청소며 준비를 끝내고 신문을 대충 훑어본다. 그런데 어떤 신문은 연재만화 삼국지를 별호로 토요일마다 주는데, 거기에는 한자시험 50문제가 수록되어 있으며 새 한자를 연습할 수 있는 난이 있다. 그래서 대충 풀어보고 채점을 해 보기도 한다.

그러다가 문득 자격증에 한번 도전하자는 생각이 들었다. 학교 졸업후 쓰지 않은 한자를 너무 많이 잊었다. 그래서 다시 한 번 살리고 싶어졌다. 사실 실생활의 자격증을 몇 개 딴 관계로 이렇게 살아가지만, 배우고 노력했던 것들은 거의 다 잊고 살았던 것이다. 그리고 내 아이들도 자격증을 땄으면 하는 생각에 같이 원서를 냈다.

우선 책장에서 먼지를 입고 있는 책을 꺼내서 1자를 15번씩 써봤다. 그런데, 야, 이거 장난 아니다. 앞장을 다 익히고 뒷장을 쓰고 나면 앞장이 생각이 나지 않는다. 거기다 저녁에 막걸리 한잔하면 잠이 쏟아지고, 이일 저일 매달리다 보면 책을 펴보지 못하는 날이 허다했다. 그래서 '공부는 하는 때가 있다'고 하는 주자십회훈(朱子十悔訓)이 있는가 보다.

아이들은 합격하고 나만 떨어지면 어쩌나 하는 생각도 들고 괜히 했나 하는 생각도 들었다. 그렇지만 이미 주사위는 던져졌기에 아이들과 고사장을 찾았었다. 그런데 고사장이 한두 곳도 아니고 급수별로 고사실이 수도 없이 많은데 그 고사실이 아이들로 꽉 들어차 있는 것에 혀를 내둘렀다. 날도 덥지만 우리나라의 교육열에 놀라서 숨이 막혔고 후생가외(後生可畏) 두려움도 들었다. 내 고사장에는 단 두 명을 빼고 모두가 초등학생들이었다. 그 단 두 명 중 하나가 나이고, 다른 한 명은 대학생으로 보이는 아가씨였다.

언제나 시험은 가슴 졸이지만 심호흡을 하며 차근차근 문제를 풀어나갔다. 이렇게 70여 문제를 풀었을 때 한 아이가 "선생님 다 했어요"하는 소리가 들리고 여기저기서 "저도요. 나도요. 오줌 마려워요" 하고 외치는데 정말 가슴이 '철렁'했다. 시간은 넉넉했지만 어찌 벌써 다 할 수 있는가 하는 생각에 무서움도 생겼다. 다시 한 번 더 확인하고 '2급 정도야 까짓 거' 하며 자신 있게 나오니 내 아이들도 벌써 나와 나를 기다리고 있다. 지금 아이들은 무척이나 빠르다.

이렇게 한 달을 기다려 그제께 발표 결과를 보니 어럽쇼? 나만 합격이고 아이들은 다 떨어진 것이다. 공부를 제대로 하지 않았기 때문이다. 사실 내가 이 나이에 합격하면 뭘 하겠나. 이 아버지는 지금도 틈나면 무엇이라도 하는 모습을 보여주기 위함인데, 이 녀석들은 책보다는 PC에 매달리는 시간이 더 많다. 어쩌다 잔소리를 하면 제 방에 들어가 책을 보다가, 그것도 잠시 또다시 슬그머니 나와서 TV나 컴퓨터에 매달린다.

고민 끝에 나는 합격자에게 상금 5만 원씩을 걸었다. 나도 1급을 도전하려고 서점에 갔다. 같은 책 3권을 사다가 한 사람이 한 권씩을 나누어 갖고 공부를 했다.

남자고 여자고 간에 이왕 시작을 했으면 반드시 끝을 맺어야만 하고, 이 끝이 있으면 다시 시작되는 것이 인생살이의 일이라고 생각되고, 나 자신이 아이들의 모범이 되어야 한다고 사료되기 때문이다.

현재 급수 한자는 현재에 쓰는 글씨가 대부분이지만 쓰지 않는 글도 익혀야 고한문을 해석하고 쓸 수 있다. 나는 시간이 없으니 새벽 5시의 운동시간을 대신해 하루 2시간씩을 하고 회사에서도 틈만 나면 읽고 썼다. 태산이 높다 하되 하늘 아래 있다 했거늘 죽어라고 했더니 끝이 보였다. 사실은 전에 익혔던 것들이라서 빨리 이해가 됐다. 내 아이들도 훌륭한 급수를 가졌다.

요즘은 잊지 않으려고 신문을 읽으면서도 신문에 나온 한자를 옆의 지면에 한 번씩이라도 꼭 써본다.

學而時習之, 不亦說乎(학이시습지, 불역열호)아
배우고 때때로 익혀쓰면 또한 기쁘지 아니한가.

2009년 10월

밝고 맑은 딸아이

5월은 청소년의 달이고 가정의 달이다. 나는 10년이 지난 지금에야 이 글을 쓴다.

나는 어릴 때부터 정부의 방침에 고무되어 결혼 후 집사람과의 상의 끝에 아이를 성 구별 없이 단 한 명만 두기로 하고 아들 하나를 낳았다.

'하나만 낳아 잘 기르자'는 정부 시책에 적극 부응을 한 것이다. 대부분 내 친구들도 보통 한두 명 정도의 자녀들을 두고 있었다.

그런데 내가 20대 말에 아이를 낳아 기르다가 30대 말쯤 주위를 둘러보니 도회지 사람들이 애를 둘씩은 기르더라 이것이다. 그래서 나도 집사람과 의논을 하여 하나를 더 낳느냐 마느냐 이걸 상의했으나 서로의 대화는 항상 결론 없이 무산되곤 했다.

그러던 어느 날, 어찌 어찌해서 아이를 하나 더 낳게 되니 큰애와 나이 차가 무려 아홉 살이 됐다.

그렇게 아이가 무럭무럭 자라서 지금 초등학교 3학년이다(글 쓸 당시). 절대 부모로서, 큰애와 차등을 두지 않으려고 애를 쓰고 있으며 오히려 집사람에게 학교 임원을 하게 함으로써 조금도 티 없이 자라도록 하고 있다.

요놈이 말을 배우면서는 아빠만 찾으며 떨어지질 않으려 하더니, 지금은 엄마만 매달리고 따른다. 매일 말질만 하여 야단을 들어도 그때뿐이고, 오늘도 컵을 깨서 엄마에게 꾸중을 듣더니 그 큰 눈에 눈물이 그렁그렁하면서 내게로 다가 와서는 내 팔을 끌어안고는 슬그머니 몸을 기댄다. 아주 사랑스럽고 세상에 그 무엇과도 바꿀 수 없는 정말 소중한 가족이다.

작년에는 홍역을 하는데, 온 몸이 뻘겋고 불덩어리로 누워만 있으려 하고, 밥을 먹지 않기에 심사숙고 생각 끝에 자극을 주기 위해 이렇게 말했다.

"니이, 밥 안 묵고 그래 누워있으면 죽는다. 죽는 기 뭔지 아나? 아무도 없는 땅 속에 꼼짝도 못하고 누워있는 기라. 그 속에서 니는 말도 못해. 죽은 다른 사람들은 전부 다 멀리에 있어. 니 혼자서는 나오지도 못해. 아빠와 엄마, 니 친구들 아무도 못 만나……. 그래도 죽을 기가?"

그렇게 말했더니 슬그머니 일어나 꾸역꾸역 밥을 다섯 숟가락이나 퍼 먹었다.

사나운 짐승인 사자나 스라소니, 매 같은 짐승들은 새끼들을 야무지게 키우기 위해 일부러 고된 훈련과 배고픔으로 사냥법을 가르친다는데 겁과 눈물뿐인 이놈이 장차 모진 세파를 잘 이겨낼는지 걱정이다.

며칠 전에는 껌을 씹으니 요놈이 자기도 달라는 것이다. 그런데 없어서 없다고 했더니 내 입을 벌리고는 씹던 것을 빼앗아 가는데 허참.

친구들과도 잘 어울리고, 공부는 중간이고, 티 없이 밝고 맑게 크니 더 이상 바랄 것이 그 무엇이 있을까?

모든 일이 세상의 뜻과 섭리로 이루어지길 바랄 뿐이고 새싹이 곧으면 자라서도 곧을 것이니 사필귀정이라고, 옳은 것은 옳은 길로만 돌아올 것이다.

2002년 5월

아내

퇴근 후 방에 들어가 잠옷을 찾기 시작했다. 집이 커서 옷장이 별도로 있는 것도 아니기에 큰 옷걸이에 외출복과 운동복 잠옷을 집사람 것과 내 것을 걸어 놨는데 아무리 속을 찾아도 잠옷은 없다. 할 수 없이 집사람을 부르니 들어오며 하는 말 "아, 빨았는데 다른 걸 내 놓는다는 게 깜박했네" 하면서 장롱을 뒤지기 시작하는데 이 정도는 보통이다. 수삼 일에 한 번씩 입을 옷을 찾기 위해 저런 식으로 옷걸이의 옷을 내렸다 올렸다를 몇 번씩 하며 골라내야만 한다.

내가 누구와 미팅 중에 집사람이 있으면 거짓말을 못한다. 예를 들자면 어떤 내용 설명 중에 내 유리한 대로 "한 십년쯤 전에 그런 일이 있었습니다" 하고 이야기를 마치려 하면 "아니요, 오 년 전이요" 하며 큰소리로 대화를 끊고 나서서 자기 말을 해버린다. 남편의 무안도 집사람에게는 별것 아닌 모양으로 아무리 거짓말을 못하는 성격이라 해도 어떤 때는 너무한다 싶어 내가 발을 '꾹꾹' 밟아도 날 쳐다봐가면서

끝까지 그 얘기를 다 해버린다. 그러다가 자기에게 불리한 듣기 싫은 소리라도 할라치면 웃으며 "그냥 넘어가지요" 하면서도 자기는 못 넘기는 것이다.

부부는 닮는 것일까? 글쎄올시다. 집사람이 얼마 전까지만 해도 덥다며 이불을 차냈다. 그러다가 한참 지나면 다시 끌어다 덮는데 그래도 다리는 이불 밖에 내어놓는다. 그러면 나는 슬그머니 끌어다 다리까지 덮어주곤 하는데 갱년기와 우울증 약을 먹으면서 요즘은 좀 조용해졌다. 그런데 이제는 내가 열이 나서 이불을 확 걷었다가 이내 5분도 안 되어 추어 다시 덮어도 누운 등은 아직도 뜨겁게 열이 난다. 흰머리 때문인지 머리에 열이 뻗치면 자다가 두 손으로 내 머리를 벅벅 긁기도 한다.

잠을 잘 때에 나는 바로 누워 천정을 보거나 아니면 집사람을 보고 눕는다. 그런데 집사람은 나의 반대쪽을 보고 모로 누워 잠을 잔다. 기분 나빠 어느 날 집사람 자리에 내가 누워 잠을 자보니 이번에도 역시 싸운 사람처럼 등을 보이며 반대쪽으로 누워 잠이 들었다. 그래서 어느 날 왜 그런지 이유를 물었더니 그게 편하단다. 거참, 등을 보이고 자면 상대방이 불쾌해지는 것인데 나는 해를 쫓는 해바라기인가.

일터에서는 라디오를 듣지만 집에 오면 TV를 보는데 집사람은 연속극이 최고다. 나는 다큐, 여행, 동물을 보기에 채널을 이리저리 돌리면 바로 구박이다.

"태레비 고장 나겠소. 정신없이 와 그리 돌리요."

어쩌다 합의하에 명화라도 볼까 하여 테이프를 비디오에 넣고 2, 30분 정도 지났을까. 시끄럽게 코고는 소리에 나는 볼륨을 더 높여야만 한다. 식사 후 밤의 영화 시청이 우리 부부에게는 사치인가 보다.

새벽 운동 시간에 깨우면 대부분 일어나지 않는다. 그래서 혼자 가기 일쑤인데 혼자가면 너무 심심하다. 그런데 또 같이 가면 다녀오며 싸우는 날이 많다. 주로 돈 때문에 토닥거리는데 그래도 집에 오면 운동 후의 기쁨에 다투던 것은 다 잊고 몸을 씻고 각자의 할 일을 한다. 그 할 일이라는 것이 나는 식사와 출근인데 집사람은 한 시간 아침잠을 때린다. 그리고 일어나서 일을 한다. 그렇게 하루해가 가고 저녁에 내가 퇴근하면 나와 함께 소주잔을 기울이고 누워 잔다. 저런 습관으로 어찌 씻은 고구마 널어놓은 것만 같은 뭉텅이 살을 뺄지 참으로 내 머릿속이 혼란스럽다.

평상시 대화 중에 어떤 음식이나 식품을 이야기 하며 "요즘 무엇의 맛이 아마 제철일 거야"라는 말을 못한다. 그날 중으로 '달러' 빚을 내서 저 자갈치시장을 하루 종일 시간 내 다녀오더라도 사가지고 음식을 만들어 준다. 서너 번 이상 나오는 반찬을 싫어해도 그렇게 굳이 날마다 한 가지씩 만들어 올리니 다 먹지 못한 반찬의 재고가 세 끼, 네 끼 계속 올라온다. 그것은 낭비가 되고 쓰레기를 버리려면 또 다른 돈이 소요되고 이런 낭비음식이 우리나라에 몇 조 원이라는데 고쳐야 할 습관이다.

돈은 수중에 있으면 줄어들고 쓰레기는 놔두면 늘어난다.

사는 이야기

한밤중.

갑자기 들리는 사이렌 소리에 놀라서 부스스 일어나 창문을 열었다. '아뿔싸' 건너편 상가에서 검은 연기가 치솟으며, 가끔 벌건 불꽃이 날름거린다. 검은 연기가 가슴에 닿는다 싶더니 콧속이 매캐해진다.

'이 냄새.'

'이 연기.'

생각하기조차 싫은 기억이 나에게는 있기에 옷을 대충 걸치고는 방을 뛰어 나갔다. 랜턴을 찾아 들고 가서는 연기 속에 드나드는 소방관들의 입구 쪽을 비추어 주었다.

어느새 구경꾼들이 빙 둘러서고 소방관들은 산소통인가를 메고 불난 집 안 구석구석을 헤매는 사람, 도끼로 지하실 셔터를 때려 부수는 사람, 사다리를 놓고 2층으로 오르는 사람, 이쪽저쪽 호스를 이어서 물을 뿌려대고 무엇이 깨지는 소리, 터지는 소리, 뛰는 소리, 수대

의 소방차와 경찰차, 한전차량 등이 뒤엉키고, 하얀 소방 호스가 미친
년 머리카락 헝클어지듯 이리저리 꼬이기 시작한 즈음, 도로 온 바닥
이 홍수가 나기 시작했다.

이때쯤 불길이 좀 수그러지고, 연기는 줄어들며 시커먼 집의 뼈대가
윤곽이 드러나고, 김이 무럭무럭 나며 사이렌소리가 멎었다.

얼마 후 불길이 잡히자 호스를 걷으며 철수를 서두르는 소방관들에
게 놀라서 문을 열은 동네 슈퍼에서 음료수 3박스를 사다가 주었더니
고맙다며 1병씩 마시고 떠났다.

수십 년 전 3살배기 딸을 3층 방에 두고 집사람과 나는 1층 상가에
서 일을 하고 있었다. 내가 하는 일을 집사람이 거들면 수월해지기에
항상 같이 붙어있는 시간이 많았는데 일이 바쁘면 바쁠수록 집사람과
같이 있는 시간이 더 많아졌다.

그런데 TV를 보면서 3층 방에서 놀던 어린 딸아이가 1층으로 울면
서 내려왔다.

"왜 그러니?"

물어도 계속 울기만 하므로 답답해진 내가 소리를 버럭 질렀다.

"왜에~."

"불, 벌."

불 발음인지 벌 발음인지 잘 못 알아듣겠지만 나는 무슨 벌레, 벌자
정도로 알아듣고 집사람의 얼굴을 보고는 "가자. 아빠가 벌레 잡아 줄
게" 했다.

나는 아이의 손을 잡고 3층으로 올라갔다. 딸아이의 손을 놓고 현관

문을 여는 순간 매캐한 냄새가 코를 진동하는데 '누군가 또 공기 오염 시키는군' 하는 생각에 근처의 누가 쓰레기나 종이, 나무 등을 태우는가 싶어서 속으로는 중얼거렸다.

"어느 방에 있드나?"

"큰 방에."

컴컴한 거실에서 큰방 문을 여는 순간 '아……' 화재. '아' 이것이 불났다는 것이구나! 차단기가 떨어져 깜깜해 지척을 분간 못할 정도지만 더듬어서 화장실에 가니 받아 놓은 물이 한 방울도 없었다.

"선영아, 엄마 오라 케라!"

소리를 '꽥' 지르고는 대야에 물을 받는데 왜 그리 물 받는 시간은 오래 걸리는지…….

물을 붓고 또 받고 하다 보니 이게 아니다 싶었다. 다른 생각에 퍼뜩 세면대 위에 개어 놓은 타월을 꺼내어 물에 적셔서, 불길 보이는 데마다 덮고 문지르는데 숨을 못 쉬니 문이란 문은 다 열었다. 난리 법석에 한바탕 태풍을 치고 나니 다행히 진화에 성공할 수 있었고, 안방만을 태웠지만 일이 얼마나 많이 생겼는지 모른다. 문 열어놓은 방이란 방은 연기가 스며들어서 새까만데, 그을음을 닦아내고, 깨진 유리 치우고, 카펫 갈고, 장판을 새로 깔고, 커튼을 고쳐야 했고, TV나 전화기도 새로 장만해야만 했다.

새카맣게 그을음이 묻은 두 손을 바라보고 있을 때 나는 냄새. 특히 그 냄새, 맡기 싫고 숨쉬기가 곤란한 이 냄새. 이 냄새가 한 달 정도 계속해서 집 안에서 났다.

그 후부터 우리 집 화장실에는 큰 물통이 한 개 새로 생겼다. 이른바

방화수인데 누구든 씻을 때는 이 물을 이용하고 쓴 사람은 다 채워놓게 하였다.

만약, 물을 채워두지 않거나 그 물을 이용치 않고 바로 수도꼭지 물을 사용하다가 나에게 적발되면 혼쭐이 난다. 물론 더운물로 샤워나 양치질 할 때는 예외다.

또 소화기를 비치하였다. 그리고는 1주일에 한 번씩 거꾸로 흔들어서 속에서 무엇이 쏟아지는 소리를 확인한다. 이렇게 하면 소화기를 새로 손보지 않아도 계속 사용할 수 있다는 말을 들었기 때문이다.

화재 보험도 들었다. 만일 여차해서 붙어있는 이웃에 문제가 생기는 것이 싫었기 때문이다. 화재보험은 상당히 비싼 편이고 까다로웠다. 동영상까지 찍어가고 3일 후에나 승인이 났다. 그래도 조금이라도 여유가 있다면 보험을 갖고 있는 것이 안심이다. 유비무환(有備無患)이라고 여러 가정이 이런 방비를 한다면 아까운 인명과 재산을 어느 정도 스스로 지킬 수 있을 것이라 사료된다.

당시 세 살배기 딸아이가 지금 스물일곱이다.

살다보면 이런 일도

12시 30분쯤 점심 한 그릇을 때우기 위해 현관에 들어서며 거울을 쳐다봤습니다. 머리는 오토바이를 탔었기 때문에 헬멧 자국에 머리카락이 눌려있습니다. 아내의 곱슬머리와는 달리 저는 쪽 고른 참 머리인데 생활전선에서 뛰다보니 언제나 이 머리는 헬멧에 눌려있던 자국이 머리카락에 나타나는 것이 싫어서 전에는 물 칠도 해보고 무스도 뿌려보며 드라이도 했었지만, 지금은 그냥 되는 대로 곱슬머리로 살고 있습니다.

밥상을 차리며 집사람이 말했습니다.

"지발 오도바이 좀 잠그소. 체인 하나 사가 잠그라 카이."

"마 게안타. 다 떠러진 오도바이 그 누가 가가노."

"그래도 당장 엄서지면 우리만 손해 아이요?"

"그래 마 알았다."

점심밥을 먹고 다시 출근을 위해 계단을 내려가 보니 오토바이가 없었습니다. 근처의 골목을 둘러봐도 보이질 않기에 집사람의 말이 생각나서 다시 집에 올라갔습니다.

"아, 야! 오도바이가 엄서졌다."

그러자 마누라는 쭈그러진 바가지 인상을 쓰며 물었습니다.

"뭐라카요?"

"오도바이가 엄서."

순간 집사람은 화가 치밀어 오르는지 버럭 소리를 쳤습니다.

"이 양반이, 내 그래, 장그라 멧번을 이야기했어도 들은 체도 안 하드만 당장에 돈 들어가게 하네. 내사 마 모르요. 알아서 하든가, 말등가……. 여자 말을 껍보리 껍데기로만 들으이 벨 수가 있나."

서있기도 그렇고 해서 근처의 오토바이집을 몇 군데 다니며 찾아보고 물었지만 잃어버린 것만은 확실했습니다. '집사람 말을 들을 걸' 하는 생각으로 회사로 향했습니다. 그 조그만 오토바이는 저의 출퇴근뿐 아니라 작은 자재 구입에서 수금까지 모두를 책임지는 저의 자가용으로 4년간이나 손때가 묻고 정이 들은 것이었습니다.

그로부터 사흘 뒤.

아이들과 저녁밥을 먹는데 집사람이 소리를 질렀습니다.

"이기 뭐요? 이기?"

쳐다 본 저는 아차 싶었습니다. 오늘 25만 원을 수금이라고 누가 주기에 엊저녁 꿈이 삼삼했던 것이 생각나서 어떤 기대감으로 눈 딱 감고 로또를 25장을 샀었습니다. 만약에 된다면 크고 멋진 새 집으로 이사도 가고, 오토바이도 500cc 이상 정도는 타고, 뭐 이런 배부른 생각을 하다가 그 종이를 숨긴다는 것을 깜박 잊고 바지 주머니에 놔뒀는데, 빨래하려고 옷을 챙기던 마누라가 그것을 봤으니 조용할 수가 없었습니다.

"아이, 이 양반이 정신이 있어? 엄써? 지금 아 학원비도 몬 보냈는데 이기 뭐야, 이기. 엉? 이럴 돈이 어데 있오. 그럴 돈 있으믄 내나 주소."

궁색한 나의 변명은 어떡합니까. 엎질러진 물인데.

"엊저녁에 안 있나. 좋은 꿈을 꿨그든."

"꿈 좋아하네. 공짜 바라다가 대머리 되고 싶나? 한두 장이라야 말도 안치. 이기 다 뭐꼬."

그러면서 눈이 똥그래져서 종이를 세어보고는 또 쏘아붙입니다.

"25장이나 되네. 와이고 속 트쳐라. 이기 아깝지도 않나."

내가 너무하긴 한 것도 같았습니다. 그 돈이 아깝기도 했습니다. 하지만 평범한 남자가 신 아무개처럼 하룻밤에 도둑질로 2백에서 4백씩 벌어들이지 못하고는 어떻게 근사한 집을 장만하고 넥타이 매고 승용차 몰며 기분 내고 살겠습니까? 그래도 혹시 압니까. 1시간만 있으면 추첨할 건데. 그러나 그런 저의 간절한 기대도 1시간이 지나자 멀리 날아가 흩어졌습니다.

다음 날.

일 때문에 삼천포에 갔습니다. 마침 바닷가였기에 온 김에 싱싱한 해산물이나 한 손 사가려고 집에 전화를 했습니다. 부산에도 있지만 차를 타고 바닷가로 나가거나 횟집 신세를 지지 않으면 안 되기에 온 김에 사갈까 해서지요.

"사긴 뭘 사. 갔음 빨리 오지."

그래? 그래서 그냥 돌아왔습니다. 필요 없다는 데야 어떡합니까.

그랬던 사람이 돌아오자 또 성화였습니다.

"그냥 오랬다고 그까지 가서 그냥 오요? 내 산낙지 좋아하는 거 아니? 모르나?"

야, 이거 참. 아무리 여자마음 갈대라더니 알다가도 모르겠고 정말 이상한 것이 여자였습니다. 밖에 나가서 두어 마리 사올까 하다가 그냥 잠자리에 들었습니다.

그날 밤.

잠자리에서 집사람의 마음을 달래 주려고 슬그머니 안아줬습니다. 내 품에 안긴 집사람이 1분도 채 안돼서 "간지러워" 하더니 휙 돌아눕습니다. 괜히 기분이 나빠졌습니다.

'그래, 그으래, 이제껏 살면서 언제 내 품에 안겨 자본 적 있었나. 네가 하고 싶은 대로 해라. 내가 뼈 빠지게 일하고 내 청춘 연기가 되어 날아가도록 사는 것이 누구 때문인데. 지와 아이들이라도 수월하게 살라고 하는 것도 모르닝 기. 무조건 나는 돈 만드는 기계일 뿐이지.'

이런 마음으로 나도 등을 보이며 돌아 누워 잤습니다.

그리고 이틀 후에 안 일입니다.

집사람은 처녀 때부터 안면에 잔털이 많아서 일주일에 한 번 정도로 눈썹도 고르며 면도를 한답니다. 저도 몇 번 본 기억이 납니다. 거울을 보며 살살 말끔히 깎는데 그날 아침에 했답니다. 그 자리에 옷의 털끝이나 풀잎, 수염 끝이 닿으면 되게 간지러워 손이 저절로 올라가 만져진답니다. 그래서 붙지 않고 바로 누웠다나, 어쨌다나.

그럼 그렇다고 사전에 나한테 말을 했어야지.

– 이 글은 〈MBC〉 라디오 '여성시대'에 소개됐던 글임.

만약 내 자식이 가해자였다면

지난 9월 어느 날 밤이었다. 저녁에 집사람과 막걸리 한잔씩을 하고 한잠이 들었는데 갑자기 전화벨이 울려댔다.

"이 밤중에 무슨 전화야."

중얼거리며 시계를 보니 시간은 밤 12시였다.

"예!"

"아, 여보세요. 여기 ○○파출소입니다. 밤에 죄송합니다만 집에 신규라는 아이가 있습니까?"

"아, 예. 우리 앤데 지금 왔나 모르겠네요?"

신규는 나의 아들이다. 얘가 오늘 저녁에 친구와 옷 하나 사 입겠다고 나갔는데 무슨 일이 생긴 모양이다. 나는 집사람을 깨워놓고 보호자 출두를 요구하는 ○○파출소를 향해 택시를 탔다. 저녁에 막걸리를 먹어 차도 못 몰고 이 시간에는 버스도 없기 때문이다.

아이에게 뭔가 큰일이 생긴 모양이다.

밥 먹고 출근하고 집에 와서 잠이나 자는 변두리 무지렁이가 도심 복판의 파출소를 이 한밤에 간다는 것은, 과히 내키지 않는 일이었다. 그러나 아들의 일인데 어쩌지도 못하고 가보니 머리카락은 제멋대로고, 얼굴에는 핏자국도 있으며, 옷은 늘어지고 찢겨진 것이, 단번에 무슨 일이 있었음을 짐작했다. 우리 아이와 친구, 이렇게 둘이는 긴 의자에 앉아 있는데 그 모습이 흙 밭을 뒹군 거지들 같았고, 역시 그런 스타일에 그 또래의 아이 세 명이 손을 들고 벌을 서며, 저쪽 경찰관 옆의 바닥에 꿇어 앉아 있었다.

"신규 어버집니다. 오라 해서 왔는데, 뭐로 우찌된 일입니까?"

그러자 너무 싹싹한 그 담당자는 앉으라고 의자도 권하며, 사실을 설명하는데, 야! 참 오래 살다보니 반말만 하던 그 경찰들이 참 많이도 변했음을 알 수 있었다. 그의 이야기를 들어보니 내막은 대략 이러했다.

우리 아이와 그 친구가 옷을 사려다가 저쪽 패거리와 시비가 붙었는데, 우리 아이들 쪽이 얻어맞기도 하고 돈은 돈대로 뺏겼다는 것이다. 마침 두 명의 경찰이 순찰 중에 그들 중 2명을 잡았고, 휴대폰으로 전화를 걸게 해서 나머지도 파출소로 오라 하여 3명 모두를 잡고 저처럼 벌을 세우고 있다는 것이다. 듣고 보니 내 아이들은 죄가 없어서 천만다행이다 싶고, 안도의 한숨이 절로 나오며, 옥죄었던 내 가슴이 어느 정도 펴지는데 그가 묻는다.

"절마들을 우짤랍니까? 아이들 데리고 병원에 가셔가 진단서 끊어 오시면 쟈들 모두 경찰서로 넘길 수 있습니다."

"그래요? 그럼 그래 해야지. 젊은 놈들이 할 짓이 없어서 싸움을 해?"

저는 '이러면 안 되는데, 정말 내가 이러면 안 되는데' 하는 갈등으로 머릿속에서 잠시 고민이 일었다. 그러다 "잠시만 기다려 보소"라고 했다.

나는 죄도 안 졌는데 목이 '바싹바싹' 타기에 그곳을 나와, 근처 밤샘 하는 슈퍼에서 맥주를 1병 사서 한잔을 기울이며 생각하다, 그 담당자를 불러냈다.

"저도 아이들을 키우는데, 그 애들 앞날은 지금부터 구만리는 될기요. 그런데 가들이 커가며 무슨 일이 일어날지 우찌 알겠소. 내는 넘기라고 큰소리를 쳤지만, 저렇게 벌도 받았으니 적당히 타이르고, 위협도 해서, 훈방을 시키도록 합시다."

그러자 그는 놀라 눈이 동그래지며 말한다.

"아, 그래요? 아이고, 지금도 이래 부처님 같으신 분이 계시네. 와이고, 저놈들 저거, 복 받았네."

그는 파출소 안으로 들어갔다. 그러더니 잠시 후에 "가해자의 보호자 2명이 왔다"며 그들과 같이 다시 내 앞에 나타났다.

"저분, 저 부처님 같은 분께 고맙다고 빌며 사과하고, 보상 끝내고, 그리고 이야기 끝나면 같이 들어오세요."

이런 말을 하고 그 담당자는 들어갔다. 그러자 그 중 젊은 청년이 내게 와서는 인사도 하고 고분고분하게 내 말에 "예예" 하며 한동안 뜻을 맞추더니 결국은 선처를 부탁한다.

"합의를 보도록 하시지요, 돈은 없습니다만 다만 얼마라도 약값하고 옷값은 드려야만 할 것 같습니다."

이렇게 경우 바른 말을 들으니 나는 빙긋이 웃음이 나왔다. 내가 수양이 잘 돼서가 아니고 "잃은 자와 맞은 자는 발을 뻗고 자도 때린 자와 훔친 자는 발을 오그리고 잔다"는 돌아가신 어머니 말씀이 생각났기 때문이다. 그래서 나도 부드럽게 웃으며 말했다.

"내가 당신한테 약값 몇 푼 받아 뭐하겠소. 나도 어린 자식이 아직도 하나 있소. 애들 키우다 보면 다 이런 거 아이겠소? 내가 들어가 아이들한테 큰소리 좀 하고 마 그냥 갈라요."

그는 머뭇머뭇 하며 "저기, 저. 그렇지만 다만 얼마라도 좀" 하기에 나는 "정 그러면 여기 맥주 1병 값하고, 올 때, 갈 때 택시비로 9,500원 만 주소" 했다.

그러고는 돌아서 나는 안으로 들어가 사람들이 다 들도록 큰 소리로 아이들을 혼냈다.

"이 놈들! 손 내려! 느거들 지금 모두 경찰서로 넘길 긴데, 몸이 아프거나 싸우다 다쳐가 몬 가겠다는 놈은 어디 손들어봐!"

이 녀석들이 서로 눈치만 본다.

"야들 모두 다 잡어여 버리소."

이렇게 말하고 담당을 향해 눈을 '찡긋'거리고 나는 내 아이와 친구 아이를 데리고 집으로 돌아왔다.

돌아오는 내내 내 머릿속은 역지사지(易地思之)로 '만약 내 자식이 가해자였다면, 나는 불려가서 어떤 식으로 처신을 했을까' 하는 생각에 머릿속이 혼란해졌다. 나라면 얼마를 준다 하고 합의해 달라고 해야 하나. 그러면 그들은 나처럼 그냥 가라 할 것인가, 아닐까 등. 머릿속이 심란하고 어지럽다.

그날 밤, 나의 집에서는 이놈들이 씻고, 닦고, 약 바른다고 '쿵탕, 삐거덕'거리며 방과 화장실을 들락거렸고, 잠시 뒤 물 먹는다고 냉장고 문 열고 닫고 시끄러웠으며, 심심하면 화장실을 드나들어, 나는 이날 밤 더 이상 잠을 이루지 못했다.

인간의 능력에는 별로 큰 차이가 없다. 물론 환경, 기타 여건도 있겠지만 그것을 얼마나 성인이나 선생님들이 다독이며 관심을 가지고 지도하느냐에 따라 박사도 되고 거지도 된다.

애들이 커가는 길이 붕정만리(鵬程萬里)인데 무슨 일이 어떻게 얼마나 일어날지는 새옹지마(塞翁之馬)처럼 예측하기 힘들다.

좋은 옷 입고 살지는 못할 사람

사람에게는 누구나 싫어하거나 거부하거나 혐오스런 것들이 있다. 어떤 사람은 '죽을 사(死)'라 하여 '사(4)자' 글씨를 싫어하는가 하면, 어떤 사람은 털이 있는 과일을 못 먹는다. 그 맛있는 복숭아나 살구, 매실을 먹음으로 알레르기가 일어서 피부가 무척 힘들어하기 때문이다.

어느 날 집사람이 거금을 들여 오리털 점퍼를 사왔다. 보니 색상도 좋고 따뜻하여 즐겨 입었는데 3, 4일쯤 지나자 몸이 간지럽기 시작했고, 어디선가 먼지 같은 털이 풀풀 날리는 것이었다. 그날 티셔츠를 갈아입으려고 옷을 벗은 나는 깜짝 놀랐다. 티셔츠 위에 크고 작은 하얀 오리털이 붙어 있거나 머리를 옷 속에 박고는 내 몸을 간질이는 것이었다. 그걸 뜯어내는데 신경질이 얼마나 나던지 그때부터 나는 그 점퍼를 입지 않았다.

그런데 다음 달에는 딸아이가 월급을 탔다고 오리털 파카를 사왔는데 이거 역시 며칠 지나지 않아 털은 덜 빠지지만 몸이 간지럽기는 마

찬가지였다. 그래서 오리털이 들은 옷들은 모두 이웃사람들 차지가
됐다.

1년 후 집사람이 "이 점퍼야말로 절대 털이 빠지지 않는다"며 거위
털 점퍼를 사왔는데 야, 이거는 털도 하얗게 내려앉지 않고, 따뜻하고,
가볍고, 부드러운 것이 맘에 '쏙' 들었다. 새삼스럽게 마누라의 고마움
이나 사랑을 느낄 수 있었다. 그런데 며칠 전부터 또 몸이 간지러운데
털은 없고 이상하다 싶어도 그냥 며칠을 더 입던 어느 날은 도저히 참
을 수가 없어, 대체 무엇이 이처럼 몸의 몇 군데를 간질이나 하는 생각
에 옷을 홀랑 벗고 돋보기를 쓴데다 돋보기로 된 확대경을 대고 들여
다봤다. 눈이 노안인 나의 맨눈으로는 보이지 않던 아주 미세한 털들
이 수두룩하게 내 티셔츠위에 얹혀 있거나 티셔츠를 뚫고 박혀있는 것
이었다. "그놈의 털."

역시나 입지 않고 집어던졌다.

그러자 마누라 왈, "세상에 살면서 좋은 옷 입고 살지는 못할 양반이
야"라고 한다.

그래서 지금도 나는 솜이나 캐시미론 종류의 점퍼를 사서 입는다.

그리고 나는 목 근처에 붙어있는 제조사의 마크를 아주 싫어한다.
내가 목을 움직일 때마다 마크 레벨이 목을 간질여 자꾸만 목뒤로 손
이 가도록하기 때문이다. 그래서 옷을 사오면 우선 레벨부터 떼고 입
으니 이 옷의 메이커가 어느 회사인지 나도 모르고 집사람도 모른다.

메이커들은 왜 레벨을 목 뒤 안쪽에 하는지 모르겠다. 포켓에 하거
나, 소매에 하거나, 목뒤의 바깥쪽에 하면 될 것 아닌가. 그리고 이왕
하려면 부드러운 소재로 하여 목을 움직여도 긁히거나 자극을 주지 않

게 할 수는 없는 것일까?

또 나는 보통 운동화를 신지 못한다. 학교 다닐 때에는 실내화도 신고 농구화도 잘 신었으며, 군대에서는 워커며 통일화도 아주 잘 신었는데 왜 이런지 모르겠다. 요즘 운동화 값이 타이어 값보다 비싼 거는 사실인데 이 비싼 운동화를 신으면 튀어나온 복사뼈 밑에 볼이 닿아서 한참을 신고나면 복사뼈가 아파서 도저히 못 걷는다. 그래서 신발만큼은 짬을 내어 직접 내가 가게에 가서 모양 색깔 필요 없이 이것저것 신어보고 산다.

이제는 신발가게 사장이 농담인지 진담인지는 모르지만 "사장님 발은 다른 사람의 발에 비해 기형입니다"라는 말로 웃긴다.

그러면서 신발가게 사장은 뒷부분에 깔창을 두 개정도 깔아 뒤 발목을 올려 신발과 복사뼈 사이의 간격을 벌려 맞춰주곤 하는데, 그러면 참으로 발이 편해진다. 복사뼈 있는 곳을 밑으로 더 파이게 만들면 될 텐데.

게다가 난 반찬이 많은 것을 싫어한다. 없는 집에서 자라 그런지는 몰라도 맛있는 반찬이 많아도 그중 한두 가지면 밥 한 그릇을 뚝딱하는데, 나머지 반찬은 냉장고에 들어갔다가 다음 식사 때 또 나오지만 먹을 만한 반찬 한두 가지면 또다시 밥 한 그릇이 비워진다. 남는 반찬이 그렇게 많아도 집사람은 반찬 만드는 것이 취미라서 날마다 한두 가지씩을 계속 제조해낸다. 그래서 냉장고는 음식 가짓수로 만원이고 음식의 재료 때문에 가득이니 이 때문에 얼마나 싸웠는지 셀 수 없고, 지금도 만들어지며 싸움은 계속된다.

어떤 이는 호강하니까 별걸 다 가지고 싸운다며 내게 뭐라 하지만 먹지 않는 음식 만들면 뭐하나? 음식이란 한두 가지라도 맛과 정성이 있는 것이라면 그것으로 행복을 느끼고 족한 것이지, 누구에게 가짓수를 보여주기 위한 것은 아니지 않은가. 결국은 쓰레기지.

賢婦令夫貴(현부령부귀)하고, 惡婦令夫賤(악부령부천)한다. 즉, 어진 부인은 귀한 남편을 만들고 악한 부인은 천한 남편을 만든다.

2019년 1월 3일

연탄 넣는 날

사회 초년생 때의 일이다.

1984년도 당시 부산 북구 주례3거리는 분주했다. 문간 바로 옆 셋방에 살던 나는 새벽에 일어나 화장실을 가려니 벌써 4가구 셋방에서 나온 몇 사람이 화장실 문 근처에서 얼씬거렸다. 영식이는 고교생이니 벌써 학교에 갔겠지만 영식이 아버지는 담배를 입에 물고 있다. 오늘도 노가다일이 없는지 이제껏 나가지 않고 있는 것이 오늘 또 이집이 시끄럽겠다. 쉬는 날 오후면 소주병을 들고 설쳐서 온 이웃을 불안하게 하는 분이다.

그는 술이 취하면 "세상이 말이야~"로 시작하는 레퍼토리가 있다.

식사 후 집사람과 문 밖을 나서니 골목이 얼어있다. 요즈음 영하의 날씨인데 이 골목에 밤사이 어떤 녀석이 물을 부어 놓은 모양이다. 아이들이야 이곳에서 3~40여 미터 정도 완만한 비탈이니 좋겠지만 어른들이 문제다. 벌써 연탄재를 이곳저곳에, 이 집 저 집에서 내놓고 밟아 깨어 흩어 놓았다. 삼한사온으로 칼라와 흑백TV가 공존하는 요즈음, 일기예보는 오늘부터 날씨가 풀리고 따뜻해진다고 했었다. 그래도 부산 날씨는 바람 때문에 체감온도가 매섭다. 삼성여인숙 앞을 뛰어 내리니 큰길이다. 여기서 집사람과 헤어져야 한다. 집사람은 통근차가 이곳에 곧 도착할 것이고, 나는 조금 더 걸어가서 버스를 타고 출근을 해야 한다. 정류장을 몇 미터 앞두고 10분을 기다려야 하는 버스가 벌써와 사람들을 올린다. 나도 뛰었다. 그리고 매달리다시피 올랐다. 겨울이면 사람들이 두꺼운 옷을 많이 입어서인지 상당히 버스가 비좁다. 여름에는 걷거나 자전거로 출근하는 사람들이 우리 회사에도 몇 명 있다.

아차, 연탄 집에 들러서 연탄을 주문하고 간다는 것을 깜박 잊었다. '에이' 버스가 빨리 온 탓이다. 오늘밤 집사람에게 또 무어라고 변명을 해야 하나.

회사에서 연탄이 자꾸 맘에 걸린다. 사실 어제 버스정류장 근처의 연탄 가게에 들러서 시켰어야 했는데 깜박하는 바람에 옆방 정순네 집에서 2장을 빌려서 쓰고 오늘 연탄을 들여 넣으면 주기로 했었다. 점심시간에 '김기사한테 부탁해야지' 하는 맘을 먹고 김기사를 찾으니 양산 쪽으로 납품 갔단다. 나이가 좀 드신 양기사님께 부탁을 했다.

"양기사님, 이건 우리 집 약도고요, 그리고 우리가 쓰는 연탄집이 여기 이 집이니까 100장만 꼭 좀 오늘 넣어달라고 해 주이소. 미안합니다."

맘 좋은 양기사 아저씨가 이내 "그려, 그려, 나중에 서면 나갔다 올 때 내 꼭 잊지 않고 연탄가게 들렀다 올 테니 그리 알고 담에 월급날

쇠주나 한잔 사"라고 한다.

맘이 놓인다.

일을 마칠 때쯤 날씨가 흐려지더니 추적추적 비가 내린다. 이 겨울 비는 여편네 바짓가랑이에서라도 피해가라 했던가. 아무튼 추운 이 날씨에 감기 들기 딱 좋은 비이니 하나도 반갑지 않다. 옷을 갈아입고 나서려니 고씨가 날 잡는다.

"한잔 하러가자."

나는 걱정거리도 없으니 맘도 편하여 그와 함께 회사 앞 진주식당으로 갔다. 뱃속이 비었으니 잘도 들어간다. 금방 찌짐(부침개) 두 개와 소주 두 병을 비우고 비도 좀 그치기에 헤어졌다. 헤롱헤롱하며 여인숙 앞을 오르려니 까만 물이 골목을 '졸졸졸' 흐르고 있다.

'이상하다 저녁 5시쯤 내리던 비가 차츰 잦아져 이제는 멎었는데 여기는 비가 많이 내렸던 모양이구나. 여기는 오염물이 많았던 모양인데 잘도 씻겨나가네. 다행히 그래도 얼음은 다 녹았네.'

여인숙을 지나면 경사면 오르막이 시작된다. 걸어가는 동안 비는 오지 않아 사람이 다닐만한데도 골목의 까만 빗물은 줄어들지를 않았다. 집에 도착하여 24시간 잠그지 않는 대문을 들어선 순간 나는 나 자신에게 물었다.

"주형후! 넌 왜 사니?"

회사의 양기사가 주문하여 넣은 연탄이 배달되었으나 우리 집의 부엌에 넣지 못한 것이다. 당연히 나나 집사람이 부엌의 열쇠를 내어 주어야만 했으나, 집사람은 나에게 모든 일을 맡겼고, 나는 깜빡 시행착오로 연탄의 목적지에 해당하는 부엌의 문을 잠근 열쇠를 내 주지 않은 것이다.

연탄을 배달한 그분은 연탄을 넣고 쌓을 부엌 안에 들어갈 문이 잠겨있자 연탄을 추녀 밑에 쌓아놓고 돌아간 것이다. 그 연탄은 시간을 모르고 내리는 빗방울에 일부가 젖으며, 차츰 본연의 구멍 모습을 버리고 일개 탄가루로 화하고 이어 빗물에 씻긴 것이다. 정말 실수로 친다 해도 나는 정신이 빠진 놈이다. 지붕의 추녀가 작아서 항상 신발을 부엌에 넣고 부엌방으로 단칸에 들어서던 내가, 오늘은 정말 무엇에 씌었는지 왜 이런 실수를 했는지 나 자신이 괴롭다. 화장실 옆을 돌아가니 집사람이 보인다. 수돗물을 꼭지째 틀어놓고 연신 플라스틱 빗자루로 까만 연탄 물을 쓸어낸다. 이 물이 대문 밑을 지나 골목으로 여인숙 앞을 지나서 큰길가 하수도로 들어갈 것이다.

"여, 여보. 어떻게 된 거야?"

빗자루질을 하던 이 아줌마, "동작 그만!" 하더니 눈을 치켜뜨며 조용히 말한다.

"죽을래? 나갈래?"

야, 이거 말 잘못하면 세상 끝날 것 같았다.

"아, 아. 알았어."

옆집 정순네 집에서 빗자루를 빌려가지고 와서 같이 까만 물을 쓸어냈다.

밀어 내도, 밀어 내도 그 물은 끝나질 않고 오히려 덩어리에서 더욱 세차게 검은 물을 뿜어냈다. 두 시간여를 씻어내고 나서야 골목은 희뿌연 게 제 색깔을 어느 정도 찾았으나, 우리 부부는 정말 기진맥진하였다. 술이 깨지는 오래고, 어디 앉아 목의 땀이 가라앉도록 막걸리 한

잔이 정말 그리웠다. 저쪽 끝 방의 동숙이네가 같이 도와준 것이 정말 가슴속에 지금까지 남아있다. 다행인 것은 연탄이 젖긴 했어도 깨진 것이 얼마 되지 않았다는 점이다. 그날 밤은 나의 죄스러움에 우리는 눈을 마주치지 못하고 누워 자야만 했고, 골목에 군데군데 작은 연탄 덩어리들은 다음의 비가 내릴 때마다 희끄무레한 검은 물을 내뿜어 나의 눈을 어지럽게 하였다.

제3장

사는 게 다 그렇지 뭐!

행복은 멀리 있는 것이 아니다

어느 날 진해의 친한 친구 집에 간 적이 있었다. 친구와 친구 부인은 우리 부부를 정답게 맞아주고 근처의 잘 한다는 식당으로 안내해 맛있는 음식을 대접해 주기에 우리는 소주도 한잔씩 기울였다.

우리나라 사람들은 대체적으로 귀한 손님이 오면 음식 잘하는 식당으로 안내하여 대접을 하는데 외국 사람들은 귀하거나, 이름 있는 사람이나, 잊지 못할 사람이 오면 꼭 자기 집으로 모셔와 자기가 가장 잘하는 음식을 대접하고 그에 대한 설명이나 전통을 이야기하며 즐겁게 식사를 한다. 이야기의 주제는 음식에서 그릇이나 전설, 기타 자기 주변의 모든 것이 포함되는데 무궁무진하다. 전에 이태리에 갔을 때 그 집에서는 스파게티를 설명하며 대접하는데 식사 시간이 1시간이 넘게 걸렸다. 그런데 헤어지고 나서 볼 일을 마치고 허름한 호텔에서 식사를 하러 들어가니 거기 나온 음식이 스파게티와 바게트 빵, 과일뿐이므로 스파게티만 두 끼를 연속으로 먹은 적이 있다. 내가 점심으로 스파게티를 먹은 줄 몰랐겠지만 자기 나라의 음식을 자랑하려는 그들의 노력은 가히 알아줘야 할 만하다.

그렇게 진해에서 한잔씩을 기울인 우리는 2차로 노래방을 갔다가 그의 집에 방이 많다며 집에서 자자고 끌기에 집으로 갔는데, 그때는 술도 다 깨고 말짱한 정신에 이야기를 하자니 그 주인이 "우리 소주 한잔 더 합시다" 한다.

"예, 좋으실 대로."

"안주가 없는데 뭘로 할까요?"

"계란 프라이나 한 두어 개 하면 되지요."

이렇게 식탁에서 계란 프라이와 소주를 몇 잔 더 먹는데 프라이가 얼마나 짜던지 딱 두 젓가락을 뜨고는 술자리를 마쳤다. 아마 이집의 사모님이 술김에 소금을 듬뿍 뿌렸는지 아니면 나와 자기 남편의 3차 음주가 보기 싫었는지는 몰라도 짜서 먹지를 못했지만 지적을 할 수는 없었다.

그렇게 지내던 어느 날 몇 번의 전화가 있었고, 몇 달이 지난 후 다시 진해에 가서 똑같은 코스를 밟고 이번에는 "소금을 살짝 조금만 쳐주세요" 해서 두 사람은 소주잔을 기울였는데 나온 계란 프라이는 역시나 짜서 먹을 수가 없었다. 참으로 해괴한 일이었다. 그렇다고 남편이 보는데서 계란 프라이를 물에 헹구어 올 수도 없는 일이기에 그날도 딱 2번 뜨고는 그대로 마쳤다.

그 후 또다시 몇 달 후 똑같은 코스에서 이번에는 "소금치지 마세요. 그냥 주세요" 했더니 정말로 이번에는 밍밍했다. 나는 김치에 싸서 안

주를 해 먹으니 아주 그만이었다. 그래서 지금도 그 집을 가면 "소금치지 마세요" 하니 요즘은 정말 밍밍하게 음식을 해 주고, 우리는 김치와 같이 알맞게 잘 먹고 술자리를 마무리하곤 한다.

학교 다닐 때 도시락 밥 위에 계란 프라이가 덮여지거나 아니면 쇠고기 장조림 정도를 싸오는 급우는 정말 잘사는 집 아이들이었다. 그것이 얼마나 먹고 싶었던지 나는 지금도 계란 프라이를 배가 허기지거나 마음이 원할 때는 한 번씩 먹고 싶어진다. 기름에 고소하게 튀겨진 계란은 아무리 남들이 콜레스테롤이 어쩌고 뭐라 해도 난 좋기만 하다.

행복은 멀리 있는 것이 아니다. 행복은 가까이, 즉 내 곁이나 내 마음속에 있는 것으로, 보고, 듣고, 맛보고, 느끼는 모든 5감에서 6감까지 즐거우면 그게 행복일 것이다.

羊羹(양갱)이 雖美(수미)이나 衆口(중구)를 難調(난조)하다. 즉, 양고기 국이 맛이 좋아도 여러 명의 입맛을 맞추기는 어렵다.

태풍 '매미' 자원봉사

하루는 거래처 나이든 사장님이 "자네 밥 한 그릇 얻어먹은 적이 없네" 하셨다.

"그래요? 그럼 제가 지금 사겠습니다."

사장님을 모시고 나가서 중국집에 좌석을 정했다.

"짜장면 하시렵니까, 볶음밥 드시렵니까?"

그분이 너무 약소한 것에 기가 막힌 것인지는 몰라도 "어, 어, 어, 그, 그래 볶음밥이나 먹지"라고 어정쩡하게 대답했다.

그래서 볶음밥 한 그릇을 대접했지만 아직도 거래가 잘 되고 물량을 잘 대주는 것을 보면, 사람의 일이라는 것이 돈으로 다 해결되는 것만은 아닌 것 같다.

지난 18일, 난데없이 밥 먹다 말고 내가 한마디 했다.

"이번 휴일에는 매미 자원봉사나 하러갈까?"

"누가 당신보고 오래요?"

"찾아보면 할 데야 있겠지."

일요일 아침에 소정이 아버지가 "가자!" 하며 우리 집으로 왔다. 내가 미리 예약을 했던 건데, 집사람은 일요일에 할 일이 너무 많아 죽을 지경인데 가잔다고 투덜거렸다.

그렇게 3명이 간 곳은 강서구 대저2동사무소. 이미 와서 기다리는 농부를 따라 그의 논 작업장으로 차를 몰았다.

휘어진 비닐하우스의 파이프를 풀어내어 대강 펴고 다시 올리는 일인데 정말 힘들었다. 그러나 '오늘 하루뿐인데' 하는 마음으로 일을 했다. 사람이 많은 곳에서는 몇 명이 쉬어도 표가 나지 않는데, 단 3명이 하자니 일의 결과가 영 적어 보였다.

파이프 4동을 하고 나니 해가 지려는데 주인 부부는 우리에게 누런 호박을 1덩어리씩 주셨다. 굳이 받지 않으려 해도 억지로 차에 실어 줘서 받아 오긴 했는데 집에 있는 호박을 볼 때마다 또 그런대로 가슴 뿌듯한 기쁨이 어리곤 한다.

마누라는 호박을 볼 때마다 "저걸로 호박죽을 끓여, 호박밥을 해? 고쟁이를 해서 말릴까?" 별 궁리를 다 한다.

작은 일이지만 다른 사람을 돕고 산다는 것이 몇 날 며칠을 두고 벅찬 편안함과 기쁨을 누리게 하고, 얼굴에는 미소가 어리게 하는 것만 같다.

見善如渴(견선여갈)하고 聞惡如聾(문악여롱)하라. 즉, 착한 일은 목마른 자 물 찾듯 하고 악한 일은 귀머거리같이 못들은 척하라.

※ 차후에 그분이 어떻게 내 집을 알았는지 상추와 솎은 열무, 배추를 한보자기 가져오셔
서 근처 이웃들에게 골고루 분배했었다.

눈 오는 날 운전

4명이서 낚시를 하러 가기로 약속을 했는데 막상 토요일이 되니 하늘이 흐리고 바람까지 불어 음습한 게 여간 을씨년스럽지 않았다. 그래서 나도 별반 가고 싶지 않았지만 약속은 약속이니 날씨를 핑계로 안 지킬 수는 없는 일이다. 131번의 일기예보는 내륙 산간에 얼음이 얼고 눈이 온다고 했지만 뱃사공은 "걱정 말고 오더라고, 절대 눈, 비는 안 온당께" 하는데, 뱃사공들이 거의 정확하게 날씨를 보는 것을 아는 나는 어쩔 수 없었다.

대개 이런 날은 고기도 잘 안 되고 추위에 '벌벌' 떨다 오기가 일쑤이니 모두들 꽁무니를 뺀 모양이지만 이 모임을 주선한 사람, 즉 며칠 전부터 이 일을 추진한 사람은 이미 배를 예약했을 것이고 또 왕복 차편도 준비를 끝냈을 것인데 그 중 누구 한 사람이라도 빠진다면 그 비용을 빠진 사람만큼 주선한 사람이 대납을 하게 되는 것이다. 그래서 그는 자기 차를 몰고 손수 운전을 해 가며 연신하는 소리가 "개새끼들"

이었다.

한의원의 원장 정도면 그래도 인텔리인데 화가 나면 물불을 가리지 않는 아주 정확하고 다혈질적인 사람과 단 둘이서 서로 헛소리도 해가며 목적지 순천에 도착하니 새벽 2시였다. 도구와 미끼를 준비하여 캄캄한 5시경에 배를 탔다. 날이 뿌옇게 밝아 올 때쯤 입질을 받으며 재미를 보기 시작했다. 오후 1시가 넘으니 약간의 눈발도 곧 멎었지만, 3시경에는 별로라서 우리 팀 두 사람은 철수를 했다.

부둣가에 내리니 몸이 피곤하다. 그도 그럴 것이 어제 하루 종일 일하고 밤에 잠 안 자고 고속도로를 달려와서 오늘 오후 5시 현재 돌아가는 길은 생각할수록 정말 악몽이다. 내가 이처럼 피곤하면 원장인들 괜찮지 않은 듯싶은데 이분 하는 말이 "올 때 내가 했으니 갈 때는 네가 운전해라"였다.

갈 때 운전이 더 힘들지만 하지 않을 수도 없었다. 여럿이면 번갈아가면서 하면 잠시 눈도 붙이고 이야기도 하며, 나머지는 졸면서 가도 되지만 단 둘이서는 순환 패턴이 맞질 않는 것이다.

차를 몰고 부두를 떠나 고속도로에 진입하니 '아뿔싸' 도로가 온통 은빛이다. 나는 운전을 잘하지는 못한다. 화물차나 승용차 모두 스틱만을 몰았는데 지금의 이 차는 오토차량이다. 눈길을 조심하며 겨우겨우 가다 서다를 하며 가는데 곳곳에 널브러진 차들과 사고 난 차, 고장 난 차들이 뒤엉킨 곳이 한두 곳이 아니다.

그렇게 가다 보니 밤을 지새우고 월요일 새벽 3시경에 함안을 지날 때 내가 말했다.

"원장님, 우리 저쪽에 들어가 한숨 자고 직행버스로 부산에 갔다가 내일쯤 눈이 녹으면 그때 버스타고 와가 다시 차를 꺼내 갑시다."

그런데도 원장은 묵묵부답이다. 나는 눈이 감기고 잠이 몰려서 눈꺼풀이 내려앉기를 반복한다. 진영터널 입구를 오르니 1차선에 대형화물차가 제자리에서 뒷바퀴로 눈을 차내더니 미끄러지며 조금씩 차선을 벗어나고 있고, 그 뒤로 차들이 줄지어 멈추어 서있다.

다행히 2차선이 조금씩 나아가기에 겨우 터널을 벗어나니 내리막길. 눈길이지만 차량들의 속도가 4, 50km로 제법이다. 나의 속도계는 15~20km 정도이기에 약간 밟았다. 다리를 지나는 순간 속도계를 보니 가속도가 붙어서 50km 정도 된다. 너무 빠르다는 생각에 브레이크를 살짝 밟는 순간 차가 갑자기 회전을 했다. 중앙선 쪽으로 머리를 획 돌리는 찰라 '콰당' 하며 1차선을 지나던 대형화물차와 키스를 하고 말았다. 정신이 번쩍 든다.

아! 허탈하다. 지금껏 고생한 공든 탑이 무너지는 순간이다.

어쩔 수 없이 차를 천천히 몰아 우측 갓길에 주차를 하고 레커차를 불렀다. 시간은 새벽 6시, 1시간을 아무리 기다려도 레커차는 오지 않고 우리는 차 안에서 떨어야만 했다. 이제는 시동도 걸리지 않고 히터도 차츰 차가운 바람으로 바뀌고 있다.

도로공사의 대형 노란 트럭이 지나가며 군데군데 모래를 삽으로 연신 퍼 던지고 가기에 손을 흔들어도 본체만체 지나간다. 얼마 뒤 지나가는 택시가 우리를 보고 우리 차 앞쪽 갓길에 차를 세우고 묻는다.

"도와 줄 것 있소?"

너무 고마웠다. 나의 휴대폰은 배터리도 동이 난지 1시간 정도 됐기에 "렉카 차 좀 불러 주시면 고맙겠습니다"라고 요청했다.

그러자 친절한 그 택시기사는 자기가 아는 레커차 회사에 전화를 하고 그냥 가려는 것을 전화비 1천원을 주어서 보냈다.

20여 분 뒤 레커차가 와서 우리를 차에 태운 채 매달아 그곳을 벗어날 수 있었다. 장유를 지나니 산에만 눈이 있고 도로는 눈 한 방울 없이 젖어만 있었다. 크지도 않은 나라에 제각각이다.

그때 함안에서 한숨 자고 왔더라면,

그때 눈만 오지 않았다면,

그때 피곤하니 운전을 바꿔서 하자 할 걸,

그때 낚시를 가지 말 것을,

그때 브레이크를 밟지 말 걸,

그때 액셀러레이터를 밟지 말 걸,

별별 생각이 나를 괴롭혔지만 끝내 일백만 원의 수리비를 감당해야 했고, 그래도 원장이 절반을 부담하여 마무리를 할 수 있었다.

자신이 싫으면 하지 말고, 하고 싶은 일에 정신을 집중하여 총력으로 매진한다면 못 이룰 것이 얼마나 될까.

그때나 지금이나 나는 그때의 택시 운전사처럼 알게 모르게 이웃이나 아는 사람들에게 도움을 받으며 살고 있다. 받은 만큼은 베풀어야 하지 않겠는가?

누가 뭐래도.

念念要如臨戰日(염념요여임전일)하고, 心心常似過橋時(심심상사과교시)이다. 즉, 신중히 생각하여 싸우러 나가는 것처럼 하고, 마음은 항상 다리를 건널 때처럼 조심하리.

다 같은 날이 밝았지만

저녁 일을 마치고 돌아온 나를 보고 아내가 말했다.

"내일은 뭐 할 건데?"

"내일? 그럭저럭 지내지 뭐."

"멋없어. 그러지 말고 새해 첫날이니 내일은 새벽에 일어나 뒷산에 올라가자. 거기서 해맞이나 하고 와요."

"그래? 그러지."

탁상시계는 어김없이 새벽 5시에 울어대기에 일어나 자는 아이를 깨우고 앞집 형수에게도 전화를 넣고 준비를 마치고 나오니 5시 20분이었다. 산길을 오르면 땀이 날 테니 옷도 그냥 수월하게 걸쳤고, 어두운 골목길을 빠져 나올 때까지는 괜찮았다. 그러나 산에 오르면서 고행은 시작되었는데 컴컴한 길에 나무뿌리에 걸리고 넘어지며, 아이를 챙겨가며 한참을 걸어 오르면 또 등성이가 나오기를 여러 차례. 이마와 등줄기에서는 땀이 흘렀다.

드디어 정상.

시계를 보니 6시 20분인데 아직도 해가 뜨려면 멀었는지 주위는 어둠뿐이다. 서성이는 것도 잠시, 흐르던 땀이 마르면서 추워지기에 산등성을 잠깐씩 뛰었지만 그것도 잠시뿐 떨리는 것은 어쩔 수 없었다. 우리는 바람을 피할 수 있는 산 너머 쪽으로 가서 풀숲에 웅크리고 앉아 있자니 잠이 오며 하품이 나왔다. '초행의 산행 길에 사고는 이렇게 나겠구나' 하는 생각이 들었다. 그 흔한 랜턴도 없고 옷도 제대로 챙기지 않은 채 뒷산이라고 산을 무시한 것이 후회가 되었다.

그러는 사이 날이 훤해지고 사람들도 한두 명씩 모이더니 어느새 정상에는 사람들로 넘쳐나는데 이웃 사람들도 몇몇을 만날 수 있었다. 모두들 붉게 물든 동쪽 하늘만을 쳐다보며 서 있을 때 한 사람이 크게 "해 떴네. 바라 져 올라와 있다 아이가?" 하고 소리쳤다.

그 말에 주위는 금세 조용해지며 모두들 동쪽 산마루에 초점을 맞추고 보니 '아뿔싸' 해가 이미 산 위에 올라앉아 있었다. 한낮의 해처럼 맑지 않고 불그스름하니 흐리게 올랐으므로 모두들 서 있으면서 뜨는 것을 몰랐던 거다.

나는 속으로 간절하게 기원했다.

"해님, 해님, 금년에는 저와 가족들 모두 건강하고 가정의 생활이 더 윤택해 지기를 바랍니다. 그리고 나라의 국민들이 어려운데 수출이 곱빼기로 늘고, 주가가 오천 포인트를 넘어서며, 고통 받고 어려운 이들이 한 사람도 없기를 기원 드립니다."

이렇게 생각하며 붉은 동편을 바라보는데 누군가가 "야호!"를 외치니 모두들 따라서 합창으로 "야호!"를 외쳤다.

잠시 뒤 주위가 소란스러워지며 인사를 하고 내려가는 사람들이 하나둘 생길 때, 누군가가 "아~아~ 대한민국" 하며 어떤 가수의 노래를 부르자 한 사람 두 사람 따라 부르니 끝부분의 "사랑하리라~"에서는 모두의 합창으로 끝났다. 내려오는 길에 차가운 약수를 떠 마시며 무척이나 기분이 좋아 딸 선영이에게 "넌 해를 보며 속으로 무엇을 빌었니?" 그러자 아이는 "으응, 비밀이야"라고 한다.

그것 참, 주먹만 한 게 비밀은 무슨 비밀? 하다가 어느덧 아이가 점점 더 자라나 크고 있다는 것을 느낄 수 있었다.

전에 몇몇 부부동반으로 동해 쪽으로 이틀간 해맞이를 간 적이 있었다. 한 사람이 전화 예약을 했는데 이 사람이 하루만 했던 모양으로, 하룻밤 자고 아침 해돋이를 보고 점심 먹고 나니 주인도 아닌 어떤 일행이 와서 "방을 비켜 달라" 하는데 야, 이거 야단났다.

주인이 나타났다.

"하루만 예약했잖아요. 비워주셔야 합니다."

이미 TV에서는 동해안이 모두 예약되어 빈 방이 없다는데 우리는 어쩔 수 없이 짐을 쌌다. 그런데 주인이 묻는다.

"안방이라도 쓸라요?"

"그럽시다."

우리는 주인 아들 방으로 짐을 옮기고 그 집 아들과 같이 지내게 되었다. 음식도 직접 해먹고 '고돌이'도 치는데 누군가 말한다.

"해물 좀 사다 먹자."

두 사람이 나가서 설 다음날인데도 용케 소라와 조개를 사와 구어 먹었다. 갓난아기 주먹만 하고, 허옇고, 껍질이 매끈한 고동이 내 앞에서 여러 마리가 지글거리며 익기에, 나는 주로 그 고동과 소주 몇 잔을 먹었다.

먹는 자리가 끝나고 새(?)를 잡는데, 이상하게 나와 다른 한 사람만이 머리가 아프고 어지러워 도저히 앉아 있지 못하고 누웠다. 너무 머리가 아파 시내로 가서 약을 사오라고 시켰고, 약을 먹어도 듣지 않고 3시간 정도 지나자 가라앉았다. 그런데 약을 사러갔던 사람이 약사가 했다는 말을 전한다.

"고동의 살을 빼내고 딱지를 떼면 하얀 실 같은 것이 있는데 그걸 빼고 먹어야 합니다. 그걸 먹어서 그럽니다."

낸들 알았나.

후에 안 일이지만 생갈치 회에도 목에서부터 뼈를 따라 흰 선이 길게 있는데 이것도 먹으면 안 된단다. 물론 삶거나 구운 것은 괜찮지만.

자고 나 일찍이 짐을 꾸려 집으로 돌아가는데 젤로 연배 높은 사람이 "갈비탕 먹자!" 하므로 천천히 가면서 갈비탕 집을 찾는데 '개똥도 약에 쓰려면 없다'더니 그 흔한 갈비탕 하는 식당이 보이지 않는 것이다. 배는 고파도 그 사람 의견을 존중해 주려고 계속 마을의 식당 간판만을 보며 이곳저곳을 가자니, 왜 그리 안 보이는지. 어쩌다 찾으면 연휴라서 쉬었다. 그렇게 약 2시간을 도니 그도 미안했던지 짜장면집이라도 가자는데 중국집도 연휴라서 모두 놀고, 문을 연 집은 모두 대게 집뿐이라서 결국은 대게와 밥을 먹었다. 그런데 시간을 너무 허비하였기 때문에 오후 퇴근길에 차가 얼마나 막히는지 차란 차는 다 모인 것 같았다.

그렇게 고생을 하고 오긴 왔는데 왜 우리는 새해가 되면 해를 보고 소원을 비는지 모르겠다. 해가 소원을 들어 주는 것도 아니다. 경제적인 여력이 좀 있는 사람들이 해도 보고 어떤 바람이나 원하는 것을 빈다는 의미로, 작은 여행 겸 어딘가로 장소를 바꿔 떠나는 것은 아닐는지. 그 참에 마음의 힐링 한 번 하는 것이겠지.

路遙知馬力(노요지마력)이고, 日久見人心(일구견인심)이다. 즉, 길이 멀어야 말 힘을 알고, 오래 사귀어야 사람을 안다.

대전 다녀오던 날

대전에 사는 친구가 어떤 문제로 몇 번을 전화하여 올라오라 하기에 대전에 가려니 집사람이 두툼한 점퍼를 내주는데 좀 컸다. 품도 크고 단도 내려왔지만 개의치 않고 대전행 열차를 타고 역에 도착하니 친구가 나와 있어서 그의 차를 타고 예전의 가수원역을 지나는데 정말 멀었다. 내가 대전에서 잠깐의 학교생활을 할 때에는 가수원은 완행열차 역이 있었고, 대전과는 달리 충남이었는데 이제 대전시가 되어 있었으니 45년이라는 세월이 정말 상전벽해였다.

일이 끝나고 친구가 버스 타는 곳에 태워주고 떠난 후 나는 기다리니 버스 3개 노선 중 1대가 들어오기에 물었다.

"이 버스 대전역에 갑니까?"

"예."

올라타니 버스는 출발했지만 주머니에 부산교통카드뿐이고 잔돈이 하나도 없이 만 원권뿐이었다.

"죄송합니다. 만 원권밖에 없습니다."

"어떻허유, 통에 느슈, 잔돈은 백원짜리 빽게 없슈."

"어떻합니까, 할 수 없지요."

기사분은 갓길에 차를 대고 돈통 손잡이를 잡고 '꾹' 누르니 '차르르르륵' 하고 잔돈이 쏟아지자 손을 놓고, 손잡이가 위로 올라가면 다시 한 번 누르니 역시 잔돈이 '차르르르륵', 올라가면 누르고 '차르르르르', 올라가면 누르고 '차르르르르' 이렇게 몇 번을 누르다가 기사분이 말한다.

"열 번 눌렀쥬?"

나는 운전석 옆의 기둥을 잡고 서있고 버스안의 사람들의 시선은 모두 나와 운전기사만을 보는데 나도 운전을 하는 사람으로서 모두에게 미안했다.

"잘 모르겠는데요."

"맞을 꺼유."

그러면서 기사분이 또 눌러 댄다.

그때마다 '차르르르륵, 차르르르륵' 한참을 하더니 한마디 한다.

"다 됐시유. 가지 가유."

내가 손으로 잔돈을 잡으니 한 번으로는 도저히 다 잡을 수 없어 3번에 걸쳐 오른 손으로 오른 주머니에 넣고 좌석으로 돌아오는데 안 그래도 큰 점퍼가 주머니의 무게 때문에 오른쪽으로 '축' 쳐져서 코트가 되었다.

좌석에 앉아 오른쪽 주머니의 동전을 왼쪽 주머니로 대강 옮겨 무게중심을 잡고 가만히 보자니 이 버스가 "가장동, 태평동" 하는데 아무래도 시간이 부족할 것만 같아서 축 늘어진 옷을 보이지 않으려고 주머니에 손을 넣은 채 기사분께 다가가 "이 버스 7시 반까지 대전역에 갈 수 있을까요?" 하고 물었다.

"아~. 힘들겟는디유."

"그럼 대전역으로 바로 가는 버스를 타는 곳에서 좀 내려 주실랍니까?"

"그러슈, 이번에 내리슈."

정차장에 내려서 기다려도 버스노선 3개 중 6분 후에 오는 버스는 조금 전 내가 내렸던 노선버스이고, 나머지 두 개는 10분, 13분 후에나 도착을 알렸다. 할 수 없이 지나가는 택시를 타고 대전역으로 향하면서 사정을 했다.

"죄송합니다. 제가 사정이 생겨 100원 동전밖에 없는데 이걸로 요금을 드려도 될까요?"

"그라슈."

나는 오른손으로 동전을 한 움큼 꺼내 왼손으로 옮기며 "둘, 넷, 여섯, 여덟, 열" 하며 헤아리니 왼손 한 움큼이 5천원이 되었기에 "기사 어른, 일단 오천 원을 먼저 받으시소" 하고 내미니 그가 약간 뒤쪽으로 몸을 틀며 오른손바닥을 오목하게 천장을 향하게 하고 동전을 받는데 3개가 택시 바닥에 떨어졌다. 그러자 그 기사분은 손안의 동전을 기어박스 근처의 오목한 곳에 쏟더니 택시를 세우고 위쪽을 더듬어 천정의 불을 켜고 떨어진 동전을 찾기 시작하여 기어이 찾았다.

그렇게 출발하여 택시가 대전역이 보이는 옛 도청소재지 커브를 돌자 요금표의 요금이 오천 백 원으로 튀는 것이다. 주머니에서 백 원 동전을 한 주먹 꺼내 왼손으로 1개를 옮기고 잠시 기다리니 오천 이백 원, 그러면 나도 1개를 더 옮기고, 목척교 신호등에 서있는데 요금이 오르면 나도 백 원짜리를 한 개씩을 옮기며 대전역에 도착하니 요금표에는 칠백 원이 더 나와 오천 칠백 원이었다. 나는 왼손의 칠백 원에 3백 원을 더해 천원을 주고 내리니 내 몸은 한결 가벼워졌고 점퍼도 거의 원형으로 돌아와 있었지만, 그래도 동전은 많이 남아 있었다.

이렇게 하여 대합실에서 카드로 표를 사고 무사히 돌아오는 날의 일이다.

2018년 12월 20일

낙동강

– 낙동강 하구둑을 걸으며

유구를 돌아 칠백리를 달렸으니
얼마나 숨이 차고 괴로우리
이제 다대포에서 네 애인 품에 안기거라

너를 축하하려 기다리던
갈대는 좌우 앞뒤로 춤을 추고
물새는 끼룩끼룩 노래하며
강바람이 살랑살랑 아양 떨어도
혹하지 말라
깊고 성난 물보라 질투를 네가 어찌 견디리

반도 끝에 왔다고 네 일생 접을 텐가
돌고 돌아 언젠가 또다시 오겠지

그때 우리 하얀 백발에 다시 만나면

당당히 말하고 물을 기다

웃지방 사람들은 우리보다 잘 살드나

재첩조개와 은빛 은어 좀 도

니한테 쓰레기는 묵으라 안 주드나

씨앗은 물에 불려 잘 가가 왔느냐고.

– 이 시는 월간 〈부산이야기〉에 실렸던 글임.

뜨거운 음식

나는 뜨거운 것을 잘 먹지 못한다. 뜨거운 것을 입에 넣고 씹으면 이내 입천장에 물집이 생기고 그냥 삼키면 뱃속이 잠시 동안 따갑게 내려가는 것을 느낄 수 있다. 뜨거운 것을 아주 잘 먹는 사람들이 있는데 그들은 나하고는 다른 헤파이스토스의 직계 족속들인 모양이다.

구청에 유관단체장들의 모임이 있어서 갔었다. 각 기관마다 이름만 들어도 알만한 우두머리들이 모여서 구청장과 대화를 하는데 앞에 칠판을 중심으로 ㄷ자로 좌석이 배치되어 있어서 양옆 사람들은 고개를 약간만 돌려도 모두들 칠판을 볼 수 있게 되어 있었다.

모두들 진지하게 토론하는 것을 보고 있는데 ㄷ자 터진 데로 구청 직원인 듯한 남녀 두 명이 차를 한 잔씩 앞에 놓인 종이컵에 따라주는데 나는 직원이 나에게 따라 주고 옆자리로 가자 내 찻잔을 들고 한 모금을 마셨다. 그런데 이 녹차가 얼마나 뜨거운지 도로 입에 것을 뱉어내며 나도 모르게 "앗 뜨거워, 씨펄!" 했는데 '아차' 하며 주위를 둘러

보니 근처 사람들 모두가 나를 쳐다보고 있었다. 아, 이 망신. 쥐구멍이라도 있었으면 좋았을 걸.

내 입에서 욕설이 나오기 시작한 것이 언제인가를 가만히 생각해 보니 차량을 몰고 다니면서 시작된 것이다. 평상시는 편하게 지내다가도 급한 일로 차를 탔을 때 근처의 운전수가 실수나 어깃장을 놓고 쌍말을 하면 나도 모르게 따라서 쌍말이 나온다. 우리나라의 운전수가 거의가 다 그런 것 같다.

어느 책에선가 목회자가 운전하다 자기도 모르게 입에 배어 욕이 나오자 이를 고치기 위해 한 구절을 생각한 것이 "주여! 저분을 빨리 보내 급한 일을 마무리시켜 주옵소서"란 말을 상대가 욕을 해도 계속 했더니 욕설이 고쳐졌고, 지금도 운전을 하면서 화가 날 때마다 "주여! 저분을……" 한다는데 나도 그런 격언을 하나 생각하여 욕이 나올라 치면 그 격언을 큰소리로 외쳐야겠다. 그러면 상대방이 들어도 기분 나빠 싸울 일도 없고 나는 나대로 입이 걸지 않으니 임 덕분에 뽕을 따는 셈이다.

방학 때 친구 4명이 지리산을 갔었다. 기타 하나에 텐트와 코펠 버너를 준비해 2박 3일 일정으로 계곡에서 야영을 하며 라면을 끓여 먹었다. 밤늦도록 노래 부르고 아침 늦게 일어나 계곡물을 받아 쌀을 조금 넣고 한참을 끓이다가 라면을 몇 개 넣어 끓이면 죽라면이 되는데 퍼진 것은 고사하고 없어서 못 먹던 시절이고, 아무거나 먹어도 소화가 되는 때였다. 그리고 당시는 밤새 노래를 부르거나 아무데나 텐트를 쳐도 되던 시절이었다.

음식이 다 되자 나는 라면 한 젓가락과 쌀죽 한 숟가락을 떠서 조금 물러나 '후후' 불면서 먹는데 얼마나 뜨겁던지 금방 이것을 먹을 수가 없어서 한참을 식혀서야 먹고 냄비로 다가가 보니 3명이서 다 퍼먹고 빈 냄비만 남아 있었다.

"이것들이 다 먹었어."

"누가 너보고 먹지 말라던?"

가만히 생각하던 나는 그 다음 식사 때부터 4분의 1 정도를 아예 제일 작은 코펠에 내 몫을 덜어내 가져와 천천히 식혀가며 먹었다. 의사들도 뜨거운 음식은 식도와 위에 좋지 않다고 하지 않는가.

세상에 뜨거울수록 좋은 것이 있다면 그것은 남녀 간의 사랑뿐인 것 같고 방구들도 뜨끈하면 좋으니 지금도 나는 음식을 팔팔 끓였다가 약간 식혀 뜨끈하게 하여 먹는다. 이 뜨끈한 온도를 장시간 유지시켜주는 그릇은 조상들이 개발한 뚝배기, '투가리'가 제일인 것 같다.

집에 손님이라도 오면 부친께서는 막걸리나 정종도 따끈하게 데워오게 하여 손님과 드시곤 하였는데 너무 뜨거우면 찬물에 주전자를 담가 조금 식혀 따끈하게 하여 잡수시니 나는 조금 따라 마셔보고 온도를 짐작했는데 그때 술을 배웠나 보다.

아침운동을 가면 보이차를 보온병에 끓여오는 형님이 있는데 나는 한 컵을 받으면 근처에 놔둔다. 너무 뜨거워 먹지 않고 운동기구를 가지고 한 바퀴 돌고 오면 좀 식었으므로 그제야 한 모금하고 다시 운동기구를 잡는다.

오늘도 식사 중에 마누라는 "거참, 뜨거운 거 못 먹지. 쯔쯔쯔" 하며 애처롭다는 듯이 날 쳐다보며 "그러니 인덕(人德)이 없지" 한다.

아니, 뜨거운 음식 못 먹는다고 할 말 못하고, 경우를 모르고, 행동을 못하는 것이 있었던가? 별소리 다 듣겠네.

2019년 1월 26일

물리치료사

6시 30분. 잠이 깼다.

일어나 앉으니 머리가 멍하다. 엊저녁 일과 후 직장 선생님들과 가진 회식자리가 너무 길었던 것 같다. 횟집에서 소주에 2차 노래방까지 가서 마신 맥주가 아직도 덜 분해된 것이다. 그나저나 이놈의 잠이 문제다. 어째서 자명종도 없는데 이 시간만 되면 잠이 깨는지 모르겠다. 이런 날은 30분만 더 자도 금방 회복될 것인데 말이다.

창밖이 소란하다. 빗방울이 '툭툭' 창을 때리며 미끄러진다. 차 안에 우산이 있나 모르겠다. 전에는 차를 몰고 출근을 했지만 주차공간이 협소하다며 병원에서 과장급 이하는 차를 입고시켜 주지 않는다. 차 안에는 필요한 물품들이 몇 가지가 실려 있다. 그 차가 옆 골목에 주차되어 있으므로 먼저 차에게 가야 한다.

오늘은 좀 수월한 날이 될 것 같다. 비가 오면 환자가 그만큼 줄기 때문이지만 우산에 묻혀온 빗물에, 흙은 퇴근 시 청소가 힘들어진다.

나는 병원에서 일을 하는 물리치료사다.

금년은 정말 무더웠다. 아침 9시에 문을 열면 벌써 환자들이 침상을 다 차지한다. 맑은 날이면 8시 30분에 대기의자에 앉아서 환자들이 기다리는 일이 비일비재하다. 그래도 나는 선임이라서 환자를 보면 어느 정도 알 수 있다. 저 환자가 팔, 다리, 허리, 어깨, 무릎, 목, 머리 등 어디가 아픈지 자세와 보행을 보면 대강 알 수 있고, 찌푸린 얼굴 표정이 그 사람의 기분을 말해주며, 내뱉는 인사로 그 사람의 상태를 짐작하면 된다. 그러나 비가 오는 날이면 거동이 불편한 환자들이라도 중증이 아니면 비가 그친 후에 온다.

병원에 도착했다. 오전 8시 40분. 9시부터 시작인데 벌써 몇 명이 치료를 받으려고 복도 대기의자에 앉아 있고 뒤를 따라 줄줄이 입원환자와 외래환자들이 올라온다. 참으로 환자가 많긴 많은 세상이다. 서울역이나 부산역에 가 보면 오고 가는 사람들로 그토록 분주한 것이 우리나라 사람 다 모여 있는 것처럼 보이는데, 지금 보면 환자들은 모두 우리 병원으로 모인 것 같다.

들어오는 아저씨를 보고 인사를 한다.

"예, 아버님 이쪽으로."

척 보니 저 환자는 목 디스크로 왔을 것이다. 목을 한쪽으로 기울이고 손으로 받치며 인상을 쓰고 이쪽으로 오는 것을 보면 십중팔구 맞다. 먼저 젤을 바르고 초음파 마사지를 아픈 부위 중심으로 살살 시작한다. 이렇게 5분 정도가 지나면 기계가 다 됐다고 '빽' 소리를 내며 시간을 알려준다. 남은 젤을 모두 닦아내고 전기 치료기 텐스를 아픈 부위에 대준다. 그러면 환자는 '찌릿찌릿'한 자극으로 시원함을 느낀다.

이 자극은 이쪽저쪽에서 혹은 제자리에서 세고 약하게 제멋대로 경피 신경자극을 주는데 좀 약하게 해 놓으면 필시 50대의 이 아저씨는 곧 코를 골고 잠이 들 것이다.

이곳저곳에서 치료가 끝났다고 소리가 '삑, 삑, 삑' 하고 울린다. 치료사 선생님들이 소리 나는 곳으로 분주히 움직여 다음 환자를 받기 바쁘다.

이번에는 젊은 아줌마가 '딱딱딱딱' 하이힐 소리를 내며 내게로 들어온다. 차트를 보니 마흔 여섯인데 머리에 드라이를 넣고, 화장을 깨끗이 했으며, 옷매무새가 곧은 저런 스타일은 예쁜 만큼 좀 까다롭다.

"어머니, 이쪽으로 오세요."

여자들은 가슴이나 어깨, 허리를 치료하는 경우에 옷을 올려야 하므로 커튼을 친다. 천정에는 나비 모양의 커튼레일이 있고, 나비 날개 양쪽에는 움직이는 커튼이 있으며, 그 밑에는 각각 1개씩 침상이 놓여 있다. 그래서 항상 커튼으로 가릴 수 있는 곳이 바로 침상이다. 저런 사람은 찜질부터 하는 것이 좋다. 찜질팩으로 아픈 곳의 근육을 따뜻하게 10여 분을 풀어준 다음 간섭파 부항식 전기 치료기로 근육을 자극하면 이완이 탁월해, 치료 후 잔존감이 꽤 시원하다.

"어머니, 어디가 젤로 아프세요?"

"이쪽 어깨가 팔을 들지를 못하게 아파요."

"예, 알았어요. 위에 티는 벗고, 속옷은 다 벗지 마시고 아픈 쪽 팔만 벗고, 머리를 이쪽으로 보고 모로 누우세요."

연두색 티셔츠와 짧은 옥색치마가 레이스로 단정, 깔끔한 것이 S라인에 제법 멋을 죽였다. 멋을 내려면 돈이 있어야 한다. 그러므로 저 여자는 부자일 것이다. 저런 부자들은 대개 큰 병원으로 가는데 이리 온 것을 보면 시간이 없거나 중증은 아닐 것이다.

연두색 티를 벗으려다 날 쳐다보며 주저했다. 내가 남자이기 때문이 리라. 벗으려다 만 아랫배 쪽에 검은 색깔 러닝이 보이고 그 속으로 살 이 실루엣처럼 비치는데 군더더기 살이 하나도 없다. 저런 러닝 안에 백색 브라를 걸치면 흑 백의 대조로 아주 매력적이 될 것이다. 몸매나 얼굴을 어떻게 가꿨는지 차트의 나이보다 훨씬 날씬하고 화장발인지 는 몰라도 동안인 것이 46세가 아니라 35세로 보인다.

"어머니, 잠시만 기다리세요. 우리 여 선생님 다 됐으니 곧 들어오라 할게요."

그녀의 몸매에 비해 크게 튀어나온 가슴을 보며 아마 유방에 실리콘 을 넣었거나 브라에 뽕을 넣었을 것이라 생각하며 커튼을 들고 나온 뒤 밖에서 커튼을 여며 주고 돌아가는 내 등 뒤에서 부스럭거리며 '끙 끙' 소리가 들리니 아마 아픈 팔로 티를 벗느라고 힘든 모양이다. 그래 도 나는 도울 수 없다.

왜 어깨가 아플까? 남편과 싸운 것 같지는 않고 무거운 것을 들었 나? 잠잘 때 자세가 잘 못 되게 잤나? 내 집사람의 펑퍼짐한 모습과 비교가 되는 것을 보니 한 살이라도 젊을 때 이 짓도 때려치워야 할 텐 데 그러면 내가 뭔가 다시 해 먹을 일이 없다.

저 여인은 찜질팩을 아픈 부위를 중심으로 올린 뒤 한참 후 팔을 많 이 아프지 않은 정도, 약간 아플 정도에서 위아래로 살살 움직여 주고 '빙빙' 돌려도 보며 구부려도 본다. 그러면 팔을 움직일 때마다 '음, 응' 소리를 내는데 이때 많이 아프지 않도록 천천히 주의만 하면 된다. 그런 다음 적외선을 해주고 나서 원무과에서 가져온 차트 슬립지를 정리해야 한다. 의사의 처방에 따라 누가 하고 안 하고를 모두 기록해야 하는 것이 또 우리의 일이다. 이때는 의자에 앉아 잠시 쉴 수 있다. 그러나 이내 다른 환자가 들어서면 다시 일어나 침상으로 인도해야 하니 잠시 앉았다는 것뿐이지 쉬는 것이 아니다.

치료 도중에 너무 뜨겁다고, 너무 덥다고, 전기 자극이 너무 세다고 고쳐 달라면 가까운 근처 사람이 바로 손을 봐 준다.

또 다른 이분은 벌써 두 달째 오는 교통사고 환자다. 한 달에 두 번씩 쉬는 날 외에는 하루도 거르지 않고 와서는 척추, 신경 근육의 자극 치료를 받고 있다.

예상대로 오늘은 비가 와서 그래도 좀 수월한 편이다. 어떤 날, 특히 월요일이나 토요일은 밥 먹고 똥 쌀 시간도 없이 바쁜 날이다. 그래서 우리 선생님들은 항상 큰 변은 집에서 해결하고 출근을 한다. 출근하면 창문을 모두 열고 구석구석 청소부터 한다. 청소 아주머니는 바닥만 쓸고 닦기에 우리는 각종 의료기기와 침대 온도, 커튼을 보고 필요약품을 적소에 갖다 놓은 뒤 환자를 받는데 항상 환자들이 미리 와 있다.

2주 가까이 치료를 받던 환자가 들어서며 대뜸 인상을 쓰고 역정부터 낸다.

"날마다 빠지지 않고 하는데 와 이리 안 나아!"

그것 참 유감이다. 어떤 사람들은 두세 번에 다 나아 "고맙다" 하고 가는 사람도 있는데 낫지 않는 것을 낸들 화타, 편작, 허준이 아닌데 무슨 재주로 낫게 할 수 있을까. 우리 선생님들도 사명을 가지고 일을 하지만 환자를 낫게 하는 일은 의사가 할 일이다. 우리는 의사의 처방 중 일부분을 받드는 사람일 뿐이다. 이런 때나 술 마신 경우에는 말로 달래는 수밖에 없다.

"열심히 치료받으시다보면 좋아질 겁니다. 나을 거라는 자신감을 가지세요. 자, 여기 누워 보세요."

다시 성의껏 치료가 시작될 즈음 입원실의 환자 몇이서 언성을 높인다.

"그 사람이 어제 퇴원했다고? 그럼 며칠이나 된 거야? 삼일인가?"

"삼일 맞지, 돈백만원 정도 합의했겠구먼."

"안 그래. 교통사고 환자 삼일 만에 퇴원하면 많아야 칠, 팔십밖에 안 돼."

"아니지, 먼저 4일 입원했던 김씨는 100만 원에 합의보고 나갔어."

"에헤, 그게 아니고 김 씨는 자기 차를 모는 사장이니 그렇고, 영업용 택시는 공식이 있어. 칠, 팔십밖에 안 된다구."

"그 사람 실비보험은 있는가?"

"요즘 실비 안 들은 사람이 어디 있어. 다 들지."

모두들 병원에 오래 입원해 있다 보니 반 의사에, 반 변호사에, 반 보험설계사가 됐다. 그러다가 보험회사로 주제가 옮겨지고 또 열을 냈다.

"입원을 삼일밖에 안하고 참고 나갔으니 더 나와야지."

"무슨 소리, 3일간 입원하면 산재도 안 돼. 4일이 돼야만 돈이 나온다고."

"보험은 네모보험이 돈이 많이 나와. 내 아들이 축구하다 다리골절을 당해 3주를 입원했는데 ○○○만 원이 나왔어."

"그게 무슨. 내 아는 사람은 보험이 열한 개인데 암이라고 3주 입원하고 암이 아니라고 판명됐는데도 ○○○○만 원이 나왔다더만."

실내에 있는 모든 사람들이 다 들을 정도로 큰 소리로 다투다가 화제는 병원으로 옮긴다.

"내가 지난번 해운대 갔다 올 때 너무 아파서 근처 해운대 병원에 갔거든. 아, 그런데 주사 한 대 맞고 물리치료 30분했는데 깨끗이 낫더니 이번에 이 병원은 우찌된 기 낫질 않아. 지금 며칠이고? 입원한지 4일 됐네."

"세모병원이 잘 본다더만. 내 친구가 허리가 아파 굴신을 못했는데 그 병원에서 한 시간 시술하고 지금 걱정 없이 회사 다녀."

"잘 보기는 서울 ○○병원이 최고라. 병원 크기도 최고지만 의사가 대체 몇 명이고."

"그 병원 설립자는 죽어서도 좋은 일하는 기라."

"그렇다고 돈 받을 거 안 받나? 다 받는데."

너무 열을 올리며 시끄러운 것 같아 내가 말했다.

"조금만 조용히 해 주실래요?"

이내 조용해진다. 그래도 이곳저곳에서 두런두런 귀신 씻나락 까먹는 소리는 멈추지 않는다.

몇 개월씩 입원한 사람들이라서 확실히 아는 것도 참 많다.

서당 개 3년이면 라면을 끓이고, 교도소에서 5년간 있으면 법에 도사가 되고, 환자생활 6개월이면 보험이 능통해진다더니 그 말이 맞는지도 모르겠다. 나보다도 더 능숙하게 기계의 이름을 척척 대는 사람도 있다. 이렇게 말하는 사람들은 이제 퇴원할 때가 다 된 분들이다. 얼마 전 입원한 환자나 무척 아픈 사람 그리고 중증 환자들은 저렇게 열 내며 의견 주장이나 농담, 시비를 걸지 않는다.

갑자기 '따악, 따악' 소리가 들린다. 나는 '아차' 하며 마칠 시간이 멀었나 하고 시계를 보고 주위를 살펴봤다. '아 골치 아프네' 하는 생각도 잠시 자동문이 '스르륵' 열리며 그가 들어섰다. 또 어디가 안 좋은 것일까.

그는 교통사고 환자로 한쪽 다리가 없어 목발(알루미늄으로 된 발)을 한다. 사고가 얼마나 컸으면 뼈가 20개가 넘게 부서졌고 결국 한 다리를 절단까지 했다. 오늘처럼 비 오는 날이나 구름 끼고 으스스 한 날이면 몸이 쑤신다고 우리 병원을 찾는데, 오면 꼭 내게로 온다.

얼마나 디디고 다녔으면 목발 바닥 고무가 다 달아 디딜 때 시멘트와 부딪치는 곳에서 '따악, 따악' 소리가 나서 그가 오는 것을 금방 안다.

나는 한다고 해주는데도 몸 전체가 병투성이 자체인 그는 아프지 않은 곳이 없어 2, 3일에 한 번씩은 꼭 날 찾아오는데 순서도 없다. 모두들 같은 환자이면서도 장애가 있는 이분을 먼저 하도록 봐주는데 미칠 노릇이다.

"그제는 괜찮았는데 어제는 영 좋지 않아. 자네가 정심껏 안 했지?"

"그럴 리가요. 저희는 최선을 다 하잖아요."

"일마 이기요 죽을라고 어데서 말대꾸 해."

목발을 수평으로 들고 목발 끝이 내 얼굴을 향하게 한다. 그리고 말대꾸나 기분에 따라 그 목발 끝이 내 눈을 찌를 듯이 내 눈 앞에 왔다

멀어졌다를 하는데 꼭 내 눈을 찍을 것만 같다. 그래서 피하면 그는 그대로 선 채 목발 끝만 내 몸의 눈이 가는 방향에 따라 움직이며 하던 자세는 그대로인 채 자기 할 말이나 불만이 계속된다.

"저쪽 4번 실로 가세요."

"싫다. 죽을 사자 방은 싫어."

"그러면 잠시 기다리시고 4번 실은 다른 환자를 받겠습니다."

그는 밖의 대기실이 아닌 상담사 앞의 의자에 주저앉았다.

병원 밖 도로가 시끄러운 것을 보니 비가 그쳤나 보다. 근처에 시장이 있어 비가 그치면 너나 할 것 없이 배달하는 생업 종사자들이 '우르르' 차를 몰고 나온다. 그들이 나오면 따라서 환자들도 따라 나온다. 오늘도 비가 빨리 그치는 통에 퇴근이 늦어지겠다.

2014년 6월 4일

- 이 글은 〈○○일보〉 신춘문예에 제출했던 글임.

"같이 한술 뜹시다"

사회 초년생 하숙할 때의 일이다.

어느 날 늦은 일을 하는데 친구가 왔기에 술을 한잔하며 마저 일을 끝내니 저녁 8시 30분, 집까지 15분 거리인 가야 하천 1번지 하숙집에 도착하여 문을 열고 들어서니 아줌마가 물었다.

"주씨! 저녁 먹었어요?"

"아니요."

"우짜노, 밥 먹고 오는 줄 알고 다 치워서 밥이 없는데."

순간 야속하고 기분이 엄청 상했지만 7시 30분까지 오라는 주인 여자의 규칙이니 어쩔 도리가 없었다.

근처 가게에서 라면이라도 사다 끓여 먹자니 불 피울 그릇이나 도구도 없고 사먹으러 나가자니 씻고 챙기다 보면 9시 30분이 넘을 거고 에이, 모르겠다. 씻고 나서 물 대접을 머리맡에 놔두고 책을 읽고 있을 때였다.

밖에서 문 두드리는 소리가 나기에 가만히 귀를 기울이니 주인아줌마가 묻는다.

"누구세요?"

"내다. 오빠다."

"아니, 이 밤에 오빠가 우짠 일이요?"

"어, 근처에 왔다가 들렀다."

이어 슬리퍼 끄는 소리가 나고.

"저녁은요?"

"아직 안 묵었다."

그러자 이내 밥그릇 숟가락이 덜거덕거리며 밥 짓는 기척이 나더니 밥을 하여 상을 들고 들어가는지 문 여닫는 소리가 들렸다.

피는 물보다 진하다고 했지만 자기의 오빠는 저녁을 해주면서 돈 내고 하숙하는 내게는 먹어보라 소리도 없으니 이 집에 정이나 미련이 싹 가시는 것이었다. 그래서 지금도 그 집은 쳐다보지도 않는다. 현재 있는지 없는지도 모른다. 나가서 술이나 한잔 더 할까 하다가 꾹 참고 잤다. 당시 위궤양이 있었는데 빈속으로 그냥 자니 속이 편안해서 잠도 새벽까지 아주 잘 잘 수 있었다.

후에 내 개인 사업을 할 때이다.

직원들과 점심을 사서 같이 먹어야만 하는 처지였기에 나는 항상 근처에서 시켜먹었고 또 외출하고 없는 직원은 밥값을 챙겨 따로 계산해 주었다. 그러면서도 이때 나에게는 철칙이 생겨서 누구든지 식사시간에 오기만 하면 밥 먹으라고 잡았다. 새로 시켜주기도 하고 밥이 남으면 한 그릇 담아, 숟가락을 얹어서 있는 반찬에 거들도록 하는데, 지금까지도 나는 밥 한 그릇에 절대 인색하지 않는다. 하숙할 때의 설움 때문에 그렇게 하는 것이다. 빈속에 남 밥 먹는 것을 보면 얼마나 침이 고일까. 다 먹고 살자고 하는 일이 아니던가. 그래봤자 삼시세끼만 먹으면 부자가 눈 아래로 보이는 것을.

그날도 식사시간에 두 사람이 물건을 구하러 들어왔다. 금방 지어 김이 모락모락 오르는 하얀 쌀밥을 막 먹으려다 나는 처음인 그들에게 물었다.

"점심 식사했어요?"

"아니, 들어가서 먹지요."

"이리오소. 같이 한술 뜹시다."

"아니, 됐어요. 안 먹어도 됩니다."

"아니, 무슨 말씀을, 이리 오이소."

이래서 밥 두 상을 더 시키고 나와 손님 두 사람은 우선 식사를 했다. 배가 많이 고팠던지 그들은 맛나게 잘 먹었고 "고맙다" 하며 물건을 사가지고 갔는데 이들은 후에 나하고 아주 돈독한 사이가 되고, 나의 큰 거래처가 되었다. 잠시 후에 도착한 밥으로 우리 기사 둘이는 좀 늦은 점심을 먹어야 했지만 그래도 불만은 없었다.

예전에 보릿고개가 있을 때 형의 심부름으로 신도안에 간 일이 있었다. 학교 끝나고 열차를 타고 갔으니 캄캄한 밤 10시가 되어서야 도착했는데, 그 집은 이미 한밤중이었다. 그 집에서 저녁밥이라고 자다 깨어 밥을 한술 주는데 이게 순 꽁보리밥으로 먹던 밥에다 짠지 한 접시에 냉수뿐이다. 늦가을 추운날씨였지만 어찌 그렇게 맛이 있던지 아주 잘 먹었다.

또 연로하신 친척의 병문안을 간 적이 있다.
"어찌 식사는 했는가?"
"아니요. 나가서 먹지요."
그러자 밥이 있다며 자꾸만 권하므로 몇 번을 사양하다가 그냥 한술을 뜬 적이 있다. 두 숟갈쯤 떠먹을 때 옆 침대의 환자가 기침을 하며 '갤갤' 가래를 뱉어내기 시작하는데, 야 이거 수저를 놓을 수도 없어서 그냥 꾸역꾸역 퍼먹었다. 군에서 이것보다 더한 것도 참았는데 이정도도 못 참으면 남자가 아니라는 신념으로 밥을 먹고 물을 1컵 들이키니 환자분이 말씀하신다.
"참 대단하고 장하다."
그런 병원의 분위기에서, 소리와 모습을 보면서 아무렇지 않게 밥을 먹는 내 모습을 보고 하신 말씀이다.
힘들여 일하고 먹는 따뜻한 밥이야말로 인간이 가장 선호하고 바라는 것이 아니던가. 그렇게 더운 밥을 먹고 두 다리 쭉 펴고 누우면 잠도 잘 온다.
TV 프로그램 중에 탈북한 북한 남녀를 모아놓고 이야기하는 프로가 있는데 그들이 하는 이야기 중에 "그런데 탈북 동기가 무엇입니까?" 하고 물으니 열에 아홉은 배가 고파서란다. 강을 건너 중국에 가니 개도 하얀 쌀밥을 먹기 싫어 남겨 놓더란다. 이처럼 먹는 것이 이념도 국가도 고향도 부모형제도 버리고 떠나게 하는, 가장 우선시되는 중요한 근본이다. 인간 생활의 요소 중 대표적인 것이 의식주(衣食住) 아닌가.

渴時一滴(갈시일적)은 如甘露(여감로)이다. 즉, 목마를 때 물 한 방울은 단 이슬이다.

빨간(?) 비디오테이프

점심식사시간이 끝나고 모두가 제 자리로 돌아와 일에 몰두할 때였다.

공장 문을 열고 어떤 50대 정도의 키가 작고 뚱뚱한 아주머니가 손에 허리띠를 5, 6개 정도 들고 다가섰다.

"사장님, 이 허리띠 하나 사소."

"저는 허리띠 필요 없습니다."

"에이, 그러지 말고 1개만 사주소. 내가 먹고 살자니 어려워서 그라요."

하지만 나는 집사람이 허리띠며 옷을 조달해 주고 있고 또 집에는 허리띠가 3~4개에 넥타이가 10여 개 되므로 "아니, 됐습니다. 저는 다 있어요" 하고 말했다.

"그래도 하나만 팔아주소. 나도 목구멍 풀칠은 해야 할 것 아이요?"

좀 야박했지만 별로 필요하지도 않고 사고 싶지도 않아서 "아주머니

마 됐심더" 하고 하던 일에 열중하는데 이 아주머니가 내 옆으로 바짝 붙는 것이었다.

놀라 고개를 돌리려하는데 내 귀 쪽에 입을 가까이 하고는 조그마한 목소리로 말한다.

"그라믄 테이프 하나 사소. 기가 막힌 긴데 완전 원판이라 화질도 좋고 부인도 좋아할 기라."

그러면서 내 손을 잡는다.

"이거 노소. 놓고 이야기합시다."

그랬더니 그 아주머니는 또다시 조그마한 목소리로 말한다.

"내 말대로 1개 사소. 부인이 되게 좋아할 끼고 그거보고 잘 하믄 반찬이 달라지요."

나도 마음이 약간 당기기에 주위를 둘러보니 모두들 저쪽에서 자기 일에만 바쁜 것이었다.

"얼만데요?"

"두 개 삼만 원."

마침 돈이 이만 원뿐이라서 "마. 필요 없소" 했더니 아줌마는 자꾸만 깎아주는데 이만 오천원에서 이만 원 하더니, 이번에는 떨이니까 두 개에 만 오천 원만을 달라는 것이다. 만 오천 원에 두 개는 괜찮다 싶어서 검은 비닐봉지에 들은 테이프를 받고 주머니에 있는 만 원짜리 두 장을 주며 "오천 원 주소" 했더니 "알았소. 주지" 하더니 밖에 가방에서 역시 검은 비닐에 싼 테이프 1개를 들고 들어와 내게 주며 "자. 이거하소. 떨이라서 다 주고 가요" 하고는 가버렸다. 그래서 나는 테이프 3개를 이만 원에 사서 내 작업대 밑에 넣어두고 일을 마치고는 그 사건을 잊었다. 그러다가 며칠 전 퇴근길에 구두를 닦으려고 작업대 밑에서 솔을 찾다가 그 테이프를 발견하고 가지고 집으로 돌아왔다.

저녁을 먹고 아이들을 재우고 집사람과 소주를 1병씩 기분 좋게 갈라 마시고는 방으로 들어왔고 그 테이프를 틀었다. 드디어 테이프가 돌아가고 화면에 영화 예고편이 몇 개 나오더니 옛날 국산 영화를 시작하는데 좀 이상해도 시간이 지나면 나오지 하며 아무리 기다려도 그 테이프에는 그 영화밖에 없었다. 속았다는 생각에 나머지 2개도 1시간 30여 분에 걸쳐서 조사를 해보니 역시나 평범한 외국영화였고, 한 개는 아무것도 없는 공테이프였다. 집사람은 아까부터 하품을 해가며 기다리다 끝내는 "당신 하는 거 다 그렇지 뭐" 하더니 이내 "불 끄소. 마 잡시다" 하더니 '휙' 돌아누워 등을 보이고 자는 것이다.

야, 나는 정말 황당했지만 어쩔 수 없었다. 이 아지매 만나기만 해봐라 하고 별렀으나 지금껏 만난 적이 없다. 아니 나타나도 오래되어 얼굴도 잊어서 누가 누군지 모를 것이다.

왜 나는 사람들의 말을 그렇게 잘 믿을까?

2008년 5월 4일

사는 것이 다 그렇지

길 건너 갈비집이 이사를 한다. 말이 이사지 장사가 잘 되지 않아서 전세금을 달세로 모두 날리고 빈털터리가 되어 가는 것이다. 일부의 짐은 며칠에 걸쳐서 옮겼고, 최종 짐은 오늘 옮기는데 나의 화물차를 빌려 달라 하므로 그러라고 했다.

오늘은 마침 일요일이라서 나도 일이 없기에 화단의 분갈이를 마치니 오전 10시, 그 집에 가보니 옮길 짐이 한두 가지가 아니기에 같이 손을 보탰다. 그렇게 3번을 옮기니 오후 3시, 갈비 기름때가 묻은 손을 털며 소주 한잔을 먹고 돌아왔다.

사실 이 집과 나는 원수처럼 사이가 안 좋았다. 개업 전 며칠에 걸쳐서 실내장식을 할 때이다. 이 집의 사장이 새벽마다 대팻밥과 쓰레기를 길에서 불태우는데 이 연기가 3층 나의 침실로 자꾸만 날아들었다. 그래도 앞으로 이웃이 되기에 꾹 참고 있었는데 어느 날 "쾅" 하며 포탄 터지는 소리에 문을 열고 밖을 보니 새벽 여명의 어둠속에서 그는 역시 대팻밥을 태우고 있고 신문배달원과 우유배달 아줌마가 멈춰서 보고 있는 것이 보였다. 그런데 우유 아줌마가 그를 보고 "그거를 태우면 우짜요. 빼내놓고 태워야지" 하는데도 그는 말없이 막대기로 불을 뒤집기만 했다. 그때 다시 "쾅" 하며 무엇이 터지면서 "쉬익!" 소리를 내며 어떤 물체가 날라 가 그 집의 기둥에 '탁' 맞고 떨어지는 것을 보니 바로 부탄가스통이었다.

목수들이 참으로 라면 같은 것을 끓여먹을 때 나온 부탄가스통을 사장이 쓰레기를 모아 태울 때 다 쓴 통 2개를 같이 태운 것이다. 안 그래도 태우는 연기가 길 건너 내 집으로 날라 오는 것이 마땅치 않기에 한마디했다.

"보소. 거, 날마다 자꾸 태울끼요? 사람이 말을 안 하면 알아서 서로 조심을 해야 할 거 아니요?"

그러자 그는 대뜸 욕을 한다.

"이 새끼가."

그러면서 나를 노려보는데 다시 한마디 하려니 집사람이 "여보, 관두소. 아침부터 와 그라요. 그만두소" 한다.

그래 참자, 참는 자에게 복이 있나니 하고 창문을 닫고 말았다.

이렇게 기상을 하여 준비 후 출근을 하려고 밖에 나서 보니 그때까지도 태우고 있는데 다시 성질이 솟았다.

"아니, 정말로 자꾸만 이레 태울끼요?"

"와? 니가 뭔데?"

"아침에 그 난리를 피워 온 동네 사람들 다 깨웠으면 그만해야 할 것 아니요. 쓰레기봉투 값이 몇 푼 한다고 그걸 그래 날마다 태우요?"

"인마, 이기요. 이 새끼 봐라. 니 내가 누군지 아나?"

그때 목수가 안에서 나오며 그를 보고는 "야? 그거 태우지 마소. 마불 끄소" 하고는 나를 보더니 "그 좀 태우면 우떻소! 이웃 간에 이해 좀 해야지" 한다.

생각해보니 이웃을 이해 못하는 목불식정(目不識丁)은 저 집이다 싶어 내가 "이웃 갖다 붙이지 마소. 이웃 생각하는 사람이 이웃으로 연기 날리며 날마다 태워? 그리고 오늘 아침에는 우쨌소? 부탄가스통이 터졌단 말이요" 하고 말했다.

그러자 그 목수는 "아따, 그 자석 말 많네" 하며 안으로 들어갔고 내 목소리를 듣고 뒤따라 나온 집사람이 자꾸만 나를 끌기에 나도 못 이기는 체하고 끝냈지만 기분은 엉망이었다.

동네사람들이 모두 나와서 쳐다보며 한마디씩을 했지만 마이동풍(馬耳東風)이다.

그로부터 며칠 후 우리 직원이 그 갈비집에서 개업을 한다며 팥 시루떡을 가져왔다고 내 앞에 내어놓는 것이다. 나는 며칠 전 일도 있고 해서 "야! 이거 도로 갖다 줘. 필요 없어. 안 먹어" 했다.

나의 완강함에 놀라서 떡을 도로 돌려주고 우리 집은 그 집 근처에도 가지 않았다. 내가 안 가면 자기만 손해지.

그렇게 날이 가고 달이 가는데 이웃집들의 애경사 시에 참석만 하면 꼭 그 갈비집 사람이 동참해 있는 것이다.

그러던 어느 날 사연을 잘 알고 있는 이웃 영감님이 나를 불러 술 한 잔 하자기에 저녁 일을 마치고 영감님 집에 갔더니 역시 동네 사람들이 술과 음식을 들고 있었다.

술잔이 몇 번 돌자 그 영감님은 내게 술을 한잔 따라주며 말씀하신다.

"이 자리는 내가 주선을 했고 음식은 옆의 갈비집에서 내는 기다. 내가 니와 옆집을 화해시킬라고 한 일이니 그리 알고 통성명도 하고 앞으로 잘 지내봐라. 사귀면 모두 좋은 사람들 아이가."

'그래! 좋은 게 좋다고 나는 뭐 잘했고 잘났나' 싶어서 통성명을 하니 나와 같은 성과 본을 쓰고 있었다.

다음날 가족들을 데리고 가서 삼겹살을 구워 한잔을 기울이고 나니 그 집에서는 음료수와 소주 1병을 서비스로 주었다.

그렇게 몇 년을 사귀며 지냈는데 그 집이 오늘로서 이사를 가는 것이다. 저 사람들 성격에 서비스도 주고 무언가 푸짐하지 못했던 것이 이사의 원인이리라 짐작이 갔지만 내가 대신 장사를 해 줄 수도 없는 노릇이고 이사 가면 가는 것이지 어쩌랴. 내 차까지 빌려서.

세상에 사람 사귀어서 해로울 거 없다. 빚졌거나 원수졌거나, 욕먹은 사람들 내가 먼저 '툭툭' 털고 화해하며 살아야 스트레스 없는 즐거운 인생이 될 것이다.

歲寒然後(세한연후)에 知松柏之後彫也(지송백지후조야)니라. 즉, 날씨가 추워진 후에야 소나무 잣나무가 늦게 시듦을 안다.

사는 것은 지천명(知天命)

아침에 회사 문을 열면 셔터가 저 끝까지 올라가질 않는다. 이 집이 낡아감에 따라 같이 노후해 가는 것이다. 그러면 걸고리를 걸어서 밀어 올리곤 하는데 그때마다 얼마 전부터 눈에 띄는 것이 있고 마음에 걸리는 것이 있는데, 그것은 바로 단 한 마리가 붙어있는 거미집이었다.

환장하도록 영롱한 이슬이 맺히는 자리가 수두룩하고, 새파랗게 얼어버릴 것 같은 샛별이 비치는 자리가 수두룩하며, 바윗돌이 부서지라고 흐르는 냇가가 수두룩할 텐데, 그 많은 나무와 풀과 숲이 어우러지고 살아 흐르는 냇가가 허다한데, 어째서 하필 우리 집 추녀에다 집을 지었을까.

안쓰럽기만 한데 하필이면 셔터와 그놈 집이 이어져서 매일 문을 열 때마다 그 집의 일부가 부서지니 가슴이 타는 이 거미는 이리 저리 집을 지키려고 분주하게 움직인다. 허나 어쩌랴, 사람 사는 것이 우선이고 자리를 잘못 선택한 제 놈에게도 잘못은 있는 것을.

그런데 오늘 아침에 문을 열면서 보니 이 녀석도 요령이 생겼는지 추녀의 바깥쪽으로 어떤 진동이나 바람에도 끄떡없는 튼튼한 새 집을 지은 것이다. 그놈 참 재주도 좋고 기술도 좋다.

어느 누가 단 하룻밤 만에 허공중에 저처럼 가는 줄로 저처럼 각도를 맞추며 저처럼 촘촘한 집을, 저처럼 몸에 아무 연장도 없이 저처럼 배꼽에서 은사를 뽑아내어 지을 수 있단 말인가.

인생이 사상누각(砂上樓閣)을 백번 지으면 무엇 하나. 모든 것은 뜬구름, 옳은 집 옳은 길을 한 개만 가거나 가지면 그만일 걸.

안타깝다.

수룡골 옥녀봉이나 지석골 곰바위에서 태어났다면 먹이 풍부하고 집이 부서지는 일도 없을 터인데 어찌 기구하게 이곳에서 태어나 굳이 이곳만을 고집하며 살아가려는가? 그러고 보니 나 역시 지지고 볶으며 서있는 이 자리가 내 자리였던가?

2005년 9월 26일

※ 지천명(知天命) = 하늘의 명을 알았다는 뜻으로, 나이 50을 비유적으로 이르는 말로 논어(論語) '위정편(爲政篇)'에 나오며 천명을 알고 순응한다, 하늘이 만물에 부여한 최선의 원리를 안다는 뜻임.

- 이 글은 〈사상신문〉에 게재됐던 글임.

사람 사는 단면(短面)

난 요즘 살맛이 난다.

그것은 운동 때문이다.

새벽 5시에 잠이 깨면 무척 빠른 걸음으로 삼락 고수부지 간이운동
장으로 나간다. 온몸에 흐르는 땀을 닦으며 잘 꾸며진 우레탄이 깔린
길을 정신없이 돌아 중앙광장의 헬스장으로 향한다. 나의 사상구에는
아주 근사하고 멋진 헬스장이 있다. 여기에 2, 30명이 복닥거린다. 그
런데 이 신체란 것이 참으로 묘하고 희한하다. 하루 반시간씩 1년을
했는데 몸이 '울퉁불퉁'거리기 시작했다. 이제껏 TV나 영화에 나오는
사람들의 근육은 하루 몇 시간씩 십 년 이상 해야만 되는 줄 알았다.
앞으로 2년만 더 이런 식으로 한다면 기가 막힌 몸매가 될 성싶다.

다시 30분을 걸어 집에 도착하여 찬물을 뒤집어쓰면 '이야' 이 느낌,
안 해본 사람은 모른다. 부산의 다른 구에 이런 무료 헬스장이 있다는
말을 들은 적이 없다. 아니 세계에도 없을 것이다(가보지 않았으니까).

아주 잘한 일이라고 박수를 보낸다. 이곳에는 진구 가야에서도 오고 북구 화명동에서 오는 분도 있다.

건강한 신체에 건강한 정신이 깃든다고 누가 그랬었다.

몸이 아프지 않다면 사람은 누구나 자기의 꿈을 이루기 위한 노력을 한다. 그 꿈이 희망이라는 이름으로 행복의 파랑새가 되면 나름대로 성취감을 맛보는데 이것이 인간의 삶일 것이고, 그것의 근본을 따지자면 건강일 것이다.

우리의 새벽 타임이 7시경에 끝나고 나면 아침반이 오고, 점심반이 오며, 저녁반도 온다. 그뿐이 아니고 옆에서는 고막이 터질 듯한 음악에 맞추어 에어로빅반이 '방방' 뛰며 건강을 위하여 열광하고 있다.

요즘 동호회도 생겨서 모임도 갖고 있다.

'휘웡' 하는 한겨울의 강바람에는 나를 비롯해 3~4명 정도뿐이다. 하지만 그때는 추위를 이기려고 더 빨리 움직여야만 하고 중무장을 해야 추위를 이길 수 있다.

여름인 지금 이곳은 완전 성수기다. 갈대도 신이 나서 강바람을 안고 춤을 추고, 매미소리는 제 세상을 모두에게 알리려고 귀가 멍하도록 운다. 아쉽다면 근처에 철봉과 평행봉이 같이 있으면 금상첨화(錦上添花) 아닐까?

– 이 글은 월간 〈부산이야기〉에 실렸음.

태풍 속에서 빛난 이웃사촌

태풍이 온단다. 제주도에 많은 비를 뿌리고 대한해협으로 올라간 단다.

"쫘아악, 쫘아악."

비바람이 장난이 아니다.

'에이, 지나가는 태풍이야 앞으로 5시간만 참으면 되겠지 까짓것.'

아침 출근 후 30분쯤 되었을까? 왠지 무언가 마음이 꺼림칙하여 이 곳저곳을 둘러보던 나는 창고 문을 열며 깜짝 놀랐다.

'아! 이게 아닌데…….'

창고 바닥에 물이 흥건한 것이다. 즉시 쓰레받기로 고인 물을 퍼 담아도 벽을 타고 물은 계속 들어오는데 '허참' 어제까지도 말짱했던 물받침이 바람에 떨어져 나간 모양이다. 봉걸레로 마무리를 해도 잠시 뒤면 또 차겠지만 그래도 푸고 닦아내지 않을 수가 없었다.

1시간여를 그렇게 지낼 쯤 '슉' 하고 전기가 나가는 것이다. 아뿔싸,

기계의 헤드가 꼼짝 않고 멈춰 서버렸다.

'어, 어, 이게 아닌데.'

잠시 후 전기가 들어오고 기계는 제 자리를 찾아갔지만, 찍던 원단은 버리고 처음부터 다시 찍어야 했다. 돈이 아깝지만 천재지변을 어찌할 수가 없으니 별수 없이 다시 시작했다. 그렇게 20여 분이 지났을 때 또다시 정전이 찾아오고 기계는 딱 그 자리에서 서버리는 것이다.

버린 원단이야 다시 찍으면 되지만 기계의 오일 헤드는 제자리에 와서 클리닝을 해야 하는데 전기가 없으니 작업도 안 되고 클리닝도 못하는 형편이 된 것이다.

속절없이 10여 분을 기다리는데 헤드는 12개로 1개당 가격이 200만 원인데 갑자기 속이 타 들어갔다. 이 상태로 1시간만 있으면 헤드가 굳어서 막혀 못쓰게 될 판인데 123 전기고장신고는 왜 그리 통화중인지 9번을 했지만 통화 한 번 못했다.

간을 태우는데 비바람이 그렇게 치고 물이 차올라도 이웃 분들이 고개를 빼꼼히 내밀고는 "피해 없어요?" 하는데 나는 큰소리로 외쳤다.

"저는 전기 때매 큰일 났어요."

"와요?"

이사람 저사람 빗속에 뛰어와서 사정을 듣더니 근처의 젊은 동생이 그 바로 옆집의 전기 기사를 데리고 왔다.

그런데 나는 잘 모르지만 전기는 참 신기하다. 나를 비롯해 앞뒤 길 건너가 모두 정전인데 내 옆집과 길 건너 약국은 불이 오는 것이다.

데리고 온 전기 기사가 기계의 인입선을 빼고 전기를 끌어다 이으려는데 가까운 바로 옆집에서는 "우리도 전기가 부족해서 안 됩니다"라고 한다.

참으로 모진 말이다.

비바람은 퍼 붓는데 도로 건너 약국에 가서 연결코드로 40여 미터를 이어왔다.

퍼붓는 비가 문제가 아니다. 날아가는 우산이 문제가 아니다. 눈에 보이는 것이 오로지 전기뿐이다.

어둠속에서 랜턴을 비추며 겨우 제 위치를 잡고 기계를 정지시킨 뒤 클리닝을 시작하자 "후유!" 하는 한숨이 나오며 그제야 안심이 되는 것이다.

'○○당 약사님, 고맙습니다. 그 빗속에서도 저를 도와준 이웃 분들 모두 고맙습니다. 저도 작은 피해를 입었지만 저보다 더 크고 많은 피해를 입으신 우리나라의 많은 국민 여러분, 우리 모두들 힘을 냅시다.'

내일도 또 다시 태양은 떠오른다. 슬픔의 날이 지나면 기쁨의 날도 오리니 기쁨과 슬픔은 형제지간이라서 항상 같이 다닌다는 점을 잊지 말자.

그리고 이웃 간에는 서로 도와야지, 위급할 때 모른 척하고 평시만 인사하고 좋은 척한다면 어찌 이웃이라 하겠는가?

나 역시 평상시 덕을 베풀지 못하여 그들에게 있으나 마나한 존재였던 것은 아닐는지.

薄施厚望者(박시후망자)는 不報(불보)한다. 즉, 조금 베풀고 많이 바라는 자는 보답이 없다.

영덕 게 처음 먹는 날

며칠 전, 친한 친구가 영덕 게 몇 마리를 가져왔기에 집사람과 셋이서 한잔을 기울였는데 게를 보자 옛 생각이 떠올라 이렇게 몇 자 적어본다.

20여 년 전, 한참 일을 하고 있는데 갑자기 사이렌 소리가 요란스럽더니 집 근처에서 멈추는 것이다. 이상하여 밖을 보니 '아뿔싸' 바로 근처의 친구 집이었다. 곧바로 달려가니 친구는 없고 친구 부인이 '덜덜' 떨며 어찌할 바를 모르고 서있는 것이다. 그런데 마침 친구의 처남이 살림살이를 들어내고 있기에 나도 가세를 했다. TV, 팩스, 아이들 교과서를 몇 번에 걸쳐서 꺼내다 보니 옆의 불은 다행히 잡히고 구름 같던 구경꾼들도 흩어지기 시작했다. 다시 꺼냈던 물건들을 대충 넣어주고 나는 돌아왔다.

불이 발화된 것은 친구 집과 붙은 옆집으로, 그 집은 소방차가 물을 뿌려 엉망이고 다행히 친구 집은 피해가 없었다.

이틀 후는 토요일인데 내가 낚시를 좋아하는 것을 아는 친구에게서 전화가 왔다.

"강구에 낚시나 가자. 토요일 날 밤에 올라가니 그리 알아라."

나는 별로 한 일도 없는데 친구는 화재 시 도와준 내가 무척이나 고마웠던 모양이다.

이렇게 해서 친구네 가족들 틈에 끼어 영덕 근처 강구라는 곳을 가게 되었고, 이곳은 친구 부인의 친정이 있는 곳이다. 밤중에 도착하니 파도소리가 철썩이는 조그만 어촌이었고 우리는 준비된 술과 밥을 축내고 불이 훤히 켜진 방파제에서 밤낚시를 시작했다. 가끔 조그만 학꽁치가 올라오곤 했는데 친구 녀석이 자꾸만 술을 권해서 나중에는 둘이서 그 방파제에서 누워 잤다. 파도가 겁이 났지만 이곳은 절대로 간만의 차가 20cm라고 우기는 친구를 믿었는데 남해안이나 서해와 달리 그 말대로 정말로 밀물과 썰물의 차가 동해는 별로 없다는 것을 그때 알았다.

새벽 날이 밝기도 전에 아이들이 "아침 식사하래요" 하기에 일어나 집에 들어가 씻고 방에 앉으니 그 집 주인아저씨가 주먹만 한 영덕 게를 자시고 있었다. 몇 마리나 되는 것을 내게는 '먹어보라'는 말도 않고 다리를 '툭' 뜯어서 '우직우직' 씹어 먹는데 상당히 맛있어 보였다. 나는 속으로 '나중에 집에 갈 때 저것 몇 마리 사가면 마누라가 좋아하겠지' 하고 생각했다.

사실 그때까지 나는 영덕 게를 먹어보지 못했다. 20여 년 전 일인데 값도 값이지만 껍질 속에 살이 얼마나 들었는지는 몰라도 별로 먹을 것도 없을 거라는 생각 때문이다.

그래도 여기까지 왔는데 기념으로 휴게소에서 조금 사가지고 가면 될 것이라는 생각이 들 때 "저어, 이 그 좀 잡사보소" 하며 그제야 그 집 주인이 먹던 게를 내게 권한다. 그런데 아니, 사람을 어찌 보고 그러는지 게 다리와 몸통 모든 것을 다 먹고는 게 등껍데기만 모아서 내게 주는 것이다. 아무리 내가 빈대 붙어 왔기로 속살은 모두 자기가 먹고 등딱지만 내게 먹으라니 속으로 기분이 상해 "아, 됐습니다. 많이 드이소. 전 잘 안 먹습니다" 하고 손사래를 쳤으나 그분은 한 번 더 권했고, 나 역시 받지 않았다.

잠시 후 아침상이 들어왔고 식후에 친구와 '뗏마(1개의 노를 뒤에서 저어 나아가는 작은 나무배)'를 타고 게르치며 노래미 등을 잡으며 시간을 보냈다.

주인 부부는 원양어선에서 잡아온 오징어를 말려주고 마리당 얼마씩을 받는 모양인데 이 집 마당에서 해안까지 햇볕이 빼꼼한 곳은 모두 오징어가 하얗게 매달려 있는데 그들은 무척이나 바빴다. 오후에 돌아올 때 그분들은 내게 잘 말린 오징어 한 축을 주셨는데 받기 미안했지만 친구의 권유로 그냥 받아왔다. 도중에 휴게소에서 친구 부인에게 아침의 게딱지 사건을 이야기했다.

"친정아버지께서 맛있는 곳은 다 잡숫고 게 등딱지만 모아주며 내보고 묵으라 해서 내 안 묵었소."

그러자 친구 부인은 손뼉을 치고 웃으며 하는 말, "저런, 저런……. 샛서방만 준다는 끼딱지를 생각해서 주니까. 뭐라? 묵던 거 준다꼬? 어데서 끼도 한 번 묵어 보도 않았나! 그가 젤로 맛있는 데라고…….

젓가락 가 파묵으면 얼마나 맛있는데"라고 한다.

"아! 그랬구나. 그 걸 몰랐네."

"그럼 아침에 끼는 한 마리도 못 묵었겠네?"

"야."

"쯧쯧쯧."

혀를 차며 그는 차에서 보따리를 꺼내더니 그 안에서 게를 다섯 마리 꺼내와 내게 주는 것이다.

"가 가서 마누라 주소."

"안 그래도 여서 몇 마리 사가 갈까 했더니 잘 됐네."

그것을 받아 쿨라 속에 넣어 가지고 와서 온 식구가 한 마리씩 '툭툭' 뜯었다. 그리고 문제의 게딱지. 그것. 확실히 맛있다. 젓가락을 가지고 파먹는데 다른 부분보다 정말 맛있었고 오징어도 최상급이었기에 집사람에게 모처럼 칭찬을 들었다.

德不孤必有隣(덕불고필유린). 즉, 덕이 있는 자는 외롭지 않게 반드시 이웃이 있다.

'머피의 법칙'이 작동된 날

오전 12시경에 전화벨이 울렸다. 받아보니 엊그제 택배로 부친 물건을 받은 손님이었다.

"물건은 왔는데 볼트 부속이 없어요."

"그럴 리가요. 분명히 같이 부쳤는데……."

"저는 그건 모르겠으니 부속을 다시 부쳐주거나, 아니면 그 금액만큼 빼주세요."

'참으로 이상한 일이다. 같이 보낸 물건인데 한 가지는 그럼 어디로 갔단 말인가.'

택배 회사에 전화를 하니 자기들은 모르고 수집한 기사에게 물어보라며 전화번호를 알려줬다. 그래서 그분께 다시 전화를 하니 그 운전기사는 "저도 테프로 붙여 놓은 것을 본 기억이 나는데 한 번 알아보고 전화 드리겠습니다" 한다.

이렇게 30분이 지나자 운전기사에게 연락이 왔다.

"그 물건이 잘못 운송되어 여기서 하루를 자고 대구로 갔다가, 거기서 다시 하루 더 자고 오늘 내려와 오전에 배달됐습니다. 그리 왔다 갔다 하다 보니 어딘가에 빠진 듯싶은데 우짜면 되겠습니까. 제가 제 돈을 들여서라도 다시 배송시킬 것이니 죄송하지만 새로 한 개를 더 준비해 주이소."

운수가 나쁜 것이지 나나 그는 잘못이 없었고 오히려 무료배송을 해주겠다는데 어쩔 수 없었다. 다시 포장까지 다 해놓고 전화하니 지금은 바쁘고 나중에 틀림없이 들리겠다기에 그러라며 수화기를 놓았다.

그때 손님이 들어와 물건을 주문했다. 아주 젊은 총각인데 깨끗한 회사 작업복을 입고 단정하게 깎은 머리로 무척 깔끔해 보였다. 이야기를 듣고 도면을 그리며, 물을 것은 물은 후 견적을 말하니 금액의 끝부분을 깎으며 제작을 해달라는 것이다.

그래, 얼마가 남아도 남으니 "그러마" 하고 말하자, 당장 만들어달라는 것인데 즉시 붕어빵을 찍어내는 것도 아니기에 차근히 설명을 했다. 재단하고, 붙이고, 깎으려면 최소 3시간은 걸린다고 몇 번을 얘기하여 2시간 반을 얻어 물건을 만들기 시작했다. 땀을 닦으며 다 되어갈 즈음 전화를 하니 손님은 총알같이 차를 몰고 나타났다. 급하긴 무척 급했던 모양이다. 그런데 물건을 보더니 말한다.

"이기 아닌데……. 여기에 이것을 이렇게 더 대야 하는데요."

"아니, 그럼 도면이 잘못됐지요. 그러면 이쪽에 이런 그림을 이렇게 그렸어야 하잖아요."

그러면서 내가 볼펜으로 그림을 하나 그려 넣자 그는 따지듯 묻는다.

"그래서 아까 얘기를 했잖아요."

"아까 이 이야기를 언제 했어요? 이 도면은 설명을 들으며 제가 사장님 보는 앞에서 그린 거잖아요?"

"하~ 안 됩니다. 여기에 이것을 대 주이소."

"알았소. 한 시간 후에 오이소."

"안 됩니다. 지금 즉시 해주소."

"지금 바로 시작을 해도 한 시간 정도 걸립니다. 그러니 한 시간 후에 오소. 다 되면 전화하끼요."

그러자 그는 계속해서 이리 저리 재고, 긁고, 살피며 혼자 5분여를 중얼거리다가 밖에 나가 어디론가 전화를 했다. 나는 맞추어 재단을 하려고 판 크기를 계산하는데 "그럼, 놔두이소" 하고는 차를 타더니 시동을 걸고 사라져 버렸다.

'젠장, 나쁜 놈, 인건비는 그렇다 치더라도 저 재료비는 어쩌란 말인가.'

참으로 오늘은 일진이 너무 안 좋은 날이다. 하는 수 없이 아무렇게나 잘라 스크랩 통에 던져 넣었다. 다음부터 저렇게 급한 일은 받지 말아야겠다고 다짐을 했다.

그런데 현재 시간 오후 5시 30분으로 택배가 마감될 시간인데도 이 운전기사는 나타나질 않았다. 이 택배는 작은 회사라서 그런가 싶어 큰 택배회사를 찾아가서 부치고 돌아오니 6시 30분, 오늘 업무를 마치려고 준비 중인데 그제야 택배기사가 나타났다.

"기다리다가 안 오는가 하여 다른 화물 택배로 부쳤습니다."

"아, 그렇습니까? 제가 좀 바빠서…… . 저, 미안하게 됐습니다."

그러더니 이내 차를 몰고 사라졌다.

볼트 부속대	14,500원	
가공 부속대	70,000원	오늘의 손해 총 88,500원
택배비	4,000원	

오늘은 기분 엿 같은 날이다. 집사람에게 오늘의 이야기를 다 하고 나니 "여보, 다른 사고 없이 지낸 것도 당신은 오늘 하루를 아주 잘 산 것이니 그 일은 신경 끄고 소주나 한잔하러 갑시다"라고 했다.

집사람과 술잔을 기울이니 마음이 편안해지고 배도 불렀다.

운동 겸, 산책 겸 삼락 운동장을 한 시간여를 돌았다. 이곳은 둔치지만 사상구가 아주 잘 가꾸어서 야구장과 축구장, 족구장, 롤러스케이트에서 헬스기구까지 강바람을 맞으며 즐길 수 있는 곳이고, 야생화 단지에 가면 철따라 수많은 꽃들이 피고 진다.

태풍 '나리'가 제주도 턱밑까지 온 모양이다. 제법 바람이 세기에 집사람과 돌아오는데 무슨 휴지가 날아와 앞을 못 보게 내 눈에 탁 붙었다. 잡아떼어 가로등 불빛에 비쳐보니 그 종이에서는 대왕님이 인자하시게 날 보고 계시는 신권 지폐였다. 마누라와 웃으며 주위를 둘러봐도 더는 떨어져 있는 것은 없었고 보는 사람도 없었다.

그렇게 다시 기분이 좋아진 하루였다. 에이, 나는 속물.

우연한 만남

가족과 친척들이 모여 함께 여행을 떠났다. 목표는 울릉도로 2박 3일 코스인데 한여름 휴가기간이라서 얼마나 사람이 많은지 울릉도 민박집에 빈집이 없을 지경이었다. 아침 9시경에 근처 식당에서 아침식사를 하고 민박집에 여장을 풀었다.

울릉도는 비경이 수려하다. 울릉도의 '울'자를 한자로 쓰면 막힐 '울(鬱)'자로 29획이다. 지명 이름 중 한국에서 제일 획수가 많을 것 같은데 얼마나 빽빽하고 막혀 있는지 부수를 하나하나 풀어보면 알 수 있다.

도동 중턱의 민박집에서 볼일을 보고, 옷도 갈아입고, 섬 일주 유람선을 타러 내려오는 중이었는데 어디선가 많이 본 얼굴이 눈에 띄었다. 그는 내려오는 사람들을 구경하는데 길가 남의 집 입구 계단에 비스듬히 기대어 앉아있었다. 나는 혹시나 하여 물어보았다.

"실례합니다. 혹시 ○○부대에 근무하던 ○○○ 씨 아니십니까?"

"아, 예. 맞습니다."

"아, 반갑습니다. 경비중대에서 근무하던 주형후입니다."

우리는 반갑다며 악수를 하고, 나는 선글라스를 벗고 그와 재회를 했는데 계산을 해보니 당시에 35년만이었다.

"그래, 지금은 뭐합니까?"

"저거요."

그는 머리를 뒤로 재끼고 턱을 앞으로 내밀며 턱으로 골목 건너편을 가리키는데, 거기에는 울릉도 특산품을 파는 가게가 있고 그곳에는 그의 부인인 듯한 여인이 우리의 만남을 꼿꼿이 서서 지켜보고 있는 것이었다. 나는 부인에게도 아는 체를 하고는, 우리는 저녁에 만나 소주 한잔하자며 헤어져 내려와 일주 유람선을 탔다. 유람선에 사람이 얼마나 많은지 울릉도가 태초에 생긴 이래 이렇게 많은 인원이 모인 것은 처음이란다. 배에 그렇게 많은 사람이 타도 되나 싶을 정도였고, 사람이 걸려서 사진 찍기도 힘들었다. 관광이고 뭐고 그냥 구석 찾아 앉아 있는 것이 최고였다.

그렇게 오전이 끝나고 미니버스(약 32인승 정도)를 타고 유명한 볼거리를 찾을 때 나리분지로 갔다. 그곳에서 산나물 비빔밥을 먹는데 옆 테이블의 부부 중 남자가 또 눈에 익어 숟가락질을 하며 힐끗힐끗 쳐다보다 그와 눈이 마주쳤다.

"야아, 너."

"그래, 너 오랜만이다."

"야, 졸업 후 아마 우리 첨이지?"

밥 먹다 악수를 하고 이야기를 하다 저녁에 소주 한잔 같이 하기로 약속 후 헤어졌다.

그런데 이 녀석의 애인을 내가 잘 아는데 이제 보니 생판 모르는 여인이다. 이 녀석은 캠퍼스 커플로 누구도 두 사람을 갈라놓을 수 없었다. 커플 티, 커플링, 커플 팔찌까지 같았고 커피점을 가든 막걸리집을 가든 항상 붙어 다녔으며 강의실에서까지 붙어있기에 오죽하면 과 교수님이 종종 "야, 거기 너희들 제발 좀 떨어져 앉아라"라고 할 정도였는데 정작 결혼은 다른 여인과 한 모양이다. 그것이 아니라면 이혼을 하고 저 여인과 재혼을 했다는 것인가. 이도 저도 아니면 결혼을 않고 지내며 저 여인과는 애인 사이란 말인가? 그렇지만 나는 그에게 어떤 상처가 될지, 현재 그의 옆에서 식사중인 여인이 들으면 기분 나빠할지 몰라 끝내 그 말을 물어보지 못했다.

그 뒤로 저 녀석은 강의하는 교수님이 싫어졌는지 어느 날 지루하지만 열강 중이던 조용한 강의실에서 큰 소리로 "어데서 공룡 우짖는 소리가 끊이질 않네" 하는 바람에 강의실을 웃음바다로 만들었고 교수님 처지를 아주 난처하게 한 녀석이었다.

우리는 민박인데 그는 산을 하나 넘어야 있는 모 리조트에 여장이 있었다.

그가 저녁에 택시를 불러 도동 상가로 내려왔기에 나는 그 부부를 데리고 특산품 파는 가게로 갔다. 서로 소개 인사를 시키고 소주집을 찾으려니 집사람과 여자들이 "잠시만" 하며 울릉도 마른오징어를 비롯해 고비나물, 고사리, 더덕 등 이것저것들을 사는데 남편 친구라서 인심도 후하다. 큰 것 한 봉지를 사면 작은 봉지 하나를 서비스로 주니 모두들 짐이 한 아름씩이다. 이렇게 산 짐을 자는 곳에 두고 와야 하기에 '끙끙'거리고 올라갔다 오니 이 친구가 없어졌다.

그 부인에게 "친구는 어데 갔습니까?" 하고 물었다.

"오늘 마을에 모임이 있어서 갔는데요."

"언제 올까요?"

"잘은 몰라도 밥 먹고 술 먹고 하면 12시는 될 거요."

어쩔 수 없이 우리들만 근처에서 푸짐하게 해물잡탕을 시켜 소주를 부어댔다. 학교이야기에서 군대얘기, 조금 전 없어진 친구얘기까지 우리의 소주 안주 레퍼토리는 밤 12시 가까이 영업이 끝날 때까지 이어졌었다. 결국 이 친구는 무엇이 그리 주야로 바쁜지 내가 돌아올 때까지 만나지 못하고 결국 부산 집에 와서야 전화로 통화를 할 수 있었다.

그와 반대로 7, 8년 전에 산청 경호강에 래프팅을 간 적이 있다. 지인의 소개로 예약인원이 부족하다며 그날 회비만 내라 하기에 승낙을 하고 따라나선 것이다. 일부 몇 명을 제외하고 모두 낯선 사람들이지만 같이 밥을 먹고 팀을 이루고 빨가벗고 샤워도 하다 보니 서로 가까워졌다. 거기다 소주도 한잔하고 노래도 하다 보니 5년 사귄 친구처럼 서로를 이해하며 집에까지 잘 왔다.

그런데 다른 사람은 몰라도 근처에 우툴두툴이랄까, 우락부락이랄까 그렇게 생긴 사람이 개인 사업을 하고 있기에 오다가다 그를 만나면 나는 꼭 인사를 했다. 그러면 그도 날보고 반갑게 인사를 하곤 했는데 언제부터인지 그는 나를 쳐다만 보다 내가 인사를 하기만 기다렸다. 사람이 인사를 하면 그 답으로 더 반가운 척이라도 해야 하거늘 그는 내가 먼저 인사하기만 기다리는데, 그 표정이 못생긴 얼굴에 가관(可觀)으로 기분이 안 좋다. 그래서 나도 만나면 하던 인사를 끊으니 그 역시도 하지 않는데 쳐다보기는 왜 그리 쳐다보는지. 날 기억은 못하고 어디서 많이 본 얼굴이라 생각되어 그러는 걸까.

우리는 소소하게 부딪치며 사는 사람들과의 정은 잊고 언짢았던 일만을 기억하고 사는 것 같다. 그렇게 부딪히며 살지 않았다면 어찌 이웃이 있고 어찌 친구를 맺을까. 말다툼이 있으므로 화해하며 소주 한잔을 같이 나누고 같이 웃을 때 정이 생기는 것 아닌가. 내가 술 한잔하잔 말을 하지 않아서 저러는 것일까.

아마 내 수양이 부족해서 이럴 것이다. 그에게 나를 각인시키지 못해서일까? 다음에 만나면 다시 한 번 내가 먼저 인사를 해봐야겠다.

사람의 인연은 남녀문제만이 아니다. 남자끼리나 혹은 여자끼리도 언제, 어느 때, 어디서 서로 만날지는 아무도 모른다. 이왕이면 소주 한잔을 터놓고 마실 수 있는 그런 친분을 가지면 어디서 만나도 서로가 반갑지 않을까. 그래서 옛 선인들이 '죄 짓고 살지 말라'거나 '원수 맺고 살지 말라' 했고, 토포악발(吐哺握髮)이라 하지 않았던가?

2004년 8월 15일

여행의 의미 그리고 나

난 어려서부터 세계 여러 나라들을 동경해 왔고, 그 속을 가보는 것이 나의 꿈이었다. 그래서 내 버킷리스트 1순위가 세계여행이다. 그렇기에 항상 일을 하면서도 열심히 돈을 모아 다음 여행 갈 곳을 물색하고, 여행적금을 부으며, 여행 책을 읽고, 여권 만기일을 생각한다.

누군가는 "우리나라도 다 못 가보고 죽는데 외국까지 뭐하러가?"라고 한다.

글쎄다. 그들은 여행의 의미를 모르는 사람들이라 할 수 있다. 이곳에서 부대끼며 전국을 다닐 바에는 집 근처 시장이나 박물관, 산으로 가면 된다. 그게 여행일까? 그것은 소풍이다. 독일의 예를 보면 근처 호수나 강가에서 도시락을 먹고 생각하거나 수다를 떨다 돌아오는 소풍을 그들은 거의 매주에 한 번씩 하지만, 그게 참된 여행일까?

아무것도 모르는 미지의 세계에 떨어져서 잘 안 되는 영어도 해보고, 필요한 것을 찾으며 또 눈으로 보고 감탄하거나 그 나라의 유명한 음식이나 와인도 한잔 음미하며, 새로운 세계를 느끼고 경험해 보는 것이 진정한 여행이라고 난 생각한다.

살다 보면 생활 속에 정신을 빼앗기다가, 때때로 경제적으로 나아지는가 하면 누군가가 아프고, 그래서 미루고 또 미루다 보면 허리가 고장 나고 무릎이 아파서 제대로 여행도 못해보고, 일생을 하직하니 한 번 왔다가는 그 귀한 시간을 어찌 그렇게 허무히 보낸단 말인가.

그래서 난 작심하고 세상을 여행하는데 돈과 정성을 다 들이기로 했다. 돈도 사실 국내에서 쓰는 것이나 외국에서 체류하며 쓰는 것이나 별 차이가 나지 않는다.

그러면서 모든 것을 잊고, 전화기 전원도 꺼놓은 채 재미를 붙이고 경험하고 느끼다 보면 여행 말미에는 꼭 아쉬움이 남는다. 그러면서 잊고 있던 사람이 떠오르고, 잊고 있던 집이 나타나며, 어떤 각오가 새롭게 다가오는 것을 느끼기에, 또 다시 일손을 잡아도 일이 지겹다는 생각이 없이 다음 여행지를 생각한다.

한 번 왔다가는 생을 돈이 아까워 여행 한 번 제대로 못해보는 사람들을 볼 때면 안타까운 생각이 든다. 그런데 그들은 아무리 설명을 해도 이해를 못한다.

나는 여행을 가면 꼭 메모를 하고 돌아와서는 잊기 전에 그 여행의 일지를 적는데 지금도 한 번씩 그것을 들추어 보면, 그때의 실수나 그때의 감동이 새록새록 생각난다. 그러면 나도 모르게 빙긋이 웃음을 짓는다. '그래, 그때 그랬었지' 하며 실실 웃는 것이다. 사진과는 다르다. '여기가 어디더라?' 하고 잘 모르지만 자기가 다녀온 일지를 읽어 보면 그때가 파노라마처럼 머릿속에서 슬슬 그려지는 것이다.

앞으로도 난 시간과 돈이 허락된다면 계속 여행을 떠날 것이다. 내게는 절친한 친구 몇이 하는 여행모임이 있다. 한 달에 몇 십만 원씩 1년 정도를 모으면 부부동반으로 웬만한 나라는 다닐 수 있지만 부족하면 보태면 된다. 6, 8명이 함께 떠나면 상당히 재미있다. 서로 위해 주고 배려해 주기 때문인데 서로 의논 하에 움직이니 그다지 큰 실수는 없지만 요즘 무릎과 허리가 잘 받쳐주지 않는다.

우리나라는 관광 인프라가 부족하다. 경복궁이나 한 번 보고, 남산 전망대 오르고 나서 밥 먹고, 남대문 쇼핑하고 나면 끝난다. 멀리 내다보고 남한산성 같은 곳을 재정비하고, 케이블카를 장려하며, 해인사 옆에 해인사만한 절을 두세 채 더 지어 돌아보는 데만 하루가 더 걸리게 하고 용두산에서 태종대, 광안리, 해운대까지 케이블카를 놓으면 된다.

먹고, 마시고, 보고, 감탄하고, 느끼고, 즐기게 해야만 하는 것이 관광이다. 그런 것들을 개발해야 재미있어서 외국인들이 다시 찾고 돈을 쓰게 되는 것이다. 전에 계림의 석회암 동굴을 갔는데 전기 레일을 타고 나면 굴속이고, 그곳을 한참 걸으면 배를 타는데 낭만이 백점짜리다.

어떤 이는 "놀러 다니니 좋아요?" 하고 묻는데 어찌 들으면 그 말이 꼭 비꼬는 말 같다. 좋고 나쁘고는 자신이 가보고 평가해야지 그런 느낌을 묻는다는 자체가 그는 진정한 관광(Sightseeing)의 의미를 모르는 사람이라 본다.

나는 여행을 인생항로에 비유한다. 인생길은 한 번 가면 돌아올 수 없는 길이다. 여행 역시도 모르는 길을 자기가 찾아가야만 하는 곳으로 슬프든 기쁘든 스스로 해결해 가야만 하는 길이기 때문이다.

不經一事(불경일사)면 不長一智(부장일지)다. 즉, 한 가지도 경험 않으면 한 가지 지식도 없다.

제4장

더불어 사는 사회

개 이야기

인류 역사상 개처럼 인간과 공존한 동물은 아마 없을 것이다. 주인을 알아보고 꼬리를 치며 따라다니면서 재롱을 부리는 것을 보면 참으로 기분이 좋아져서 머리를 쓰다듬게 된다. 거기다가 털에 물을 들이고 리본을 달아 안고 다니는 것을 떠나서 업고 다니는 사람도 본적이 있는데 개 한 마리 키우는 것은 사람 한 명 보살피는 것과 별반 다르지 않은 정성이 필요한데 대단한 열정이다.

우리 집에서도 한 마리를 키우는데 이놈이 집을 제법 잘 지킨다. 밑에 사람이 드나드는 것을 기가 막히게 알고 짖지만 우리 집 식구들이 오가는 발자국 소리를 묘하게 알고 내 딸아이와 마누라 말고는 쳐다보지도 않는다. 나를 무척 무서워하지만 식구들의 서열도 알고 이렇게, 저렇게 하면 제법 흉내도 낸다. 그러나 나를 쳐다보지도 않을 때면 나도 밥을 주는 사람이고 주인인데 섭섭한 마음도 있다.

군대에 있을 때 휴가를 나오니 시골 대추나무 밑에 큰 개가 막 짖었다. 몇 번 밥도 주고 목줄을 한 번씩 풀어주면 이리저리 펄쩍펄쩍 뛰고 달리며 무척이나 좋아했다. 입대 날짜가 다가올 즈음에는 녀석과 제법 친해져서 짖지도 않고 날 보면 꼬리를 쳤는데 그날은 목줄을 묶지 않았다. 낮에 나가 놀다가 들어온 이 녀석이 저녁 6시쯤 갑자기 낑낑거리다가는 자정 가까이에는 울부짖는 소리로 동네가 시끄러웠다. 이렇게 두세 시간을 울부짖다가 네 다리를 한쪽으로 쭉 뻗고 옆으로 누운 채 그 개는 죽었다. 동네 사람들이 놓은 쥐약을 먹은 것이고 그것은 내가 목줄을 하루 종일 풀어놓은 것이 화근이었다.

개를 바지게에 지고 저 골짜기 밭두둑 한 곳을 파서 묻고 돌아오는 길은 참으로 마음이 착잡했다.

요즘 아파트나 연립주택에서 개를 키우다가 이웃들과 잦은 다툼이 있는 모양인데 개를 사랑하는 분들에게는 미안하지만 한 마리가 아닌 여러 마리가 이리저리 몰려다니는 집은, 그토록 많은 개를 키운다는 것이 나로서는 이해가 안 된다.

요즘은 개 호텔에서 개 수영장, 개 미용실 등 개를 가족같이 여기는 분들이 흔한데 이 글을 쓰며 내 마음대로, 내 입맛에 맞는 글을 쓴 것 같다.

우리는 흔히 '개'자가 앞에 붙는 단어인 경우에 그 물건의 질이 별로 좋지 않은 것을 알 수 있다. 개살구, 개옻나무, 개복숭아, 개여뀌 등. 심지어는 사람에게도 개새끼, 개잡놈, 개털 등 그 충실하고 예쁜 개를 왜 안 좋게 사용하는지 모르겠다.

공원이나 골목길을 걷다보면 개의 변을 자주 보는데 이대로 두고 떠나는 사람이라면 개를 키울 자격이 없는 사람이다. 오래전 '개똥녀'라 하여 인터넷을 달군 기사가 있었다. 자기의 부속물은 자기가 책임져야 한다. 더구나 그 짐승은 자기가 책임져야 하는 반려동물이 아닌가. 타인에게 피해를 주는 것은 그 사람의 인성교육이 잘못된 탓이리라.

공원에서 개를 나무에 묶어놓고 빗질을 하여 털을 모아놓고 그냥 가는 사람도 있다. 양심이 없다. 싸 가지고 가서 자기 집 쓰레기통에 버리면 될 것 아닌가.

태국에 갔을 때 산호섬을 간적이 있는데 거기의 개들은 손님들 먹는 음식상 옆에 와서 곧 죽을 것처럼 삐쩍 마른 앙상한 뼈를 드러낸 채 멍하니 서있다. 차마 우리들만 먹기가 너무 미안해 음식을 던져주면 맛있게 잘 받아먹는다. 왜 그런가. 이유를 알아보니 그곳 사람들은 개는 개고 사람은 사람이라는 논리다. 주민들이 개의 먹이를 주지 않는데 참으로 야박하다는 생각이 들지만 지금 생각해 보니 그들은 무슬림인 것 같다.

터키의 안탈리아에 가면 우리 팀이 가는대로 개떼들이 호위를 한다. 옆에 차라도 다가오면 개들이 막 달려가 짖으며 처음 본 우리를 보호하는데 개에게 미안해서 뭐라도 음식을 준다. 그뿐 아니고 그 개들은 자기들만의 구역도 있다. 어느 정도의 구역을 우리가 걸어가면 다른 개가 오고 지금까지 호위하던 개는 간다. 참으로 신기하다. 그놈들 참.

조용한 새벽 아침에 해변에 나가 비치파라솔에 누워있으니 갑자기 무엇이 내 뺨을 핥는다. 송아지만한 개가 다가와 내 손을 빠는데 너무 안돼서 "따라 와. 이 시간에 먹을 게 있으려나" 하고 오라는 손짓을 하며 내가 앞서니 이놈이 정말로 따라온다. 호텔 식사시간이 멀어 할 수 없이 과자를 꺼내가지고 왔다. 그런데 이놈이 그때까지 호텔 입구에서 기다리는데 어찌 먹이를 주지 않을 수 있을까.

개도 제대로 키우려면 목줄도 하고 입마개도 하여 타인에게 피해를 주지 말고, 배변은 본인이 치우거나 그렇지 못한 정말 부득이한 경우라면 사람들 눈에 띄지 않는 곳이나, 하수도 구멍이라도 넣고 떠나야 할 것인데, 그냥 가는 사람들 때문에 개 키우는 사람들이 욕을 먹는다.

딴 이야기지만 중동 이슬람 국가들은 개나 돼지를 키우지 못하게 하고 혐오한다. 그 이유는 잘 모르겠지만 개, 돼지는 인간이 먹는 음식을 빼앗아 먹고 공존하기 때문인 것 같다. 그들이 즐겨먹는 양이나 염소, 낙타는 풀을 먹어 인간의 양식을 축내지 않는다. 그래서 개나 돼지가 무리를 지어 인간의 보살핌 없이 떠도는 것을 볼 수 있다. 인도에 가면 개떼, 소떼, 돼지떼들이 무리지어 쓰레기통이나 잔반통을 뒤지는 것을 흔히 본다. 사람들이 먹이를 주지 않아도 스스로의 생존을 본능적으로 이어 나가는 것이다. 그들은 동물을 키우지 않으니 먹이도 주지 않는다. 그것들도 우두머리가 있다. 위계질서 사회에서 일사분란하게 움직인다.

누가 뭐래도 개 본연의 임무는 경비가 맞을 것이다. 시골에 가면 한 집 건너 개를 키우는 것을 볼 수 있다. 그것은 외딴집으로 갈수록 집에 개가 꼭 한두 마리씩 있으니 하는 말이다.

한번은 집에 손님이 왔는데 낯선 사람이니 개가 죽도록 짖었다. 그래서 내가 "흰둥이 너 안 그치나?" 하고 개에게 큰소리로 말했더니 신통하게 개가 짖는 것을 멈췄다. 이상하게 꼭 내말을 알아들은 것처럼 말이다.

그러자 그 손님 왈 "야! 그 개 참으로 말 잘 듣네" 한다.

사실 그런가?

개는 우리 인간이 사랑하며 지켜야 할 동물이다. 개의 종류도 엄청나게 많다. 크고 작고, 털이 많고 적고. 나는 도저히 그 종류를 헤아릴 수가 없다.

내가 어릴 적 신도안 할머니 집에 어머니의 심부름을 갔었다. 골목 끝에 위치한 그 집 마당을 어느 정도 들어가자 송아지만한(당시 어린 내가 본 느낌은 분명 송아지만 했다) 검은 개가 튀어 나왔다. 무서워 되돌아 막 사립문을 향해 뛰어 도망가다가 넘어졌는데 그 개는 내 오른 발가락 위, 아래쪽을 물어 고무신 신은 발바닥은 괜찮지만 발등에는 지금도 상처가 남아있다. 무척 아팠다. 발바닥은 덜한데 이빨이 마주 닿는 발등에서는 피가 줄줄 흘렀다. 나는 죽어라고 울었고 아저씨는 개를 묶었다. 그러자 어머니는 그 개의 털을 가위로 베어와 불에 태워 그 재를 내 상처에 골고루 묻히고 싸매주셨다. 그것의 효과인지 상처는 잘 나았고 흉터만 남았다. 그때서야 나는 그 개가 셰퍼드 개 종류라는 것을 알았다. 그리고 그 집이 골목 끝집으로 산에 인접하여 있기에 개를 키우고 풀어 놓아야 만이 도둑이나 산짐승을 예방할 수 있었으리라 본다. 그 후로 나는 크든 작든 개만 보면 일단 조심을 하는 버릇이 있다. 물론 귀여운 새끼는 빼고.

어느 책에 개가 주인과 헤어졌을 때 그 주인을 기억하는 기간이 3, 40일 정도라고 한다. 그런데 틀린 것 같다. 내 생각으로 우리 집 개를 보면 6개월 이상인 것 같다.

고구마와 추억 소환

모처럼 조용한 일요일.

운동을 다녀와 이거저것 정리를 하다 보니 점심시간이 되었으나 엊저녁 '대작(大酌)' 때문인지 그다지 배가 고프지 않았다. 집사람도 점심이 별 생각이 없던지 렌지에 고구마를 삶으며 "점심은 고구마 몇 개 먹고 맙시다" 하므로 무언으로 답해 고구마로 점심을 먹게 되었다.

그런데 이 고구마는 내가 제일 싫어하고 먹는 것 자체를 거부하는 음식인데 도시에서 자란 내 집사람은 고구마가 그렇게 맛있단다.

내 어릴 적에는 먹을 것이 왜 그리 없던지 고구마 감자 외에는 소출(所出)난 곡식을 모두 매도하여 그 돈으로 가용을 했고, 주식은 감자와 고구마, 보리쌀이다. 제사를 생각하여 쌀은 약간만이 독 속에 들어있을 뿐이다. 그러니 어려서 그렇게 질리도록 먹은 고구마밥이나 시래기죽이 내게 좋게 느껴진다는 것은 있을 수 없는 일이었고, 제삿날은 오는 잠을 쫓으며 기다렸다가 하얀 쌀밥에 수많은 음식을 먹는 것이 아주 대단한 일이었다.

　그런데 상위에 벌려놓은 음식을 보니 어려서 내가 먹던 그대로 접시에 고구마 두 개와 김치 그리고 국물 동치미가 있는데 어찌 저리도 내 어릴 때 먹던 그 상차림하고 똑 같던지 먹던 그대로를 재현할 수 있었다.

　이 고구마는 일본에서 조선시대에 들어온 것으로 알고 있는데, 우리나라에는 구황작물로 굶주림을 면하게 해준 아주 고마운 작물이다. 이 내용이 장학퀴즈에 나왔는데 한 학생이 급히 벨을 누르고 답을 "고매"라고 사투리를 말했다. 사회자가 보니 고구마가 맞지만 사투리라서 학생에게 다시 기회를 주는데 "석자로 되어 있으니 다시 말해 주세요"라고 했다.

　우리는 당연히 고구마라는 답이 나올 줄 모두 기대했는데 그의 답은 "물고매"라 하는데 나는 한참을 웃었지만, 얼마나 그 문제가 그 학생에게는 아깝고 안타까웠을까.

　우리는 살면서 위와 같은 실수를 얼마나 많이 하고 살았던가. 신이 아니기에 살면서 수많은 난관과 시험과 어려움에 울며불며 통탄하며 가슴을 치지 않았던가.

　어머니께서는 고구마만 먹으면 신물(위액)이 올라온다며 꼭 김치와 같이 먹게 하셨는데 정말로 함께 먹으면 신물이 역류하지 않는다. 그리고는 얹히지 말라고 얇게 썰어 하얗게 띄워져 있는 무 동치미 국물을 중간 중간마다 마시게 하셨는데, 짭조름한 국물은 동지팥죽을 먹을 때도 함께 애용되었다.

　보리밥도 당시에는 정말 꿀맛이었는데 지금은 쳐다보기도 싫다. 그래서 그것들을 기피하였는데, 집사람은 그런 나를 보고 매번 말하길 "웰빙 음식만 그렇게 먹고 살았으니 지금까지 그처럼 건강하지"라고 한다.

내가 식의학을 모르니 그런지도 모르지만 그러한 이유 때문에 거절했었고 점심 약속이 있어도 보리밥이나 죽같이 간판을 건 식당은 무조건 배제했던 것이다.

그런데 이게 신의 무슨 조화인지 작년부터 옛 것들을 한 번씩 먹어보는데 이게 추억을 떠나서 먹으면 또 그런대로 먹을 만하다는 것이다. 그래서 고구마 삶으면 고구마도 한두 개 먹어보고, 여름에는 주먹만 한 하지감자도 먹어본다. 그런데 여기에는 약간의 설탕과 소금이 스며들어 옛 맛은 아니지만 먹는 것에 대한 큰 싫증 없이 그런대로 뱃속으로 잘 넘어간다.

시간과 계절은 돌고 돌아 옛 것이 다시 온다 하더니 먹을거리 문화도 돌고 돌아 다시 오는지는 모르겠다.

가난할 때 먹던 음식이 별미가 된다는 말이 꼭 맞는 것은 아닌 것 같다. 왜냐하면 얼마 전 같은 학번 동문 한 명이 모 대학의 세미나 때문에 왔다가 서면에서 만나 대폿잔을 기울이는데 그때보다 분위기도 좋고 안주도 좋지만 옛 막걸리 맛이 나지 않는 것은 추억만 돌아오지 입맛은 다시 돌아오는 것이 아닌지도 모른다. 엄밀히 하자면 추억이나 향수도 떠오르는 생각이지 돌아오는 것이 아니니까.

그날의 고마움

"따르릉, 따르릉."

저녁 무렵 갑자기 걸려온 전화를 받기 위해 들었던 막걸리 잔을 놓았다.

"거기 주신규 집 맞나요?"

"예, 그런데 왜 그라는교?"

"저, 신규 학생 있나요?"

나는 다니던 학교에서 온 전화인가 싶어서 "아니, 없심니다. 지금 군대에 간 거 모르요?" 했다.

"아, 다름이 아니고 '복무기록부'가 여기 있네요. 이걸 공중전화 위에서 주웠는데 어쩔까요?"

들려오는 여인의 목소리를 듣고 나는 정신이 아찔했다. 군 생활 3년을 한 나의 생각에 이 병적기록카드라는 노란종이는 훈련소에서부터 제대할 때까지를 관할 부대의 중대장이 기록을 하고 도장을 찍어 제대

할 때 육군본부까지 제출하는 줄 아는데 이 녀석이 이것을 분실한 모양이었다.

내 아이는 포병으로 입대를 하여 훈련도중 다리를 다쳤다. 의무실을 늘 드나들다가 낫지 않아서 군병원(벽제병원)에 입원하여 수술을 하고 기다렸지만 완쾌가 되지 않아 다시 연고지가 있는 이곳으로 후송을 왔었다. 그리고 한 달여 만에 어느 정도 나아서 오늘 입대를 위해 아침에 집에 들렀다가 점심 식후 떠났는데 이 녀석이 전화를 하며 기록카드를 잃은 모양이다.

그 여성분도 시간이 없기 때문에 구포역에서 기다릴 수가 없다며 그곳 의경들에게 맡기고 간다기에 나는 굳이 "금방 택시타고 가니 잠시만 기다려 주십시오" 했지만 가보니 그 고마운 여인은 없었다. 의경들에게 받아보니 역시 병무기록부 외에 수술기록부까지 3장이 호치키스로 찍어서 고스란히 남아있다.

고마워 음료수 1병씩을 억지로 건네고 나는 택시를 타고 다시 집에 올 수가 있었다. 그러나 비만 오면 물이 새는 집수리가 그날부터 시작되었기에 그만 그 고마운 여인의 휴대폰 번호를 잊고 말았다. 이 얼마나 후안무치(厚顔無恥)한 일일까. 꼭 다시 한 번 인사라도 하고 싶지만 그 이름 모를 여인의 번호를 잊은 채 아쉽지만 마음속으로 지금도 고마움을 느끼고 있다.

그 서류는 다음날 아이의 부대 중대장님께 등기 속달 우편으로 무사히 보냈지만, 지금도 그 여인에게는 음료 1병이라도 대접하지 못한 것이 맘에 꺼림칙해진다.

우리는 신세진 사람에게 보답하는 것이 도리인 줄 알았다. 그런데 근래는 은혜를 갚지 않고 모른 척하는 사람이 흔해졌다. 아니 반대로 원수로 갚은 일이 종종 들리는데 기가 찰 노릇이다.

난 아무리 사소한 일이라도 도움을 받았다면 갚으려고 애를 쓴다. 이 글을 쓰는 이유도 그날, 그 여인의 선행을 잊지 못해서이다.

얼마 전 시외버스 터미널 건널목에서 하얀 승용차가 서더니 한 여인을 내려놓고 출발했는데 그 노면으로 휴대폰이 떨어졌다. 얼른 고개를 들어 둘러보니 그 여인은 인파속으로 사라지고 없기에 휴대폰을 주어 근처의 친구 가게로 들어가 폰을 살펴보니 최신 스마트폰이다. 주소록을 뒤져 전화를 하고 가게 주인과 주거니 받거니 막걸리를 하자니 30여 분 후에 폰의 주인이 나타나 '고맙다'는 소리를 몇 번이나 하고는 받아 갔는데 내 맘속에는 '막걸리나 두어 병 사주고 가지' 하는 마음이 생기는 것은 아직도 나는 수양이 덜 됐기 때문이다.

창원에 갔을 때 택시 안에다 휴대폰을 놓고 내린 일이 있었다. 급히 공중전화로 달려가 내 폰으로 전화를 하니 운전기사가 받고는 내가 내린 곳으로 폰을 가져 왔다. 나는 몇 번을 고맙다 하고 몇 푼의 돈을 사례비로 건넨 것이 자꾸만 생각나는 것이 나는 어쩔 수 없는 속물 인간인 모양이다.

서울에서 제사를 모시고 아침에 내려가자니 좌석이 없었다. 아이가 어려서 집사람이 업고 탔지만 서서 가는 입석인데, 나는 집사람에게 좌석을 마련 못해줘 미안했다. 그래도 다행인 것은 조치원에서 내리는 사람의 좌석을 샀기에 조치원까지만 서서 가면 되는데 그때까지가 문제였다. 우선 빈 좌석에 앉아 가는데 영등포에서 사람들이 많이 탔다. 자연히 좌석 주인이 나타나 우리는 비켜주고 일어나 통로에 서있는데 그 좌석 주인이 집사람에게 좌석을 양보하는 것이다. 그리고 그는 일어나 내 옆의 통로에서 신문을 보는데 나는 너무도 미안하고 고마웠다. 음료수를 사서 대접을 해도 사양을 하다 받는데 나는 많은 것을 느꼈다.

그 후로 나는 아기를 업은 사람은 물론 연로하신 어르신께 좌석을 양보한다. 그 좌석은 내가 잽싸서 임시로 얻은 것이지 서있는 분들이 돈이 없어 서서가는 것은 아닐 것이다. 그들에게 베풀면 또 어려울 때 나에게도 그들의 베풂이 돌아올 것이다.

오늘 아침 운동가는 도중 사상지하도에서 나이 드신 한 아주머니를 만났다.

"하단 갈라믄 어데서 차를 타야 하요?"

보니 7, 80 정도 연세가 드신 분이다.

"여기서 바로 가는 것은 없고 서면까지 가셔서 1호선으로 갈아타셔야 합니다."

"서면까지는 너무 멀고 우짤꼬. 하, 이리 가라 해서 여기서 내렸더만. 우야꼬 시간이 없어서."

"그러면 절 따라오세요. 10분쯤 걸으셔야 합니다. 강변로까지 가셔야 돼요."

강변로까지 가면 하단 가는 시내버스를 탈 수 있다. 그러자 아주머니는 내게 어떤 번호를 불러주시며 전화를 해 달라 하는데 용케도 번호는 잘 기억하여 연결이 되었다. 그쪽에서 택시를 타고 명지시장으로 오라는데 아주머니는 하단이라 했으므로 또 다시 어긋날 뻔했다. 아주머니와 엘리베이터를 타고 지상으로 올라와 택시를 태워드리고 기사에게 명지시장까지 부탁을 한 후 운동 길을 나섰다. 누군가가 잘못 가르쳐 줬기에 저 아주머니가 여기 와서 고생을 하신 것이리라.

예전에 서울에서 부산으로 올 때의 일이다. 기름 게이지의 눈금이 하나를 가리키는데 집사람이 보고는 잔소리를 했다.

"아까 휴게소에서 넣지, 사람 불안케 하요. 아무데나 빨리 들어가 넣으소."

사실 그냥 가도 다음 휴게소까지는 충분하지만 근처 구미의 톨게이트를 나와 주유소를 찾았다. 한참을 돌아 주유소에서 주유 후 고속도로 입구를 아무리 찾아도 못 찾는데, 뒤차는 어찌나 '빵빵' 거리던지 나는 옆에 차를 세웠다. 그리고 다가가 젊은 사람에게 공손히 말했다. "미안하지만 고속도로 입구 좀 가르쳐 주시면 감사하겠습니다."

"아, 이 길로 쭉 가이소."

"대단히 고맙습니다."

자기 딴에는 내가 차를 대고 내리니 '빵빵' 거린 것을 따지러 오는 줄 알았을 것이다. 그와 헤어져 한참을 쭉 갔더니 이상하게 외진 곳이고 차량도 드물었으며 주택가만 이어졌다. 이거 난감하여 차를 내려 주위를 둘러보는데 뒤에서 계속 '빵빵' 거려서 돌아보니 아까 나에게 길을 가르쳐 준 기사가 뒤따라와 있었다.

"내 이럴 줄 알았소. 너무 많이 왔으니 돌아 두 블록을 가서 우회전하여 쭉 가면 돼요. 표지판은 와 안 보요?"

표지판을 보지 않았다고 날 보고 뭐라 하는 것이 문제가 아니다. 이분이 시간이 남아서 여기까지 쫓아와 나에게 안내를 해 주는 것도 아닐 것이다. 기름이 남아돌아 여기까지 쫓아와 안내를 해 주는 것은 더 더욱 아닐 것이다. 오면서 좌회전해야 한다는 말을 안 하여, 똑바로 안내하지 못한 것에 대한 자기의 책임을 완수하려고 온 것이다. 우리는 세상을 살며 돕고 도움을 받으며 살아야만 하는 공동체이기 때문이리라. 제아무리 독불장군이라도 산속, 밀림이 아닌 바에는 돕지 않고 홀로 살아갈 수 없는, 그래서 사회적 동물이라 하지 않았던가.

人家洗衣服(인가세의복)이니 我的手白了(아적수백료)더라. 즉, 남의 옷을 빨아주니 내 손이 희어지더라.

과학이 빛을 발하는 세상

　월요일 아침에 출근하여 기계를 켜며 PC도 켰다. 오늘의 작업물량이 있어서 오늘 것은 오늘 마무리 지어야 내일은 또 내일 일을 할 수 있기 때문이다. 그런데 PC에서는 실행을 눌렀으나 기계는 꿈쩍을 않는데 허, 이거 참으로 난감했다. '왜 이러지? 왜 안 될까?' 하며 점검을 해봤지만 이상이 없는 것은 확실했다. 어쩔 수 없이 서울의 본사에 전화를 해서 담당자와 통화를 했다.

　"금요일 날 입금이 안 돼서 락이 걸렸을 겁니다. 입금 확인이 되면 락을 풀도록 하겠습니다."

　기가 막힌 일이다. 할부금을 3일 늦었다고 PC에 비밀번호를 걸어 작동을 못하게 한 것인데 야, 참 대단하다고 하지 않을 수 없다. 차라리 이자를 더 달라는 편이 낫지 일을 못하게 하는 데에는 몹시 기분이 상했다. 돈을 안 주면 기계를 쓸 수 없게 하는 것이다. 어쩔 수 없이 입금을 하고 나서야 기계를 작동 시킬 수 있었다.

　몇 달 전에는 프로그램에 오류가 생겨 전화를 했다.

"PC를 켜고 프로그램을 부팅해 놓고 손대지 마세요."

시키는 대로 하고 나는 가만히 있는데 마우스가 원격에 의해 프로그램을 제멋대로 훑고 다녔다. 마우스가 여기저기를 뒤지고 넘기고, 코너를 다 보고나서 부팅을 하는데 작동이 되는 것이다. 그때 전화가 왔다.

"예, 작업하셔도 됩니다."

그렇게 고장을 고치는 것이다. 그러니 의사의 진료도 앞으로는 원격진료가 된다는 것은 말 할 필요가 없다. 어려서 만화로나 보았던 것들이 지금 현실화됐거나 되고 있다. 세상에 과학이라는 것이 밑도 끝도 없이 상상도 못하게 발전하는 것이 경외(敬畏)롭다.

요즘 휴대폰의 성능이 2년을 넘기면 고장이 난다고들 한다. 내 것도 마찬가지였다. 처음에 사진을 4백장을 저장했는데 2년 정도 지나자 자꾸만 용량 부족이란다. 줄이고, 또 줄이고 하다 보니 백장 정도 남았는데도 용량 부족이란다. 아마 이것도 휴대폰 메이커에서 무선으로 자꾸만 용량을 줄이는 것은 아닌지 모르겠다. 어쩔 수 없이 휴대폰을 바꾸니 사진이 천 오백장이 저장되는데 이것도 2년 정도 지나보면 그때는 분명 알 것이다.

제2차 세계대전이 끝났다는 소식이 방송을 타고 전해지자 전쟁에 참여했던 나라 사람들은 환호를 하며 길거리로 쏟아져 나왔다. 당시 미국도 예외는 아니었는데 이렇게 열호(悅乎)하는 수많은 사람들 틈에서 '수병과 간호사'라는 키스하는 사진이 한 잡지의 표지에 실려 발행되었다. 내가 봐도 참신한 젊은이들의 생동감 나는 신인데, 이 사진이 어디서 뽑는 최고의 사진으로 뽑혔다고 한다.

그런데 얼마 전 나는 '헐' 하는 소리를 내게 되었다.

그 사진을 연구하는 과학자들이 그 배경건물의 그림자를 보고 이 사진이 몇 년, 몇 월, 며칠, 몇 시, 몇 분(1945. 8. 14. 17:51)에 찍은 것이라는 결과를 냈는데 그 거리와 태양에 드리운 건물그림자를 보고 계산했다 한다.

하, 참 기가 막힌다.

거짓말도 까딱 잘못하면 패가망신(敗家亡身)할 수 있겠다는 생각이 든다. 인터넷을 두드리면 별의 별 내용이 깡그리 소개되어 있다. 그러니 김정일의 옆에 선 사람이 있다, 없다, 포토샵 처리다, 빈 라덴이 말하는 곳이 파키스탄 어디쯤이다 하는 것이 거짓이 아님을 알 수 있는 세상이 된 것이다. 확실하게 알고 말하지 않으면 바보 되기 딱 맞다.

한 날 우리 과학자가 신윤복의 '월하정인(月下情人)'이라는 그림을 보고 몇 년, 몇 월, 며칠, 몇 시, 몇 분(1793. 8. 21. 23:51)의 야심 광경을 그린 것이라고 하기에 '참 별걸 다 연구한다'고 생각했었는데 그게 아니다. 이게 바로 과학이고 그 성과인 것이다. 휴대폰처럼 발명도 중요하지만 한 가지도 빠지지 않고 모든 것을 곳곳에서 연구하는 사람들이 많아졌고 또 많아져야 한다고 생각된다. 그래야 나라가 발전하고 부강해질 테니까.

신라의 천년된 연 씨를 발아하여 싹을 틔웠다는 소식을 듣고는 연씨의 생명력도 질기지만 그 가상한 노력에 경의를 표하는 바이다. 천년이 지난 씨를 발아하기 위해 얼마나 부단한 노력을 했겠는가.

하기야 로켓이 달을 왕복한지도 오래고, 이제는 화성을 가는 판이니 더 이상 무슨 말을 하랴. 하루가 다르게 가전제품도 색다르고 이색적이며, 수월하고 편리한 제품이 나온다. 그것을 다 살 수는 없지만 집사람은 홈쇼핑을 보면서 "저거 참 좋겠네" 하며 입맛을 다신다.

불을 피워 밥을 하다가 가스레인지가 나왔다. 그러다 20년 전에는 전자레인지가 대세이더니 요즘은 전기렌지가 대세인 듯한데, 이것이 식탁에 달려있다. 참으로 편리만을 추구하는 세상이고 과학이 빛을 발하는 세상이다.

'007'이라는 영화를 보면 삐삐나 휴대전화 같은 저런 장치를 하거나 무기를 가지면 스파이들도 간첩 노릇을 수월하게 할 것이라 생각했는데, 실지 몇 년 후면 그런 장치가 개발되어 시중에 나와 판매되는 걸 볼 수 있다.

내 어릴 때 꿈은 로봇을 만드는 과학자였는데 먹고 살다보니 로봇 '로'자도 접해보지 못했다. 그래도 내 대신 연구자가 휴보니 뭐니 하는 로봇을 만드는 것을 보니 날아다니는 아톰 같은 로봇이 세월이 가면 태어날 것 같다. 아니 얼마 후면 태어날 것이다. 그 어릴 적 꿈은 《해저 2만 리》라는 동화소설을 읽으면서 꾸었는데 내가 만든 로봇을 타고 2만 리보다 더 깊이 들어가 보려고 했던 것이다.

우리는 오늘의 즐거움과 행복이 내일과 모래를 넘어 계속적으로 이어지는 줄 알고 있다. 하지만 꿈을 깨야 된다. 세상의 행복과 불행은 동시에 오는 것이니 행복이 왔다면 다음에 오는 것은 불행이다. 불행을 대비하지 않으면 그것은 엄청나게 어려운 낭패에 곧 부닥칠 것이다. 그것을 대비하는 길은 과학적으로 무엇인가를 만들고 바꾸지 않으면 안 된다. 격세지감을 느끼며 이 글을 쓴다.

2017년 6월 5일

눈 뜨고 코 베인 일

엊그제 토요일 아침.

새벽 5시에 일어나 운동복을 갈아입고 마스크에 장갑을 낀 채 집을 나서는데 집사람이 "운동 다녀오다 새벽시장에 들러 고추, 고들빼기, 다시마 좀 사가오소" 하며 돈 2만 원을 쥐어준다.

나는 "그러지" 하고 집을 나섰다.

그날은 기구운동만 하고 돌아섰다. 7시까지는 집에 도착해 출근을 준비해야 하는데 중간에 시장을 들러야 했기 때문이다.

나는 집사람과 다른 것은 다 의논하고 행동을 같이해도 시장만은 함께 다니지 않는다. 왜냐하면 살 것은 뻔한데 여기저기 물어보고, 만져보며, 몸에 대보고 돌아다니다 보면 다리도 아프고 짜증이 나서 "아무거나 사시요. 가격도 그게 그건데" 하며 토닥거리기 일쑤이거나 놔두고 나 혼자 와버리는 경우도 있다.

왜 그렇게 여성들은 시장바구니 채우는 것과 화장대 앞에서 화장하는 시간을 그렇게도 낭비하는지 모르겠다.

오늘은 나 혼자이기에 먼저 잘 아는 아줌마 고추집에서 고추를 5천 원어치 사고, 반찬집에서 고들빼기 5천원어치를 산 뒤 밀리는 사람 틈을 걷다가 다시마를 파는 노점 아줌마를 만났다. 그런데 다시마를 끓는 물에 데쳐서 쌈 싸 먹기는 좀 잎이 작아보였다.

"아지매! 잎이 좀 작네요."

"밑에 거는 크요."

이렇게 말하며 뭉치를 뒤집는데 정말로 밑에 것은 커보였다.

할 수 없이 오른발 옆 땅콩 가겟집 쪽에 검은 비닐봉지 두 개를 놓고 허리를 굽힌 채 줄줄 진이 묻어나는 다시마 단을 서너 개 이리저리 뒤집어보다 그중 커 보이는 것 한 개를 골랐다. 아줌마가 넣어주는 봉지를 받아들고 3천원을 지불하고 돌아서니 세상에 오른쪽 발밑에 두었던 봉지 두 개가 없어졌는데 방금 전에 어떤 여인이 옆집에서 마른 땅콩 3천원어치를 사간 것이 기억나는지라 "아지매, 이 좀 여기 맡기노소" 하고는 앞 골목으로 뛰어가며 아주머니들 손에 든 검은 봉지와 어렴풋이 생각나는 검붉은 옷의 여자만 집중적으로 살펴보니 야, 세상에 그 사람이 그 사람이고 저 색깔이 그 색깔 옷인데 갑남을녀가 따로 없고 모두가 장삼이사였다. 사람들 손에 검은 봉지 두세 개씩은 다 들었고 각 동마다 사람도 어찌 그리 많은지 정신이 없었다. 거기다가 자전거, 오토바이, 짐수레, 시장수레에, 든 사람, 멘 사람, 진 사람, 인 사람에 걸려 저절로 밀리는 이곳에서 내 물건을 찾기는 낙타가 바늘구멍을 통과하는 것 같아 보였다. 대낮도 아닌 새벽에 점포마다, 좌판마다 빛나는 불빛 속을 이리 저리 기웃대다 어쩔 수없이 포기하고 터덜터덜 걸어 다시 마집으로 돌아왔다.

"아지매, 아까 지기 맡겨 논 물건 주소."

건네주는 물건을 받고 돌아서는데 등 뒤에서 "돈은 안 주고 가요?" 한다.

이 또 무슨 소리. 안 그래도 열 받아 죽을 판인데 이 아주머니가 돈을 또 내라는데 기가 막혔다. 하지만 잠시 심호흡을 3번 정도 하고 나서 소리를 가라앉히고는 "아지매, 아까 지기 물건 잊아 뿌려 쫓아가기 전에 돈 3천원 줏다 아이요? 그래가 내가 물건 받았다가 다시 맡겼잖소? 그라고 만 원짜리 주고 7천원 잔돈 주리 받아 여 있는데" 하고 잔돈을 보여주고는 천천히 돌아서는데 정말 기분이 많이 상했다.

할 수 없이 고추를 다시 사며 고추 아지매한테 사실 이야기를 해보니 "아제요. 여기 그런 일 참 많소. 조심해야지" 하더니 고추를 한 주먹 더 넣어주며 "새해 액땜했다 치고 마 잊으소. 못 찾는 거 괜히 생각하면 맴만 아프요. 내도 며칠 전 전화주문 받고 꼬추를 자루에 담아 앞에 놔났더만 언놈이 가가 삐릿다 아이요"라고 하는 말을 듣고 고개를 끄덕이며 마음을 추스르고, 이번에는 고들빼기 집으로 향했다.

"아지매, 아까 지기 5천원어치 산 사람인데 2천원어치만 더 주소."

원래는 3천원어치 이하는 팔지 않는데 내가 아까 샀다 하니 이번에는 별말 없이 좀 적지만 2천원어치만큼을 담아 주었다.

밝아오는 동편 산마루 승학산 쪽 하늘의 여명을 바라보며 봉지 3개를 들고 집에 돌아오며 생각했지만 아무리 잊으려 해도 기분이 찝찝했다.

'그래, 내가 살면서 언젠가 남의 것을 훔쳤거나 남에게 피해를 줬기

에 이번엔 내가 잃은 걸 거야.'

위안을 삼으며 집에 돌아왔지만 나는 그 이야기를 집사람에게 할 수가 없었다. 나는 잠시지만 집사람은 몇 시간씩 시장을 몇 바퀴 돌아도 무엇을 잃고 온 적이 없으니까. 이야기하면 괜히 나만 마누라한테 '쪼다' 되는 거지.

선거와 음료수

／

선거가 다가오고 있다. 신문지면의 한 부분은 어느 구의 어느 당에서 누구와 누구가 공천을 받으려 한다는 등 날마다 여기저기를 채워 넣고 있고, TV는 TV대로 아침 뉴스를 통해 소개를 한다. 그런데 언제부터인지 나는 나도 모르게 그런 화면만 비치면 채널을 돌린다. 그리고 보다가 그곳에도 그런 장면이 나오면 또 돌린다. 왜 그럴까.

정치라는 것에 너무 식상(食傷)하여 내 자신이 거부를 하고 있는 것이다. 사실은 그럴수록 더 참여를 하고 시시비비를 밝히며 옳은 길을 따라야 함에도 나 자신이 이미 싫어진 것을 어쩌랴.

그렇다고 선거를 하지 않은 적은 없다.

전에 중국집을 하는 사람과 사귄 적이 있었다. 나를 형으로 호칭을 하며 알게 된 어느 날, 그 친구가 내게 화물차를 빌려달라고 했다. 나는 기꺼이 빌려줬고, 그 친구는 철가방에 다 들어가지 않는 음식, 볶음밥 25개와 기타 모든 것을 싣고 한 번에 배달을 하고 왔다. 나는 나대로 그 집에 음식을 시켜서 먹으며 그런대로 친해질 만한 어느 날, 이 친구가 날 찾아오더니 선거운동을 하는지 음료수 박스를 내 앞에 내놓으며 말한다.

"저 형님! 미안합니다. 도리가 아닌 줄 알지만 몇 번 아무개가 제 친구고 우리 모임의 회장인데 이번 선거에 ○소속 몇 번으로 출마했습니다. 좀 도와 주이소."

이 말을 들은 사람들의 반응은 여러 가지이겠지만 나는 이미 정해놓은 사람이 있기에 펄쩍 뛰며 말했다.

"아니, 됐습니다. 이거 도로 가져가이소. 나는 이미 마음을 정해 찍을 사람이 있습니다. 이러지 마소."

"아! 뭐. 약소한 걸 가지고 제 성의라 보고 그냥 드이소!"

"아니, 아닙니다. 아 다르고 어 다른데 우리가 아닌 건 아닌 겁니다."

그러자 그는 무안한지 다시 말한다.

"예. 형님 뜻은 알겠습니다. 그렇다면 도로 제가 가갈께요. 하지만 저를 보고 한 번 밀어 주십시요. 봉사활동도 6년을 한 아주 성실한 친구입니다."

"예, 예. 알겠소. 하지만 이건 가져가소."

그러자 그는 물건을 가지고 도로 나가는 것이었다.

그런데 그 후가 문제였다. 그 친구는 이후로 나를 아는 체를 하지 않고 내가 먼저 인사를 해야만 자기도 마지못해 하는 것이다. 그것이 그처럼 큰 결과가 되리라는 건 나도 예상 못한 일이다. 나도 차츰 인사를 안하니 지금은 남남 타인이 됐다.

언젠가 식사시간에 우리 아이에게 그 일을 이야기했더니 아이가 한 말이다.

"아버지는 가왔으면 그대로 고맙게 받고, 알았다 카고는 찍을 때는 맘에 드는 사람 찍으면 되지, 꼭 그래 하니까 그 사람은 기분 나빠서 아버지를 바로 보도 몬하고 못 본체하겠지요."

그래 네 말이 맞는지도 모르겠지만 나로서는 도저히 받을 수가 없었던 일이었다. 그 형씨 말 중에 한 가지 잊지 않고 머릿속에 지금까지 남아 있는 구절이 있다.

"한국은 돈 있는 사람은 살기가 좋은 곳이고, 돈 없는 사람은 살기가 최고로 안 좋은 곳입니다. 이 친구는 돈이 없는 사람도 살기 좋은 세상을 만들 겁니다."

글쎄, 언제 그런 소리 없는 바른 세상이 올까? 혼자서 그런 세상을 만들 수 있을까?

아무튼 아프지 말자

재작년 말부터 양쪽 무릎이 걸을 때마다 약간의 통증이 느껴지더니 작년 여름에는 앉았다가 일어설 때마다 '아이쿠' 소리가 저절로 나왔다. 그래서 병원에 가 뼈 사진을 찍고 의사와 면담을 하니 퇴행성 관절이라며 나이 먹으면 생기는 병이란다. 사람이 늙어감에 생로병사(生老病死) 않는 사람이 어디 있으랴만 나만큼은 건강하다고 자신했었다.

건강은 건강할 때 챙기라 했고 또 잘못된 식습관이 있기에 날마다 운동에 2시간씩을 할애했으니 내가 아프리라고는 생각도 못했다. 그리고 정말로 큰 병이라도 와 타인에게 누가 된다면 스스로 자살한다는 가정도 몇 번을 했었지만 당장 일을 못하는 것이 참으로 아쉬웠다.

병원에는 갈 때마다 느끼는 것이지만 어찌 저리도 아픈 사람이 많을까 하는 점이다. 접수를 하고 기다리고 면담하고, 어디 가서 무슨 검사를 하고 또 면담하고, 처치하고 면담하고, 금액을 지불하고, 처방전을 가지고 오기까지 환자가 그렇게 많으니 기다리는 시간도 한정 없이 흘러 접수 후 집에 오기까지 5시간이 넘게 걸리는 것이 보통이다.

어떤 간호사는 궁둥이를 때림과 동시에 바늘을 꽂아 아픔을 느끼지 않지만 어떤 간호사는 때리고 난 후에 찔러 '아' 소리가 나오게 하고, 어떤 간호사는 팔꿈치 근처의 혈관을 못 찾아 몇 번을 찔러댄다. 딸 같은 아가씨에게 뭐라고 하기도 그래서 그냥 넘어가는 것도 내가 늙었기 때문이다. 하긴 손발에서 가슴, 뱃속, 머리끝부터 발끝까지 아프지 않은 곳이 단 한군데라도 있으랴만 아픈 환자들과 부대끼는 그 아가씨는 얼마나 힘들까.

검진을 위해 3일간 일반실에 입원을 해보니 별의 별 환자, 별의 별 보호자, 별의 별 방문객들이 드나드는데 예전의 '메르스'라는 전염병이 생각났다. 이 병원은 항상 청결했지만 같이 어우러져 사는 이 병실에서 얼마든지 병이 피어날 수 있다는 생각 또한 들었다. 병실에서 음료수나 과일을 나누는 것은 기본이고, 집에서 가져온 반찬도 나누어 먹고, 병실에서 몇 명이 짜장면이나 통닭을 시켜먹어도 누구 하나 말리는 사람 없이 그들은 병실을 넘나들었다. 다행스러운 것은 1개 층이 간병인이 있는 병실로, 허가되지 않은 사람은 출입할 수 없는 곳이 생긴 것이다.

한 밤중, 환자들의 신음소리는 내 마음을 아프게 하지만 쾌유가 되어 가는 환자의 코고는 소리는 마음이 편하도록 안심을 준다. 누구나 한결같이 아프지 않기를 바라지만 바란다고 이루어지는 것만은 아니지 않은가.

시한부의 삶을 사는 환자는 허리가 꼬부라진 할머니가 조그만 손수레를 끌며 폐지 줍는 그 모습을 얼마나 부러워하는지 모른다. 사람마다 아픔이나 슬픔을 갖지 않고 행복만을 가지고 살아가는 사람이 세상에 몇이나 될까. 숨 쉬는 것만도 감사할 줄 아는 사람으로, 남을 조금이라도 도우며 살고, 남의 입에 이름 석 자가 오르내리지 않으며 넉넉함을 알고 모든 사람들이 아프지 말고 살았으면 좋겠다.

대추나무에 연 걸리듯 어려움이나 괴로움이 없는 사람이 어디 있을까. 다 익은 홍시만 떨어지지 않는다. 때로는 땡감도 크든 작든 떨어지지 않던가.

미세먼지 때문인지 가래가 끓고 기침이 멈추지 않는 해는 아마 금년이 처음인 듯하다. 동네 병원도 몇 군데를 다녔어도 낫질 않는다. 약을 다르게 쓰는지, 주사를 잘못 고르는지 도저히 밤에 잠을 자지 못하게 기침이 나왔다. 소견서를 받아 멀지만 모 대학 병원을 찾았으나 어찌 이리 아픈 사람이 많은지 1시간여를 기다려서야 접수를 할 수 있었고 접수가 또 기가 찬다.

"금일 접수가 다 찼으니 예약하시고 날을 잡아 오십시오."

사람 미치고 팔짝 뛸 노릇이다. 이 많은 사람들이 모두 아파 왔겠지만 이 큰 병원에 난생 처음 온 나로서는 황당했다. 다시 택시를 타고 동네 근처의 제법 병실을 갖춘 병원으로 갔지만 여기도 환자가 가득했다. X선 촬영을 하고 기다리는데 이야기를 다 듣고 사진을 본 의사가 역시 주사와 약을 주는데, 이번에는 효과가 있어 삼일 정도 지나니 확연히 기침이 가라앉았다. 야, 참으로 기분이 좋다.

신이 우리들에게 어려움을 주는 것은 고비를 넘긴 후 다음에는 행복을 주려함일 것이다. 겨울이 길면 봄이 머지않고, 밤이 깊으면 새벽도 머지않아 찾아오리니 모두들 희망을 갖고 이겨내며 모두에게 아픔이 없는 나날이 계속됐으면 좋겠다. 누구에게나 아픈 상처를 잊지 못하고 말 못할 사연과 원망이 있겠지만, 그것을 초월하고 슬픔과 아픔을 이겨낼 수 있는 힘을 신께서 주신다면 참으로 좋겠다.

우리가 남을 도와줌으로, 그 남의 얼굴에 미소를 피게 한 적이 대체 몇 번이나 있었던지 나 자신이 눈을 감고 생각해 본다.

약을 가지고 집에 돌아와 가족들의 얼굴을 보고 누우니 내 집이 제일 편안하고 좋았다.

사람은 자고로 잘 먹고, 잘 자고, 잘 싸면 건강하다 했어도 이상이 생겨 아픈 것은 조물주의 뜻이니 어쩔 수 없는 일이다. 신이 그 사람이 꼭 필요해서 일찍 데리고 가는 것이라 생각하면 인간으로서는 불가항력이 아닌가.

Be happy to be alive again today(오늘도 살아 있음에 행복해 하라).

2019년 1월 16일

꽃잎의 소리

4월은 역시 잔인한 달
가녀린 꽃잎들이 수줍어 할 때
쏴아, 쏴아
밀려오는 뻘의 먹물

누가 알랴
무섭고 춥고 어두움 속에
못다 핀 꽃잎들의 삭힌 울음소리

아가들아! 정말 미안하구나
너희 작은 손으로 뚫으려 했던
손가락에 맺힌 피의 절규
얼마나 무섭고 아팠을까

부모는 한이 맺혀 가슴을 뜯고
국민들은 비통해 울고 있단다
다시 볼 수 있다면
노란 리본 5천만 갠들 달지 못할까

은원(恩怨)맺힌 이들아
이해(利害)관계 인간들아
전(錢)에 환장한 사람들아
이 천사들 울음소리 고개 숙여 들어보렴

아! 세월아 세월아
단군 조상님도 울고 있으리.

– 세월호 침몰 1주일 후에

나무의 생(生)과 사(死)

초등학교 3학년 때이다. 식목일 날 학교에서 나무를 한 그루씩 나눠 주며 그것을 심으라고 하였다. 나무를 집으로 가져온 나는 괭이를 들고 밭과 논이 있는 독쪽골로 향했다. 이곳은 내 집의 전답이 모두 있는 곳이다. 장소를 찾다가 밭과 논 사이의 커다란 참나무로 된 정자나무 옆에 그 나무를 심고 돌아왔지만 나는 곧 나무의 존재를 잊었고 그 나무의 이름도 몰랐다.

그러다가 중학교 3학년 때 일을 도우러 갔다가 그 나무를 발견하고 쳐다보니 3미터가 넘게 컸었고 굵기도 내 한 손아귀로 달랑 말랑 했다. 나는 그 나무의 눈높이쯤에 내 이름을 돌로 긁어 새겼다. 나무의 하얀 겉껍질에 새기니 초록색의 속껍질이 보이는데 그때쯤 그 나무의 이름이 자작나무라는 것을 알았고 나는 또 잊었다.

군대생활 할 때 면회소 근처에 직경이 3, 4cm 정도 되는 오동나무가 한 그루 자라고 있었다. 그 근처에서 보초를 서자면 고향의 자작나무가 생각났다. 저 나무가 한 아귀쯤 굵어지면 그때는 제대할 것이라 믿고 잘 보이지 않는 곳에 또 내 이름을 새겼다.

그와 함께 근처의 돌산을 깨부수는 일이 있었다. 오동나무 근처에서 보초를 서며 저 건너편 산의 아파트가 완성되면 나는 제대를 할 것이라고 봤는데 역시 4층이 완성될 때쯤 오동나무는 내 손아귀 한 뼘 정도로 자랐고, 그때 나는 제대를 했다.

세월이 흘러 밭의 그 골짜기에 일손을 도우려고 갔다가 그 나무를 보았는데 도저히 내 이름을 찾을 수가 없었다. 나무는 어린아이 품으로 한 아름 정도 되고, 높이는 30미터는 될 성싶었으며, 주위에는 새끼나무들이 수북이 자라고 있었다. 참으로 언제 저렇게 컸는가 할 정도였다.

가끔 매스컴에서는 북한이 러시아의 열악한 환경에 월급도 제대로 주지 않는 벌목공들을 수천 명을 보낸다고 한다. 나는 속으로 웃긴다고 생각했다. 나라만 크다고 나무가 많은 것은 아닐 것이고, 또 추운 지방이라서 나무를 잘라 난방에 불 지펴 땠을 것이며, 추운지방은 나무가 잘 자라지 않을 것이라고 생각했다.

그런데 직접 본 나는 깜짝 놀랐다. 러시아처럼 나무가 많은 나라도 드물 것이다. 도로 옆 숲에는 아름드리 자작나무와 소나무가 얼마나 빽빽한지 사람이 들어가지 못할 지경이고, 높이도 30미터는 족히 넘어 목재로는 그만인 아주 좋은 자원이, 도시를 제외한 숲에는 어디든지 있었다. 그래서 백문(百聞)이 불여일견(不如一見)이라 했나.

달여 먹으면 몸에 좋다는 차가버섯이 있는데 단연코 러시아산이 가장 많을 것 같고, 상황버섯은 대형으로 크는 동남아산이 많을 것이다.

차가버섯은 자작나무에서, 상황버섯은 뽕나무에서 주로 자라기 때문이다.

황사가 괴롭히는 우리나라를 위해 몽골 고비사막에 우리국민이 가서 나무를 심는다는데, 글쎄. 내 편견이지만 나무가 살 수 있을까? 사암지대에 마사토 같은 모래지역이 대부분인 그곳에 물을 주며 돌보지 않는다면 나무가 제대로 살 수 있을까 하는 의문이 든다. 그래도 노력은 해봐야 하겠지.

어떤 휴지 회사에서 외국에 매년 나무를 심는다는 소식을 들었다. 정말 대단한 일이고 그 땅을 수십 년 빌리고 나무를 심어서 펄프를 가공해 쓴다니 그런 회사는 우리가 본받을 만하다.

옥상 화단에 대추나무와 감나무, 포도나무를 한 그루씩 심어봤다. 그런데 흙이 얕아서인지 포도나무 말고는 잘 자라지 않았다. 다른 나무도 언젠가는 열매가 열리겠지 하며 참고 기다려도 도저히 열리지 않아 캐내서 지인에게 줬다. 괜히 6년간 공들인 것이 아깝다. 그래도 포도는 열매가 아주 많이 달려 따주어야 하나 아까워 그냥 뒀더니 열매가 아주 작게 종알종알 열리고 까맣게 익어 온 식구가 단 포도 맛을 볼 수 있었다.

그랬지만 모두 캐내어 타인에게 주고 나니 물주는 수고로움이 줄어 내 몸이 편하다. 이게 무소유(無所有)인가?

死生有命(사생유명)이고, 富貴在天(부귀재천)이다. 즉, 죽고 사는 것은 운명이고, 부귀는 하늘에 달렸다.

진정한 배려 속의 작은 친절

제주에 머물 때의 일이다.

이발을 하려고 집을 나섰다. 차를 쓰려니 주차하기도 불편할 것 같아 천천히 걸어 내려가 마을회관 근처에서 물었다.

"이 근처 이발소가 어데 있어요?"

"여기는 없고 조천으로 가세요."

가다보면 나오겠지. 사람 사는 곳에 이발소나 미용실 없는 데가 있을까 싶었다. 그런데 한참을 걸어 내려가도 이발소가 보이지 않는데 어영부영 1시간 30분을 걸어 커다란 불탑 근처에 이르렀을 때이다. 지나가던 차 한 대가 내 옆에 서더니 "조천을 가는데 타십시오" 한다.

고맙기도 했지만 남의 차에 동승도 껄끄러워 사양했다.

"괜찮습니다. 이발하러 가는데 다 왔거든요."

"타세요. 이발소 앞으로 갑니다."

나보다 연배가 높으신 분이 권하기에 차를 탔다. 타고 나서 몇 마디

대화를 해 보니 그는 제주 토박이이고 나와 한 동네에 살며 목장을 하는 분으로, 제주 3성(고·양·부씨) 중 하나를 가진 이였다.

이발소 앞에 내려주고 그는 떠났다. 나는 고마움을 간직한 채 이발을 할 수 있었고 마치자 다시 집을 향해 걸어야만 했다. 항상 느끼는 것이지만 꼬불꼬불한 숲길을 걷는다는 것은 차도 지나지만 가로수 길이 멋이 있고 나지막이 이어지는 돌담 안의 밀감나무를 쳐다보며 난 나대로 이어폰을 귀에 꽂았다 뺐다 하며 사색에 잠기곤 한다. 산책이나 운동길은 최고다. '헉헉'거리며 오르막을 오르고 잠시 평지를 가면 또 오르막이고를 반복하며 길을 재촉해 집을 5분 정도 남겨둔 지점에 다다랐을 때이다.

올라오던 차 한 대가 내 옆에 멈추고 문을 내려며 말을 걸어온다.

"여기까지 걸으셨네. 타세요."

보니 아까 갈 때의 그 차량이다.

"아닙니다. 근처에 집이니 그냥 걷지요."

자꾸 타라는 것을 사양하고 집으로 돌아오며 생각했다. 카풀이나 히치하이킹도 하지 않으려는 요즘 세상에 모르는 사람을 태워주려는 저런 배려가 진정으로 고맙게만 느껴졌고, 만약 내가 저분과 좋지 않은 일이라도 있었다면 딱 잡히지 않았겠는가. 세상에 죄 짓고는 살지 말아야 할 일이고, 말썽으로 남의 입에 오르지 말아야 할 것이다.

오래전 내가 살던 곳에 금은방을 하던 사람이 있었다. 그나 그의 부인이 얼마나 싹싹하고 협조적인지 동네에서는 그를 아주 좋게 보게 되었다. 그는 가끔 사람들에게 돈도 빌렸는데 채무관계도 정확했다. 그가 돈을 빌릴 때는 결혼식이나 모임 등의 패물을 주문받았던 때로 정한 날짜에 물건을 찾아가면 돈을 갚는 것이다. 그런 그가 어느 날 야반도주를 했다. 토요일 문을 일찍 닫고 일요일은 쉬고 월요일엔 문을 열어야 하는데 열지 않자 채권자 몇이 나선 것이다. 그러자 여기저기서 채권자들이 나오는데 모은 액수가 제법이지만 내 개인적으로는 기둥뿌리가 뽑힐 정도가 아니어 모두들 인상을 쓰며 쓰린 속을 달랬다.

그렇게 세월이 흐른 어느 날.

나와 가까운 동네사람들이 제주도에 관광을 왔다. 전세버스를 타고 이동하며 제주 구석구석을 돌아보던 마지막 날 용두암에서 산낙지를 먹을 때인데 그 근처의 옆 팀에 도주했던 그가 있었다. 우리도 놀랐지만 그는 더 놀랐다.

그날 저녁 그가 사는 술을 거나하게 얻어먹고 우리는 그 일을 잊기로 했다. 어차피 지금까지 잊고 포기하지 않았던가. 어찌 보면 그가 나보다 더 어려웠기에 취한 행동이라며 스스로를 위안했다.

사색에 잠기다 보니 문득 책《명심보감》한 구절이 생각났다.

恩義廣施(은의광시)하라. 人生何處不相逢(인생하처불상봉)이랴. 즉, 은혜와 의를 널리 베풀어라. 사람이 어느 곳에서 어찌 만날지 아느냐.

2019년 7월 18일

바르셀로나 근교 몬세라트 수도원

버스를 타고 달리며 보니 뭉텅뭉텅한 바윗덩어리 산들이 이어지는데 우리나라에 저런 산이 있다면 옛날에는 도둑 소굴이 되었겠고, 절이라도 서너 개는 숨어있지 싶은데 이곳에는 수도원이 있다.

그 장엄한 산을 오르는 방법은 4가지가 있는데 하나는 걸어서 오를 수 있고, 하나는 케이블카가 있으며, 작은 승용차를 타고 갈 수 있고, 협곡 열차를 타도 된다.

이 열차는 궤도가 단선으로 오르다가 넓은 지역에서 멈추어 내려오는 열차를 보내고 다시 오른다.

1,236미터의 이 암벽 산위에는 엄청난 규모의 성당이 있다. 그리고 현재도 미사를 보며 예전 모습이 그대로인데, 로마시대에는 신전이 있었다고 한다.

낭떠러지 계곡이 있는 절벽 위에 성당 말고도 굉장한 크기의 수도원 건물들이 있고, 지금도 800년 역사를 자랑하며 미사가 열리고 있는데 오색 색색의 굵은 촛대(약 10cm)가 매우 인상적이다.

꽝장하다. 어찌 이들은 그 험한 산위에 있는 평지를 알고 성당을 지었을까 하는 생각이 머리를 때린다. 성당 내부는 고전적인데 대리석으로 된 내부의 화려함과 웅장함을 보며 그 당시에 이 높고 험한 산위까지 어찌 저런 돌과 자재들을 옮겨와 건축을 했을까, 노예들의 힘이었을까 하는 생각에 고개가 절레절레 흔들린다.

우리나라라면 어떠했을까? 아마 환경단체들의 반대로 공사는 꿈도 꾸지 못할 것이다. 케이블카 하나도 맘대로 설치 못하는 나라가 아니던가.

수많은 조각과 모자이크 스테인드글라스와 황금의 화려함에 눈이 부시고 혀가 차진다. 수많은 나라를 식민지화하여 그곳에서 가져온 황금들로 장식을 하였으니 사치스럽지 않을 수 있을까. 콜럼버스도 이 나라에서 출발하여 신대륙을 발견할 수 있었고 수많은 원주민을 수탈했지 않았던가. 역사는 되풀이되게 되어 있다. 우리도 정신 못 차리고 어영부영하면 또 굴종의 역사가 될 수 있다.

마침 아침예배가 있기에 들어가 보려 해도 수많은 인파에 떠밀리는데 이 수도원은 2층, 3층 건물을 호텔로 개조하여 입장 시에 돈 받는 것 말고 호텔로 돈을 버니 이중, 삼중으로 수입을 올린다. 또 미사 시에 헌금도 있고 결혼식이나 행사시에도 대여해 주니 참으로 이런 건물 유적이 한 개만 있어도 조상님 덕에 먹고 사는 후세들이 어디 한두 사람 될까.

광장 앞에서 산 밑을 보면 가슴이 퍼지도록 '쫙' 펼쳐진 평원이 좌우로 끝도 없고 그 평원을 넘어 눈길 닿는 곳에는 또다시 웅장한 산세가 좌우로 펼쳐진 것을 볼 수 있는데 이것이 바로 피레네 산맥이다.

나폴레옹이 스페인 왕국을 치고 자기 형 조세프를 국왕으로 삼기 위해 넘었던 산맥이다. 또 카르타고의 명장 한니발이 기원전에 이 산맥을 넘어 로마로 진격했다. 한니발은 아프리카 태생이나 스페인에서 자랐기에 가능했고, 싸움에서는 로마에 졌다.

다시 열차를 타고 내려오니 주차장마다 세계 각국에서 온 관광객을 실은 버스가 가득하다. 참으로 관광이라는 것이 '굴뚝 없는 산업'으로 돈을 벌기에는 대단히 유익한 사업이다.

평원에는 오렌지 나무와 올리브 나무가 끝없이 이어지고 농가는 어쩌다 한두 채씩이 있을 뿐 한적한 농장이 구릉을 이어 펼쳐진다. 그 구릉 위에는 풍력발전을 위한 백색의 하얀 프로펠러가 몇 개인지 셀 수도 없는데 잘도 돌고 있다.

우리는 '푸니쿨라' 열차로 올랐다. 처음에는 케이블카로 오르려 했으나 바람이 불어 케이블카의 운행이 금지되어 있었다. 그런데 일행 중의 한 사람이 담당자에게 "갑시다. 이까짓 바람에 못가요?" 하고 물었다.

나 역시 이정도의 바람에는 과잉보호라고 생각했다.

그런데 담당자 왈 "당신들 나라 침몰한 세월호는 건졌소?"라고 묻는다.

아, 부끄럽고 슬퍼졌다. 아직도 바다 속에 누워있으니.

그들의 안전 인식이 어찌 보면 부러울 정도고, 그들은 어려서부터 아예 몸에 안전이 배어있다. 스페인이나 유럽을 가본 사람은 알 것이다. 그 흔한 클랙슨소리를 들을 수가 없고, 절대 양보하며 사람이 얼씬만 하면 차가 멈추는 것을.

히드로 공항에서

영국의 '히드로' 공항은 보안검색이 철저하고, 깐깐하기로 유명하고, 출입국도 A, B, C 게이트를 공항 내 전철을 타고 이동하여야 찾아 출입국을 할 수 있다. 우리의 인천공항과 비슷하지만 2층으로 올라가면 인천공항처럼 입맛대로 식당이 있는 것이 아니고 이곳저곳에서 간단히 요기만 할 수 있기에 한 코너에서 집사람 몫까지 커피 두 잔을 주문했다. 커피가 나오고 금액을 지불하려고 돈을 찾으니 아무리 지갑을 뒤지고 주머니를 털어도 파운드화가 없었다. 분명히 25파운드가 남아 있었는데 어디로 갔는지 못 찾아 마지못해 말했다.

"유로화도 됩니까?"

"예. 그러나 유로화 거스름돈은 없습니다."

속으로 다행이다 싶어 지갑에서 유로화를 꺼내니 50유로가 석 장 있을 뿐이었다. 내가 이러지도 저러지도 못하고 쩔쩔매니 그는 "카드도 됩니다" 한다.

야, 이제 살았구나 싶어서 카드를 찾으니 아뿔싸 어제 집사람이 물건을 살 때 파운드화와 카드를 주고는 받지 않은 것이 그제야 생각났다.

"잠시만 기다리시면 제가 빨리 가서 가져오겠습니다."

그렇게 말하고 돌아서자 그는 내가 불쌍해 보였는지 내 등 뒤에서 말한다.

"그냥 가지고 가십시오."

"아닙니다. 파운드를 가지고 오겠습니다."

"괜찮으니 그냥 가지고 가십시오."

그렇게 말하면서 손으로 가라는 흉내를 자꾸만 내기에 나는 미안했지만 "땡큐!" 소리만 연발하며 커피를 가지고 집사람에게 돌아와 같이 마셨지만 왠지 마음이 편치 않았다. 커피를 다 마시고 카드를 받아 그 코너에 돌아가서 그를 찾아 카드를 내미니 그는 손사래를 치며 받지 않고 자기가 서비스한 것이란다. 그러면서 그는 "당신은 일본인입니까?"라고 묻는다.

"아닙니다."

"그럼 중국인입니까?"

"아니, 한국인입니다."

그러면서 생각하니 세계 사람들이 한국을 잘 모르고 등한시하는 것이 마음이 아팠지만 어찌하랴.

"저는 코리안입니다."

"아, 아!"

그렇게 하더니 "코리아 김정은" 하며 미사일이 '슝' 날라 가는 흉내를 내더니 이어 람보처럼 '두두두두' 총 쏘는 흉내를 낸다.

"노, 노. 그는 북한사람이고 나는 남한사람이다."

그랬더니 그는 "아! 코리안 박지성" 하더니 그의 근황을 물었다.

유럽 사람들의 축구 열기는 종주국 영국이 아니더라도 어디를 가나 정말 대단했고, 코리아의 경제무역대국은 관심도 없으며, 세계 평화를 위협한다는 김정은과 박지성밖에 모르는 것이 가슴이 답답했다. 언제쯤 그들이 엄지손가락을 치켜세우며 "오! 코리안, 만나서 반가워" 하는 소리를 듣는 날이 올까.

2018년 11월 5일

미투(Me Too) 때문에

　지난여름 오후 5시경 부암역에서 지하철을 내려 온병원 주차장을 지날 때였다. 환자복을 입고 땅바닥에 철퍼덕이 앉아 두 다리를 뻗고 있는 여인의 어깨를 한 손으로 잡은 남자가 다른 한 손으로는 옆의 자동차문을 열고, 잽싸게 두 손으로 여인을 들어 차에 태우려는데 문이 '스르르' 닫히는 것이었다. 그러자 그는 다시 문을 열고 힘없이 '축' 늘어진 여인을 태우려 했지만 자동차의 문은 또 다시 닫히는데 지나던 내가 보기가 안쓰러워서 물었다.

　"도와드릴까요?"

　그러자 그는 도움이 절실했던지 "예, 고맙심더. 잠시 좀 잡아주소. 휠체어를 가오겠소"라고 한다.

　나는 여인의 뒤에서 허리를 굽혀 여인이 넘어가지 않도록 어깨를 잡고 있는데 1분, 3분, 5분이 지나니 허리가 아파오는데 휠체어를 가지러 간 남자는 오지 않는 것이다. 그런데 그때 여인이 '부스스' 일어났다가 다시 옆으로 '픽' 쓰러져 네 활개로 눕는데 머리카락이 길게 사방으로 내려와 얼굴은 볼 수 없지만 중증환자임에는 틀림없어 보였다.

"이것 보세요. 일어나보세요."

그를 일으키니 역시 두 다리를 쭉 뻗은 상태로 내 팔의 힘만으로 앉혔는데 손을 놓으면 쓰러지겠고 잡고 있자니 기역자 모양을 하고 있는 내 허리가 뻐근해 오는데 참으로 난감했다. 그때 병원에서 젊은 남자가 뛰어왔다. 모습을 보니 검은 제복의 활동복을 입었는데 호송차량의 경비인력이나 무장병력 같은 것이 병원의 경비 같았다.

"와이라는 교?"

내가 대강 이야기를 하자 그는 여인 앞으로 가 뒤로 앉은 채 어깨를 들이밀며 말한다.

"좀 업혀주소. 응급실로 가야겠심더."

이 여인을 안아 들어 올려 업혀 주려니 손이 뭉클한 거다. 요즈음 도나, 개나 미투(Me Too) 운동이 확산 난리들이므로 주의해야 하겠다 싶은데 그는 연신 소리쳤다.

"뭐하요? 뽈끈 들어 업히 주소!"

겨드랑이에 손을 넣되 완전히 넣지 않고 손바닥을 목 쪽으로 하여 약간의 사이를 둔 채 힘을 불끈 주어 간신히 업혀주는 순간 허리가 뜨끔했다.

예식장으로 5백여 미터를 걸어가는 내내 허리의 감각이 좋지 않았지만 그래도 참을 만하여 볼일을 보고 집으로 돌아왔다.

그런데 문제는 다음날이었다. 허리가 얼마나 아픈지 일어날 때마다 견딜 수가 없어서 할 수없이 병원 신세를 겨야만 했는데 보고 있던 집사람이 묻는다.

"당신, 무슨 일을 해서 허리가 그래 아프요? 어제는 일도 없는 일요일인데."

그래서 사실대로 모든 이야기를 했더니 집사람은 화를 벌컥 낸다.

"이 양반아, 그런 게 어딨어! 그 사람은 환잔데. 확 끌어안아 업혔어야 힘이 안 들지! 당신이 음침한 그런 생각을 원래부터 했으니까 그렇지."

어, 그게 아닌데, 요즘 티비나 라디오만 켜면 그런 이야기가 너무 자주 나와서 약간의 사이를 둔 것뿐인데 정말 억울했다. 남자의 얼굴은 봤지만 그 환자는 머리가 사방으로 흘러 내려 얼굴도 모르고, 이름도 모르고, 나이도 모르는데. 지금 생각해도 음침한 마음을 가질 수는 손톱만큼도 없다.

요즘 몇 사람들 때문에 나라가 시끄럽다. 젊은 청춘도 아니고 나이 먹었으면 이름값을 해야지. 젊은 청춘도 그래서는 안 되지만.

덕분에 이틀을 침을 맞아야 했다.

過而不改(과이불개)요 是謂過矣(시위과의)라. 즉, 잘못을 하고 고칠 줄 모르는 것이 바로 잘못이다.

제5장

제 생각은 이렇습니다

5분 먼저 나선 자와 늦게 나선자

아침에 출근하여 정리정돈을 하며 창밖을 보면 건너편 버스 정류장에 두 아가씨가 나타나 서면방향의 버스를 탄다. 그런데 매일 나오는 시간이 다르다. 매일 2, 3분을 앞서 나오는 작은 아가씨는 기다림이 거의 없이 몇 분 만에 버스에 올라 어디론가 목적지로 가지만, 약간 늦게 나오는 키 큰 다른 아가씨는 용케도 그 버스를 탈 때도 있지만 대부분 시계를 연신 바라보며 5, 6분을 더 기다려서 다음 버스를 탈 때가 많다. 그럴 바엔 차라리 5분 후에 나오던가 아니면 몇 분 전에 나오면 될 텐데 굳이 아무 때나 나와서 기다리는 것을 보노라면 시간 관리도 할 줄 모르는 듯하다.

전자의 아가씨는 화장도 예쁘게 하고 옷도 깔끔하게 입고 다닌다. 그런데 뒤의 아가씨는 거의가 후줄근하고 무릎에 구멍 난 청바지 차림이며, 머리의 물기도 다 마르지 않은 상태이니 어지간히 급하고 바빴던 모양이다. 요즘은 휴대폰으로 버스 시간을 보고 나오는데 후자의 아가씨는 휴대폰 웹도 모르는 모양이다.

사람이 생활함에 좋고 싫음이 있다. 빨리 흐르는 좋은 시간을 조금만 줄이면 줄인 만큼 여유를 가질 수 있을 텐데, 사람들은 싫은 시간은 빨리 매듭을 짓지만 좋은 시간은 자꾸 애착을 가지고 오래 끈다. 가령 오랜 친구를 만난다거나 좋아하는 게임을 할 때는, 좋은 시간으로 시간이 엄청 빨리 흐른다. 그래서 시간이 부족할 수밖에 없다. 특히 인간의 이별이나 좋아하는 취미, 좋아하는 이야기, 좋아하는 음식에는 더욱 시간을 늘린다. 반대로 싫은 시간, 듣기 싫은 강의나 맛없는 음식을 삼킬 때, 하기 싫은 일이나 하기 싫은 것을 하는 척할 때에는 그렇게도 시간이 가지 않아 빨리 흘러가기만 기다린다.

우리는 5분만 덜 자고 자기의 다른 인생에 시간을 할애한다면 머리의 물기도 말리고, 빗질도 하고, 예쁘게 묶어서 출근할 수 있으련만 그녀는 무엇이 그리 바빴을까.

아침에 낙동다리 밑을 지나자면 다리위에 병목으로 차들이 꽉 차있다. 보통 1시간 정도가 소요되는데 나라면 직장 근처로 이사를 가거나 아니면 남보다 1시간 먼저 출근하여 맡은 일을 해 놓고 퇴근시간도 1시간 먼저 하여 남는 시간에 신문이라도 보겠다. 그리고 올 때도 또한 그만큼 시간을 낭비하니 그분들은 시간이 많은 모양이다. 아니 어쩔 수 없으니 그렇게들 하는 것이지 하루 24시간이 남는 사람이 어디 있을까.

나는 그 시간이 아깝다.

오늘도 나는 다른 사람보다 10분 먼저 출근하여 정돈을 하며 계획을 짜고 기계들을 점검했었다.

우리나라 사람들은 대체로 시간을 우습게 안다. 차가 막혀서, 교통사고가 나서, 누가 갑자기 찾아와서, 누가 아파서 등 이유야 많지만 외국인들은 거의가 정확하다. 미팅시간 2~3분 전에는 틀림없이 나타나는데 주의해야 한다. 바이어와의 약속 시간이 늦으면 80%는 계약하지 못한다. 줄줄이 나열한 이유가 그에게는 변명으로밖에 들리지 않기 때문이다.

해외 선진국에 나가본 사람들은 알 것이다. 버스나 열차, 비행기가 정확하게 출발한다. 물론 도착도 대개는 정확하지만 사정에 따라 도착 시간이 늦는 경우는 있다.

사람들은 매일 시간이 없단다. 그러나 사람들과 어울려보면 시간이 무진장 많이 있는 것처럼 하며 살고 있다. 그렇지만 하루살이의 일생과 인간의 일생이 시간의 길이는 달라도 일생은 단 한번뿐이라는 것이다. 그래서 오늘 하루도 알차게 살아야 한다. 시조의 한부분이 생각났다.

"부디 긋지 말고 촌음을 아껴 써라.

가다가 중지 곧 하면 아니 감만 못하니라."

그런데 내 생각이지만 하다가 중지한 자가 아니한 자보다는 훨씬 낫다는 점이다. 경험이 생기니까…….

고속도로, 모두들 달리기 시합을 하고 있다

새벽 5시 30분에 기상을 하여 차에 물건을 싣고 점검을 마쳤다. 평소에는 이 시간에 운동을 나가지만 오늘은 진주라 천리길에 물건 배송을 나서야만 한다. 현재 시간은 07시로 차는 막히지 않지만 30분 후에는 도로에 차가 가득할 것이다. 지금 출발해서 도착하면 8시 50분으로, 일 마치고 돌아오면 10시 50분 정도 된다. 그래야만 오전의 일들을 마무리 지을 수 있게 되므로 나는 항상 새벽길을 많이 이용한다.

고속도로를 이용하며 항상 느끼는 점이지만 차들이 너무 급하게 달린다. 나는 제한속도로 가지만 다른 차들은 정신없이 추월해 달린다. 속도를 준수하며 가는 차는 10%가 채 되지 않는데 우리나라가 왜 저리 바쁘게 사는지 모르겠다. 심지어 컨테이너까지 내 차를 추월하여 달리다가 고지대만 나오면 속도가 느려져서 나의 앞길을 막는다.

그렇다면 지금의 규정 속도 안내판이 잘못된 것은 아닌가 하는 생각이 든다. 다들 그렇게 간다면 그들에 맞는 속도 안내판을 붙여야지 법

으로는 낮게 잡아 써 붙이고, 숨어서 단속하고, 카메라를 설치한다고
해서 되는 일이 아니다. 카메라가 있는 곳에서는 기가 막히게 속도에
맞도록 가고 지나치면 죽어라고 달려댄다. 모두들 달리기 시합을 하거
나 전쟁을 피해 도망을 가는 것 같다.

진주터널을 지나 내리막길 커브에 차량들이 몰려서 서행을 하고 있
다. 지나며 보니 폐타이어를 가득 실은 화물차가 도로에 타이어를 수
없이 떨어뜨렸고, 운전기사는 갓길에 차를 세우고 작은 것은 들어서,
큰 것은 굴려서 한 곳으로 모으는 중이었다.

그 사람도 그 사람 나름대로 할 말이야 있겠지만 이처럼 수많은 차
량들의 흐름을 막아서면 안 되는 일이고, 이는 분명 운전자의 과실이
다. 특히 접촉사고 시에 차는 빼지 않고 그대로 둔 상태에서 다른 차
량은 밀리든 말든 말싸움하는 운전자들을 보면 내려서 한 대 때려주고
싶다.

2시간이 지나 오는 길에 보니 아직도 그 차량의 여파로 그쪽 방향
차들이 서행을 하고 있고, 운전자는 보이지 않지만 갓길에는 그 화물
차와 흩어진 폐타이어들이 무더기로 엉켜있었다.

다른 법규도 중요하지만 방향 지시등을 켜지 않고 그냥 서 있다가
좌우 회전하는 차량들 때문에 나는 상당히 애를 먹는다. 하찮다고 기
사들이 무시하는 것인지 몰라도 사고라는 것은 항상 우연한 곳에서 방
심할 때 생기고 비극과는 사촌 이내라는 것을 알아야 한다.

끼어들기 하는 차량도 얄밉지만 운전이라는 것이 끼어들기와 후진
하지 않고는 할 수 없는 것이니 양보도 해야 한다. 그렇지만 모두들 줄
지어 늘어서 기다리는데 다른 차선으로 와서는 막무가내로 끼어드는

차량은 나도 인간으로서 솔직히 이런 차는 정말 양보해 주기 싫은 차량이다.

나는 습관상 긴급 자동차가 달려오면 항상 먼저 가도록 갓길이나 2차선 쪽으로 붙여 주는데 어떤 차는 죽어라고 그 차의 앞쪽에서 내달리거나 뒤에 바짝 붙어 따라간다. 응급차나 하찮은 정비공장의 차가 와도 일찍이 비켜주고 나면 앞차의 뒤에는 '양보해 주셔서 고맙습니다'라는 문자를 읽을 수 있고, 그 글을 읽고 나면 나는 작은 기쁨이나마 뿌듯함을 느낄 수 있다. 작은 일이라도 선한 일을 하고 나면 항상 가슴속이 편안해진다.

오늘도 바쁘고 바쁜 날이지만, 선한 일을 작은 것이라도 행해보자.

부지런하고 진실하게 살며 때를 기다리면…

미식축구 선수였고, 베트남 전쟁 영웅이며, 약간 모자라나 진실하고 순수한 마음을 가진 인간을 그린 '포레스트 검프'라는 영화가 있다. 여기 나오는 주인공은 한결같은 근면과 진실로써 세상의 모든 편견을 깨는 것을 볼 수 있는데 누구의 손가락질도 이겨내며 어머니의 가르침을 새겨 세상을 헤쳐 나간다. 그의 어머니가 한 말 중에 이런 대목이 있다.

"돈은 일정액만 필요하지, 나머지는 과시용이야."

그는 정말 그렇다고 느낀다. 우리는 단기간에 무엇인가를 이루려고 한다. 그러나 그것은 누군가의 뒷받침이 없는 한 불가능하다. 그렇지만 이 영화의 주인공은 쓰레기만 올라오는 배 그물에서 계속 새우 잡이를 고집하여 결국은 대박이 난다.

나는 내 개인 사업을 평생을 하며 수없이 많은 도전을 받았다. 내 사업장 근처에 2, 3년에 한두 개씩 수개의 같은 업종의 경쟁업체가 생겨

나를 괴롭혔다. 그들은 우선 가격덤핑으로 나를 기선제압 하고 내 거래처를 찾아다니며 사장들을 만나 세일영업을 함으로 나의 영업에 막대한 지장을 주었지만, 나는 그냥 놔두었다. 그리고 정도의 길만을 걸으며 어려운 거래처를 보듬었고, 없는 것을 전국 대리점을 뒤져 구해주니 자연적으로 그들은 도태되어 없어지고 나는 계속 업을 이어 나갈수가 있었다. 하지만 얼마 되지 않아 또 생기는 것을 볼 수 있다.

어차피 인간은 태어나는 어머니 뱃속에서부터 경쟁을 시작하여 그중에 내가 태어나 이제껏 시험과 경쟁 속에서 살고 있다. 나도 중간에 몇 번이나 사업을 포기하려 한 적이 있었지만 인간이 원하는 행복이 꼭 돈에서 생기는 것은 아니라는 각오로 버티었다. 하지만 그래도 돈이 필요했다.

그의 엄마가 또 이런 말을 한다.

"사람은 항상 과거를 잊어야 나아갈 수 있다."

옳은 말이다. 우리는 흔히 '내가 어릴 적에는 어쨌는지 알아? 에이고 저걸 일이라고 하나? 옛날에 나는 이렇게 안 했어' 하며 흔히 과거의 일을 현재에 비교 사용하는데 버릴 것은 과감히 버리고, 따를 것은 따르고, 변화할 것은 빨리 대책을 세워 변화해야 한다. 그래야 변하는 세상에서 멈추거나 뒤처지지 않고 약진할 수 있다.

예전 휴대전화기는 크기만 했지 기능은 걸고 받는 것 외에 별로 없는데 요즘 휴대전화기는 셀 수 없을 정도로 기능이 많다. 하지만 내가 변해 그 기능을 익혀 사용하지 않으니 자연적으로 나는 구닥다리 꼰대가 되기에 어느 날 과감히 최신 폰을 사고 아이들에게 묻고 판매점에 쫓아가 물음으로 어느 정도를 익혔다. 그것이 얼마나 편리하고 간편한지 익혀서 나쁜 것은 없고, 어딜 갈 때도 준비물이나 위치, 내용을 갖추고 출발할 필요가 없어졌다. 정보를 뒤지면 근처에서 다 나온다.

IMF 때 나는 부도로 큰 시련을 겪은 적이 있다. 그러나 주위의 도움으로 몇 달 후에는 정상으로 돌아 올 수 있었는데 여기서도 몇 종류의 사람을 볼 수 있다. 진실로 걱정하며 금액을 깎아주는 사람이 있는가 하면, 내가 유통시킨 어음을 날짜도 몇 달이나 남은 것을 모두 회수해 가져와서, 당장 돈 다 내놓으라는 사람도 있었다. 또 돈 떼어먹고는 자취를 감췄다가 1년 정도 지나니 '슬슬' 나타나는 족속들이 있는데, 이제껏 나는 이런 사람들 잘 되거나 그 자식들 잘 되는 것을 본 일이 없다. 결국 그들은 '신불자'에 사기로 저 큰 집을 드나드는 폐인이 되니, 가정인들 온전하고 마누라나 자식들은 편안할까. 뿌린 대로 거둔다는 것을 왜들 모를까. 단 한사람 예외가 있었는데 몇 년 후 '돈을 좀 벌었다'며 나타나 이자는 없지만 원금을 갚고 간 사람이 딱 한 명 있었다.

누구든 실패를 하고 좌절한다면 오늘의 이 자리에 나나 당신은 없었을 것이다. 알게 모르게 그것을 딛고 일어섰기에 당신이나 나도 여기 이 자리까지 와 있는 것이다.

어찌하여 누구의 소개로 나와 술자리를 단 한번 가진 사람의 모친 장례식에 간 적이 있었다. 그런데 세상에, 그 영안실에는 네 사람이 있는데 상주 내외와 방문객은 나 하나뿐이고 서빙하는 아줌마 한 명이 있었다. 어찌 세상을 살았기에 문상객이 이리도 없단 말인가? 국밥 한 그릇 먹는데도 모두가 나만 힐긋힐긋 쳐다보기에 밥을 코로 먹었는지, 입으로 먹고 왔는지 모르겠다.

드러나든 드러나지 않든 자기가 베푼 대로 거둘 것이다. 자기가 많은 사람의 경조사에 쫓아다녔다면 그들도 다는 아니라도 절반이나 3할 정도는 와 줄 것이다. 진실로 임해야 재물을 얻고 진실로 임해야 어려움을 헤쳐 나간다. 우선만 모면하려고 생을 사는 사람들이 너무 많은 것 같다. 부지런하고 진실하게 살며 때를 기다리면 기회는 언젠가 오고 행운의 신은 어느 날 갑자기 손짓을 할 것이다.

호주의 캥거루는 수정이 되어 새끼가 뱃속에서 자라지만 환경이 나아질 때까지 새끼 낳는 것을 미루고 때를 기다리다가, 비가 내리고 풀이 무성해지면 그제야 새끼를 낳는다. 우리도 근면과 진실로 하루를 살며 때를 기다려야만 할 것이다.

세상의 모든 일은 순리적으로 하며 때를 기다려야지 엉킨 실타래를 당기기만 한다면 결국 끊어진다. 순리적으로 달래기도 하고, 흔들어도 보고, 당겨도 보고, 늦추어도 보며 그 원인을 찾아야만 만사는 풀릴 것이다.

Do as you would be done by. - 대접을 받고 싶은 만큼 그를 대접하라.

種瓜得瓜(종과득과)요 種豆得豆(종두득두)이다. 즉, 오이 심으면 오이 나고 콩 심은 데는 콩만 난다.

금연과 나

올림픽이 열리던 그해였고 직업전선에 이상이 생겨 울분을 토하지 않으면 안 되었기에 눈만 뜨면 술과 담배를 입에 대고 방황을 하던 그 폐인 시절이었다. 그러나 나의 마음만은 항상 '이게 아닌데……, 이 길이 아닌데……' 하며 자문자답(自問自答)만을 할 뿐이었고 자승자박(自繩自縛)으로 오히려 담배의 양은 늘어만 갔다.

그러던 어느 날, 몇 년 만에 부산에 오셨던 어머니의 호된 꾸지람에 나는 정신이 번쩍 들었다.

등짝부터 맵도록 두들기시며 하신 말이다.

"내가 애초부터 네놈에게 부귀영화를 바란 것은 아니었다. 하지만 네 몸은 건사를 하며 가족과 아등바등 살아 가야는 할 것 아니냐? 세상을 살아가며 무엇이 거짓이고 무엇이 진실인지는 알아야 할 것인데 그렇게 십 수 년을 보던 신문은 왜 끊었고 또 애들과 애 엄마가 너에게 무슨 대죄를 지었기에 남자가 가정을 돌보지 않고 방구석에서 허구한

날 술타령이냐?"

어머니는 술병과 재떨이를 모두 내다 버리셨고 가구를 몽땅 밖으로 꺼내 놓고는 셋방살이 집에 도배부터 새로 하셨다. 내가 세월을 한탄하며 먹고 놀았으니 집에 돈인들 있지 않아 집사람이 당시에 결혼반지를 팔아서 어머니께 밥과 찬을 올리는 것을 보고 나서야 나는 두 주먹을 움켜쥐고 절치부심(切齒腐心)하며 마음으로 울고 온 몸으로 눈물지어야 했다.

그래, 어차피 '시저는 루비콘 강을 건넜으니' 죽기 아니면 살기라는 새로운 각오로 세상을 살았다. 그 결과, 재기하여 지금의 집에서 부족하지만 손 벌리지 않고 살고 있다. 그런데도, 이제껏 담배를 사랑하여 입에 대는 것을 생각하면 저승에서 담배와 나는 원수지간이었는지도 모른다.

담배의 폐해는 수없는 발표와 증거로 익히 알고 있다. 내과의 커다란 질환을 떠나 하루에 양치질을 3번씩 해도 이빨이 누렇고, 밥맛도 별반 없으며, 새 옷에 구멍 내기도 일쑤이고, 옷에 떨어진 담배 가루를 털지 않고 빨아 누런 와이셔츠를 만들기도 한다. 그런데도 솔직히 끊기 힘들 것만 같다. 대신 새벽으로 낙동강변에 2시간을 할애하여 운동에 바치고 있다.

현재 우리의 공공기관이나 대형건물 등 인파가 많이 모이는 곳은 모두 금연구역이다. 길거리 재떨이도 슬며시 모두 없어져버렸다. 나는 피해주기 싫어서 길모퉁이나 사람이 없는 곳에서 얼른 흡연을 한다. 끊으려는 노력도 수차례 했으나 인간사가 생각대로만 되는 것이 아니므로 자꾸만 담배에 손이 간다. 이제는 담뱃값도 대폭 올라 정말 끊고 싶다.

이태리에 가면 여자고 남자고 아가씨고 할아버지고 국민 70%가 맘대로 호텔 외에는 담배를 아무데서나 피우고 꽁초 또한 아무데나 마구 버리는데, 그것은 눈에 잘 띄어야 청소하는 분이 꽁초를 금방 수거해 갈 수 있기 때문이란다.

마닐라 흡연실은 참 재미있다. 누구나 담배를 흡연실 재떨이에서 피울 수 있지만 좌석에 앉아서 피울 때는 음료수나 커피, 토스트라도 시켜 먹어야지 그렇지 않으면 서서 피워야 한다.

일본이나 인천공항의 흡연실은 앉아서 담배를 피우면서도 눈앞에서 펼쳐지는 LED박스에 현재 시간의 비행기를 모니터링할 수 있다. 그리고 청결하고 깨끗하여 흠이 없다.

터키의 흡연실은 커다란 뒷면이 없는 닭장형태로, 6면 중 천정까지 4방이 모두 철망이라 추워서 오래 못 있고, 더구나 사람도 남녀노소가 옆에 걸릴 정도로 북적거려 빨리 나오지 않고는 못 견딘다.

헬싱키 공항이나 히드로 공항은 흡연실이 없다. 인천을 출발하여 그곳을 경유해 타국으로 가는 사람들은 밥을 몇 번씩 먹도록 열 몇 시간을 무대포로 참아야 하니 아주 고역이다.

중국 공항은 흡연실이 있어도 입국 시에는 괜찮으나 출국 시에는 무조건 라이터를 뺏는다. 항공기의 테러 위험을 예방하려 함이나 고자세라서 기분 나쁘다. 그것을 피하려면 피던 담뱃갑에 라이터를 넣어 보이지 않게 하여 내놓으면 통과된다.

발칸반도 코소보공항 입국 시 검사 전에 흡연실이나 화장실에 들어갔다 나온 사람의 짐은 불시 검사를 받으니 공항 밖에서 흡연하는 것이 좋다.

우리나라 고속도로의 흡연실 문화는 글쎄다. 화장실은 최고이나 흡연실은 저쪽 한구석에 비바람 막이가 없는 곳도 있다. 흡연자는 천덕꾸러기다. 그게 싫으면 피우지 말라는 거겠지.

얼마 전 친구 딸의 결혼식엘 갔었다.

예식이 끝나갈 즈음 식사를 하고 흡연실을 물어서 찾아갔는데 이상하게 사람들이 흡연실 밖에서 흡연을 하고, 안에는 아가씨 둘뿐이었다. 안을 들어가려니 문이 너무 낮아 고개를 숙이고 들어가야 했는데 들어서 보니 왜 그리 지저분한지 도로 나와야 했다. 그런데 앉는 의자며 재떨이가 하얀 사기로 되어 처음에는 무척이나 고급스러웠겠다. 그렇게 좋으면 뭐하나. 청소를 하지 않아 먼지가 자욱하여 백색이 연회색으로 보였다. 또 재떨이의 모래에는 수북한 담배꽁초와 빈 담뱃갑, 휴지, 침을 뱉어놨기에 기분이 나빴고 모두들 왜 밖에서 흡연하는지를 알 수 있었다. 청소나 하루 한 번이라도 하지.

재떨이에 침 뱉는 사람은 이해를 못하겠다. 침은 화장실에서 뱉거나 화장지에 뱉어 싸서 버리면 될 것 아닌가. 그런 사람은 끽연가로서 자격이 없다. 그런데 흡연실에서 담배를 물고 있다 보면 남자들뿐이 아니고 각국의 아주 어여쁜 아가씨들도 있고 예쁜 스튜어디스 아가씨에서 비행기 기장, 흑인, 백인 할 것 없이 담배를 그렇게 맛있게 피우는 것을 보면 해롭다는 것은 자꾸 더하게 되는 모양이다. 해로운 것을 하고, 세금은 더 내고, 차별 받고, 자리까지 강탈당하는 것이 현실이다. 이참에 여성흡연실을 따로 만들어 주면 어떨까.

조금이라도 몸이 건강해지려고 피우는 담배의 양을 줄이는데 친구가 내 기(氣)를 죽였다.

"반 갑 피우나 한 갑 피우나 몸에 축적되는 니코틴 양은 같아 인마! 니코틴이 어느 정도 몸에 축적되면 나머지는 모두 소변으로 다 나와."

정말 그렇다면 많이 피는 사람이 유리한 건가?

예전에는 기차나 비행기, 시외버스 안에서도 맘대로 담배를 피우던 시절이 있었다. 비싼 담배를 '턱' 물고 있거나 검지와 중지 사이에 끼우고 눈을 내려 깔고 고뇌를 생각하는 듯 인상을 쓰면 그런대로 폼이 났다. 이제 그런 시절이 다시 오지 않을 것이다. 오히려 여자가 담배 냄새난다며 도망칠 것이다. 앞으로 흡연은 자기 집이나 지정장소가 아니면 하기 힘든 세상이 올 것만 같다. 지정 장소도 줄고 있다.

- 이 글은 감전초교 초청 '금연과 흡연'에 제출됐던 글임.

노력 없는 결과는 없다

우리 주위를 살펴보면 어떤 사람은 좋은 직장에서 대우받고 잘나가 는데 반해, 어떤 사람은 하는 일마다 뒤틀리어 어려움을 겪는 것을 흔 하게 볼 수 있다. 그래서 잘 나가는 사람을 가만히 살피자면 그는 그 나름대로 그 쪽을 소위 도사라고 할 정도로 잘 알고 있는 전문가인 것 이다. 구렁이도 담 넘어가는 재주가 있듯이 개개인은 남보다 잘하는 것이 분명 있다. 느낌을 아는 사람이라면 그쪽으로 더욱 분발하여 노 력해야만 남들보다 특별한 대우를 받을 수 있는 것인데, 사람들은 노 력은 게을리 하고 어떤 탓으로 돌리고 그때를, 그 사람을, 그것을 탓하 며 비관한다.

내 친구 중에 요리를 기가 막히게 잘 하는 사람이 있다. 1976년도 에 광복동에서 알게 됐는데 그는 불우한 환경에서 자라나 스물넷에 룸 살롱 주방장 보조로 취업을 했다. 하숙할 돈도 없으니 살롱의 긴 의자 를 붙여 새우잠을 자고 영업이 끝나면 설거지까지 시키지 않는 일들도 설움을 참으며 견디었다. 칼질도 제대로 못하지만 틈틈이 무를 자르고 당근과 양파를 다지며 궂은일을 도맡아하여 주방장으로부터 3년여에 걸쳐 안주의 모든 것을 배울 수 있게 되었다.

그러자 오라는 곳도 있기에 그는 다른 곳에 주방장이란 이름으로 취직을 하여 잘 나갔지만 2년여를 하고나자 이번에는 양식집 주방 보조로 취업을 하여 그 기술을 익혔다. 이렇게 3년을 배우고 나서 그는 호텔 주방으로 옮겨 2년을 더 배우고, 이번에는 일식집으로 자리를 옮겼다.

여기서 그는 8년을 갈고 닦으며 한 손으로 참외를 깎을 정도의 능숙한 '칼잡이'로 태어날 수 있었다. 그런 그가 이번에는 국제시장의 갈비집에서 갈비와 불고기 냉면을 배우는 데 2년을 소비하고 당시 갈비집에서 만나 그를 따르던 여인과 결혼을 했다. 그리고 다시 호텔에 들어가 한식을 2년에 걸쳐 배우고는 배를 탔다. 원양어선에서 선원들의 식사를 해주며 그는 그들과 대화도 나누고, 때로는 일도 거들며 그들만의 인생도 배워가며 자기 수양을 쌓았다. 그렇게 1년여가 지나서 귀국했을 때에는 그에게 그런대로 목돈도 있었고 예쁜 딸도 자라고 있었다.

여기서 그 친구를 무조건 잘 했다는 것은 아니다. 때론 융통성 있게 주방장 자리와 좋은 조건을 제시하는 것도 과감하게 뿌리칠 정도였으니 그의 외길이 얼마나 많은 피와 땀으로 이룩됐을지는 그의 손이 증명한다. 손에는 수를 셀 수 없을 정도로 많은 칼에 벤 상처자국이 있으며, 그가 항상 소지하고 다니는 요리용 긴 칼은 수백만원짜리라며 내게 보여주는데 나는 아무리 봐도 뭐가 좋은 것인지 모르겠다.

1998년에 우연히 그를 만났을 때 그는 점포를 보러 다니는 중이었다. 이제는 독립을 하여 가정을 돌보고 편히 살고 싶지만 아직도 중식을 배우지 못한 것을 끝내 아쉬워했다.

그날 그 친구와 술을 한잔하며 회포를 풀었지만 그 친구는 식당을 개업하여 어느 정도 부가 축적되고 가정이 안정되면, 꼭 중식을 배울 것이라는 말을 내게 하곤 하였다. 나는 마음대로 노력하고 매달릴 수 있는 환경을 가진 그가 무척 부러웠다. 물론 중식도 기본적이거나 하찮은 것은 지금도 할 수 있지만 옳은 요리를 꼭 해보고 싶다고 한다. 그렇다고 그 친구가 배운 요리를 모두 잘 하느냐 하면 꼭 그렇지만은 않겠지만, 이 요리와 저 요리를 결합하고 비교하며 이용한다면 더 좋고 맛있는 요리를 만들어 낼 수 있는 솜씨를 이미 갖추었다고 본다.

인간은 태어나면서부터 세상을 헤쳐 나가는 방법을 배우게 된다. 그렇지만 그 방법을 얼마나 열심히 배우느냐에, 어떤 방법을 배우느냐에 따라 자신의 환경을 자신이 만들고 이끌어 가는 것이다.

어느 날 이 친구와 술을 한잔하고 영주동의 그의 집을 따라갔는데 부인은 "방에서 자라" 하고 자기가 술상을 차렸다. 부인을 아끼는 마음이었을 것이다. 그는 냉장고를 뒤져 계란 프라이를 해 내놓으며 "잠시 기다리라. 내 야채하나 하꼬마" 했다.

이렇게 10분여에 걸쳐 만든 안주는 정말 맛이 대단했고, 그런 콩나물김치는 처음 먹는 음식이었다. 우선 살짝 데친 콩나물과 겉절이 김치를 먹기 좋게 숭덩숭덩 자르고, 갖은 양념에 술까지 1컵을 넣어 잘 무쳐 접시에 내놓았는데, 아주 고소한 맛이 그만이고 콩나물 비린내도 나지 않았다.

이처럼 자신이 노력하다 보면 실력도 생기고 요령도 생겨, 그것은 발전으로 이어져 그 사람을 더욱 돋보이게 하는가 보다. 그래서 사람의 배움과 노력은 끝이 없고, 그것이 끝나는 날은 아마 세상을 뜨는 날이 될 것이다.

명절이 지난 어느 날, 그가 날 불렀다. 그래서 그의 집에 갔더니 제사지낸 후 남은 음식을 몽땅 냄비에 넣어 끓이는데 냄새가 구수하다. 냄비 속에는 전 종류와 튀김 종류 그리고 생선 몇 토막과 나물 몇 가지를 넣었는데 맛이 그만으로 소주를 '짠'해 가며 반 냄비나 퍼먹었다.

인간은 항상 뱃속에, 품안에 자식을 보듬으며 언제가 되든 몇 살이 되든 간에 키우지만 그것은 잘못이다.

동물들은 때가 되면 새끼의 독립을 위해 죽든 살든 떠나보낸다. 알에서 부화한 새 새끼는 어미가 부지런히 물어다 주는 먹이를 먹지만 독립할 시기가 되면, 어미가 먹이를 물고 둥지 근처에 가서 이리저리 움직이기만 한다. 용감하게 둥지를 탈출해 어미 근처에 온 녀석만 먹이를 먹는다. 그렇게 몇 번을 하다 보면, 무식한 녀석도 둥지를 떠나 어미 곁으로 다가와 먹이를 얻어먹는다. 하지만 어미는 그때부터 자꾸만 둥지를 멀리하여 2km 이상을 떠나온다. 그동안 새끼들은 날갯짓도 배우고, 중심도 잡으며, 어미 새의 먹이를 받으러 가지만, 이미 그런 몸짓으로 비행의 실력을 갖추니, 어느 순간 어미는 집으로 돌아간다. 그 후로 어미는 새끼들에게 나타나지도 않고 먹이 역시 물어다 주지 않는다. '너희는 이제부터 독립하여 부지런히 살아가'란 뜻이리라. 그래도 새끼가 죽는 소리로 울 때에는 슬며시 가보지만 독수리에게 잡혀먹든 올가미에 걸렸든, 어미는 둘러보고 그냥 돌아온다.

호랑이, 사자는 사냥을 하면 새끼를 먼저 먹인다. 그러나 새끼에게 사냥기술을 가르쳐주며 어느 정도 커서 독립할 시기가 되면, 사냥감을 자기가 먼저 먹고 남아야 새끼를 준다. 그전에 새끼가 먹이를 먹으러 오면 '왕' 하고 물어 버린다. 이제는 너희들 갈 길을 떠나라는 뜻이다. 이것이 자연의 섭리이고 원리이다. 인간도 자연이니 스스로 노력하고 깨우쳐야 한다. 부모는 언제까지나 살아계시지 않으며, 나와 배우자, 자식들을 먹여 살리지 않는다. 왜 배우려 하지 않았는가. 현재 우리의 건축업계는 기능공이 없어 일의 진척이 더디고 회사의 힘든 일에는 일할 사람이 없어 외국인들이 일하며 버텨내고 있다. 내가 세상 이치를 깨우치지 않았다면, 나는 오늘도 부단히 노력해야 한다. 아니면 도태되어 굶어 죽어야 하므로.

물론 무리한 욕심은 화를 부르고, 그 화는 목숨까지 잃게 하지만 죽는 날까지 노력하지 않을 수는 없는 것이 자연이다.

농로(農路)에서 있었던 일

차량도 한적한 농로에 차를 대고 내려가서 작물을 살필 때의 일이었다. 갑자기 '빵 빵 빵' 하는 경적소리에 허리를 펴고 고개를 돌려보니 승용차 한 대가 내 차 뒤에서 경음기를 계속 울리는 것이다. 난 근처에 있던 아내에게 소리쳤다.

"거 차 좀 빼주라."

내 차량이야 경차이기에 옆으로 조금만 틀어주면 타 차량이 지날 수 있기에 그랬는데, 집사람이 운전에 겁이 났는지 제대로 못 뺐던 모양으로, 자꾸만 경음기를 울리는 것이다.

저쪽에 아주 넓은 길이 있는데 꼭 이 좁은 곳으로 들어오나 싶어 은근히 열도 났지만, 할 수 없이 뛰어가 차를 옆으로 바짝 대고 상대방 운전자에게 다가가 "미안합니다"라고 사과를 했다.

그러자 그는 "이 길은 차가 엄청 다녀요. 이렇게 대면 안 되지요" 하는데, 내가 알기로는 이 길은 차가 별로 다니지 않는 조그만 농로였다.

싸우기도 싫고 애초에 길 가운데 차를 댔던 내 잘못이 있기에 거짓말을 했다.

"초행이라 몰라서 그랬습니다. 미안합니다. 그냥 가세요."

그렇게 말하고 허리를 굽혔다.

그런데 그 기사는 가지 않고 나를 뻔히 쳐다보며 대뜸 하는 말이 "기다린 기름 값과 시간 비(費)는 우짤끼요?" 하고 묻는다.

'야, 참 세상에 이렇게도 돈을 요구하는 사람도 있구나' 싶었다.

그런데 잠깐 생각해보니 그 말도 맞는 것 같아 단돈 만 원이라도 주려고 지갑을 꺼내려다 다시 한 번 생각했다. 차를 빼고 사과까지 했는데 이건 너무하는구나 싶어 "그럼 뭐로 우찌하끼요?" 하고 말하는데 내 가슴에서 화가 '확' 치밀었다. 에이, 참자 다 내 탓이니 담배나 한대 피워야겠구나 싶어 난 담배가 있는 내 차 쪽으로 돌아서서 걸어갔다. 그러면서 그냥 갔으면 좋겠다는 생각이 들었다.

만약에 역지사지(易地思之)라고 입장 바꿔 내가 상대방의 운전자였더라면 과연 나는 어찌했을까. 만약 나였다면 기름 값과 시간비는 아마 생각도 못했을 것이고, 기분 나쁜 듯 인상 정도 찌푸리고 그냥 갔을 것만 같았다.

담배를 빼어 물고 불을 붙이려는데 그는 '붕'하고 액셀러레이터를 밟으며 지나갔다.

내 곁을 지날 때에야 얼핏 보니 그는 나이도 지긋했고 흰머리도 보였는데 그런 사람이 꼭 저런 말을 했어야 옳았나 하는 생각이 든다. 나이 50만 돼도 지천명(知天命)이라고 하늘을 안다 했지 않았나. 또 그 옆에 타고 있던 그 연배 정도인 그의 여인도 말리는 말 한마디 하지 않고, 쳐다보기만 하던 그 모습이 지금도 눈에 선하다.

사람은 누구나 죽는다. 죽어 저 세상에 가서 그리운 사람들과 재회를 한다고 하는데, 얼마나 많은 사람들과 재회의 기쁨을 누리느냐는, 이 세상에서 얼마나 많은 사람들과 절친하게 인연을 만들며, 뜻있게 살았느냐에 달렸다고 생각된다. 모든 이에게 악연 없이 깨끗하게 살다 가는 것이 나의 꿈이다.

어떤 유행가 가사도 이런 말이 있다.

"사는 게 뭐 별거이더냐. 욕 안 먹고 살면 그만이지……."

욕 안 먹고 살다 깨끗이 갈 수 있다면 얼마나 좋을까. 저 높은 곳에서 나를 기다리고 반겨줄 사람이 많으면 많을수록 나는 삶을 아주 보람 있게 잘 살았던 것이고, 그렇게 믿기에 이 지구의 소풍에 감동을 느낄 생을 살고 싶은 것이 소망이다.

知足常足(지족상족)이면 終身不辱(종신불욕)이요, 知止常止(지지상지)면 終身無恥(종신무치)이다. 즉, 만족할 줄 알고 만족하면 평생 욕되지 않고, 그칠 줄 알고 그치면 평생 부끄러움이 없다.

뜻밖의 횡재와 일확천금

어느 날 마을금고에서 내게 연락이 왔다.

"평소 마을금고를 너무 사랑해 주시어 그 보답이 있으니 모월 모일 모시에 꼭 참석해 주십시오."

금고에 가니 모두들 반갑게 맞아주며 2층으로 올라가란다. 그런데 2층에 올라가니 웬 사람들이 그리도 많은지 무슨 행사가 있는 모양이다. 거기다가 안내 직원이 나를 인도하여 앞으로 앉히는데 영 내키지 않는 것이 앉았어도 좌불안석(坐不安席)이다. 그런데 거기서 별로 한 것도 없는 내게 뭔가를 수여하는데 얼굴이 붉어지고 자세가 어설퍼지는 것을 느꼈다.

행사가 어느 정도 진행될 때 슬며시 빠져나와 집으로 돌아왔다. 나는 내 개인 사업으로, 자리 이탈이 쉽지 않은 사람이다. 그렇게 집으로 돌아와 봉투를 열어본 순간 나는 깜짝 놀랐다. 거기에는 상품권이 수북이 들어있는데 난생 공짜를 몰랐던 나로서는 엄청난 횡재로 무지하게 기분이 좋았다.

세상살이는 항상 어렵더라도 희망을 품고 살아가는 것이지만 그 어려움 속에는 알게 모르게 어쩌다 운 좋은 일이나 있어서는 안 될 불행이 한 번씩은 있는 것 같다. 나는 이제껏 내 노력의 대가가 아니면 내게 재수 좋은 일이 별로 없었다. 모든 것이 내 수고의 대가였는데 이런 횡재는 자주 있었으면 좋으련만 그런 사건은 더 이상 내게 생기지 않을 것이다.

세상 사람들은 노력 없이 일확천금을 꿈꾸는데 그런 일은 하늘이 노력하는 사람에게 주는 것이지 빈둥거리는 자에게는 절대로 있을 수 없는 일이다. 또 있다 해도 빈둥거리는 자는 곧 그것을 탕진하고 패가망신하며 결국은 못된 길로 빠진다.

시중에 흔히 파는 복권 판매점이 망하는 것을 보지 못했다. 그만큼 거기에 관심을 갖고 사려는 사람이 많다는 증거로 꿈을 꾸는 몽중인(夢中人)이 많음이다. 거리를 지나다 보면 1등이 몇 번, 2등이 몇 번 된 점포라며 사행심을 부추기는 글귀를 써 붙인 점포들이 흔하다.

주식 또한 능란하지 않으면 잃기 십상이다. 나도 초보로 조금은 하는데 현재 원금 정도만 되는 상태이다. 바쁘게 사는 사람이나 돈 없는 사람, 있어도 여유로운 돈이 없다면 하지 말아야 하는 것이 주식이다. 그에 비해 이번 마을금고의 상품권은 무언가 내가 조력을 했기에 내게 돌아온 것이겠지만 기분 좋게 사용할 수 있었다. 내 마을금고 직원들은 무척 친절하다. 가면 커피도 타준다. 이 금고 덕에 집을 사고, 사업을 번창시켰으며, 내 가족이 먹고 살았으니 오히려 내가 고마운 일이다.

사람은 부지런하면 작은 부자는 될 수 있고, 큰 부자는 하늘이 점지해 주기 전이나 형제가 밀어주지 않으면 어렵다. 소도 비빌 담벼락이 있어야 하는 것처럼.

우리 새마을금고는 동네를 위하여 쾌척도 자주하는 편이다.

成家之道(성가지도)는 儉與勤(검여근)이다. 즉, 집을 일으킴은 검소와 부지런하면 된다.

아주 좋은 습관, 메모하기

얼마 전 친구의 점포에 들렀더니 친구 3명이서 일한 날짜를 대화로 서로 맞추고 있었다.

"그때 백 대가리가 같이 했잖아."

"아니야. 백 대가리는 물만 주고 우리는 자재 날랐잖아."

"아, 그렇네."

"아니, 그럼 다음날인가?"

말로 머릿수를 맞추는데 듣고 있던 나는 그들이 한심스러워 "좀 적어라! 적어. 손 뒀다가 뭐 할래?" 하고 핀잔을 줬다.

내가 젊어서 하숙을 할 때였다.

다른 하숙생들은 보통 아침을 7시에 먹고 7시 30분이면 출근했지만 내 직업은 8시 20분에 출근을 하는 그런 직업이었다. 그리고 회사에 별일이 없으면 6시에 퇴근하니 항상 늦게 출근하고 일찍 들어오는 것을 모두 부러워했다. 하지만 그만큼 돈이 적으니 남의 속도 모르고 하는 말들이다.

집 주인 할머니와도 자주 대화를 하는데 이 할머니가 어느 날 내게 돈을 빌려달라는 것이다. 여유가 조금은 있기에 나는 돈을 빌려주고, 그 내용을 일기장 한 페이지에 기재를 하고, 다음 장부터 일기를 써나갔다.

그 후로도 하숙집 할머니는 수시로 돈을 빌려갔는데, 나는 그 페이지를 찾아 번호를 나열하며 날짜와 시간, 날씨, 금액을 적었다.

그렇게 지내던 어느 날.

그의 아들과 딸들이 모여서 이야기하는 도중 날 불렀다. 돈을 갚으려는 것인가 싶어 토탈 금액을 보고 넘어가니 통닭을 사다 놓고 식구들이 회식을 하는 중이었다. 할머니가 묻는다.

"총각 내 빌린 돈이 모두 얼마지?"

"○○만 원입니다."

"아닌데. 내 그래 많이 안 빌렸다."

나는 증거가 필요하겠구나 싶어서 "잠시만요" 하고 내 방으로 와서 일기장을 가지고 건너갔다.

"여기 제가 적어 놓은 것이니 한 번 계산해 보세요."

그러자 그의 아들, 딸들이 머리를 맞대고 쭉 보더니 "맞네. 엄마가 착각했네" 하며 그 금액을 돌려주는 것이었다.

일기장 가운데 한 면이 할머니와의 거래가 쭉 적혀 있으니 자기네도 어찌할 수가 없었을 것이다.

사람은 누구나 자기 가슴속에 자기만의 거울이 있다. 그 거울에 비추어 나타나지 않는 사건, 기억나지 않는 사건을 위하여, 적는 버릇이 과거를 떠올리는 아주 좋은 수단이 된다. 어려서부터 일기 쓰는 습관을 기르는 것도, 금전출납부를 기재하는 것도, 일과표대로 행동하는 것도 행동을 정확하게 하는 좋은 습관이다. 누군가는 성공하려면 다이어리를 가지고 다니며 적는 습관을 가지라고 하지 않았던가.

내가 이렇게 한 행동을 나는 자식들에게 가르친다. 사람은 누구에게나 배우고 가르치며 산다.

해가 동쪽에서 떠서 서쪽으로 지는 것을 보고 자연에서 스스로 지식을 알게 되고 또한 학교를 다니며 책을 가지고 선생님께 배우며 선인들의 지식을 챙기고, 달리 스스로 연구하며, 선인들의 책을 읽고 지식을 습득하는 것이리라.

예부터 낚시꾼들은 자기가 아는 기술이나 묶는 방법, 포인트를 남에게 알려주기 꺼려한다. 하지만 스스로 터득한 것이 얼마나 될까? 모두 먼저 익힌 선배들에게 배운 것이 대부분 아니던가. '꾼' 자나 '쟁이' 자가 붙는 직업을 가진 자들이 거의 다 그렇다. 배우고 공부하자.

못생긴 딸기와 미의 기준

산청 동서네 집에서 있었던 일이다.

모두들 함께 모여 잡다한 이야기에 와자지껄, 시끌벅적한 저녁식사를 끝낼 때쯤 되어 후식으로 과일이 한 바가지 들어왔는데 그것은 딸기였다. 금방 하우스에서 따왔다는 커다란 바가지 속의 딸기는 정말 때깔도 좋고 먹음직스러워 모두들 손이 바가지로 향했다.

"하, 참. 고놈 크고 좋네."

모두들 입으로 가져가는 것을 쳐다보며 나는 같이 한잔하던 맞은편 대작인과 이야기를 이어갔다. 그리고 비웠던 잔을 천천히 다시 채우며 대화를 하다 문득 딸기 바가지를 가만히 살펴봤다. 그런데 하우스에서 익은 것만을 골라 따 담다 보니 딸기 크기가 제멋대로인데, 모두들 큰 것만을 골라 먹으니 바가지에는 작고 볼품없으며 덜 익은 듯한 딸기들만 남겨지는 것이다.

그렇게 잠시 지나자 그들은 약속이나 한 듯이 내 술상 근처로 바가지를 밀쳐놓고는 일어나 화장실로, 자기 방으로, TV 앞으로, 주방으로 물러나는 것이다.

가만 생각하니 저 작고 못생긴 딸기들은 대체 누구보고 먹으라는 것인가? 음주가 끝난 후 나보고 다 먹으라는 이야기 아닌가. 기분 나쁘게.

또 한 잔을 마시며 바라보니 TV 영화 속에선 미끈한 아가씨가 멋진 활약을 펼치고 있는데 술 탓인지 묘한 비유일까, 아니면 상상인지 내 머릿속이 어지러워진다.

세상 거의 모든 남자들은 키가 늘씬하고 멋진 아가씨를 배우자로 찾는다. 물론 배우자가 예쁘고 키도 크고 늘씬하고 멋있으며, 또 남자에게 나붓나붓하면 얼마나 좋을까. 하지만 꿈 깨라. 세상에 그런 여자는 없다. 그렇다면 들창코 주근깨에 키 작고 뚱뚱한 여인은 어디의 어느 남자와 살아야 하나.

현재 광주리에는 크고 맛있어 보이는 딸기는 하나도 없고 작고 못생긴 것만 있다.

한자로 묘할 '묘(妙)'자가 생각났다. 계집 '녀'에 작을 '소'자가 합쳐진 글씨인데 작은 여인이라도 있을 것은 다 붙어 있는 여인이라는 뜻이다.

난 손을 뻗어 작고 절반정도가 허연 딸기를 하나 들었다. 요즘 딸기는 출하 몇 주 전부터 농약을 하지 않아 그냥 먹어도 좋다기에 입에 넣고 '꽉' 깨물었다. 잘 익은 딸기 맛이 나는데 이것은 분명 땡감 맛도, 모과 맛도 아닌 틀림없이 맛있는 딸기 맛이었다. 작지만 맛과 향과 성분이 있을 것은 다 들어 있기 때문이다.

그렇다.

못생겼고 잘생겼다는 그 기준은 어디에 있는가. 모두 우리 인간이 정한 틀 속에서 인간의 눈높이에 맞춘 것이 아닌가. 외형만 보고 사람이나 물건을 판단한다는 것이 얼마나 무식한 무지인가. 딸기는 딸기 맛이 나고 여인은 여인의 본분만을 알차게 하는 것이야말로 최고 아닌가.

어느 책에선가 이런 내용이 있었다.

어느 영감이 마을에 나타나 기웃거리며 돌아다니는 것이었다.

궁금해진 동네 청년이 물었다.

"어르신 뭘 찾으십니까?"

"응, 세상을 돌며 내 맘에 딱 맞는 아내감을 찾는다네."

"어르신 죄송하지만 연세가 어찌되셨나요?"

"60이 넘었어."

"아니, 그런데 이제껏 못 찾았단 말입니까?"

"딱 한 명 찾았었지."

"그럼 그때 왜 결혼하지 않으셨어요?"

"그 여자도 자기 맘에 딱 드는 남자를 찾는데 날 보고는 퇴짜를 놓아서 결혼을 못했어."

이것이 바로 인생이다.

전에 모르코에 갔을 때의 일이다.

히잡을 쓴 한 여대생과 대화를 나눌 수가 있었다. 그런데 그 아가씨의 모습은 인간인 나의 눈으로 봤을 때 그다지 잘생긴 얼굴이 아니었다. 흔히 아랍계열의 눈이 동그랗고 볼이 통통한 그런 여인이 아니고 키는 고만고만했고, 얼굴은 계란형이며, 코는 뭉툭하고, 귀에 이어폰을 꽂은 그저 평범한 그런 여인이었지만 몸은 날씬했다. 그런데 학교에서 뽑는 미인대회에서 2등을 했단다. 바로 그것이다. 그 학교의 뽑는 기준이 우리가 흔히 뽑는 모습과 달랐거나 그들의 미인 판별이 달랐던 것이다.

우리가 보는 모습은 껍데기에 불과한 것인데 모두들 열광한다. 그 열광에 답하듯 여인들도 얼굴 여기저기에 칼질을 하고 덧칠을 하여 타인처럼 꾸민다. 그렇게 하는 것은 달라진 것을 좋아하는 남자라는 사람들이 있기 때문이다.

나는 그 아가씨의 웃는 모습이 해맑고 곱던 것을 기억한다. 한 가지 아쉬움이 있다면 한류 열풍으로, 대한민국의 남성들을 모두 연속극의 주인공으로 착각하는 것이었다. 우리의 젊은이들이 모두 연속극의 주인공처럼 잘생기고 매너 좋으며 성실한 것은 아닌데 말이다.

같이 사진 찍는 것도 다른 이슬람 여인들처럼 꺼리지 않았다. 물론 나라마다, 율법에 따라 각기 다르지만.

2014년 10월

무인점포와 도둑

회사 건너편에 무인 주차장이 있다. 이 주차장은 언제나 차와 사람이 드나들 수 있지만 주인은 아침이면 나타나 사무실 문을 열고는 돈통을 확인하고 들어갔다가 저녁 10시면 자전거를 타고 와서 돈통을 확인, 돈을 수거하고 사무실 문을 닫은 뒤 자전거를 타고 사라진다. 허, 그것 참. 저렇게 하여 운영이 될까 싶어 어느 날 그에게 물어봤다.

"사람이 없는데 기사가 돈을 안내고 그냥 가면 우짜요?"

"그냥 가면 가는 거지 뭘 어쩌겠소. 오죽 돈이 없으면 그냥 가겠소. 그래도 대부분 거의 다 돈을 넣어놓고 가요."

어느 나라든지 언제든지 도둑 없는 곳이 없기에 "그러면 저 돈통의 돈을 잃어버린 적이 없소?"라고 물었다.

"몇 번 잃어버렸지만 우짜요. 필요한 놈이 가져갔겠지. 그리고 거의가 월차(月車)라서 크게 문제될 거 없소."

나는 주인의 넉넉함을 볼 수 있었고 그곳에 차를 주차하고 나올 때마다 스티로폼으로 만든 얄궂은 돈통과 CCTV를 쳐다보며 갖던 의문을 풀 수 있었다.

어느 신문에서 경상북도 예천군 풍양면에 있는 삼강주막을 소개했다. 이 주막은 예부터 있던 전통주막으로, 배를 타기 위해 내왕하는 사람과 사공들에게 식사와 대포를 제공하는 곳이었는데 우리나라에 단 하나뿐인 주막으로 이름을 유지하여 오던 곳이다. 그러다 차량과 고속도로에 밀려 겨우 명맥을 버텨오다 그곳 주모가 나이 들어 세상을 등져 폐쇄위기에 몰렸다. 그러자 동네 부인들이 번갈아 파전과 대포로 장사를 하는데 음식을 대접하고는 "돈은 얼마이니 여기다 두고 가시오" 하고는 바쁜 농촌의 일 때문에 일하러 가버린단다. 주인도 없는 주막에서 그냥 차 몰고 도망도 가련마는 그런 일은 극히 드물다 하니 우리는 너무 불신을 예단만 하고 살아온 것이 아닐는지 참으로 그 용기가 대단하고 멋진 용단이다.

어느 학교 근처 문구점에서 물건에 가격표를 모두 붙이고 돈통을 만들어 천장에 매달아놓고 '돈은 이곳 소쿠리에 넣을 것' 이렇게 써 놓고 주인이 종일 자리를 비운단다. 후에 주인이 돌아와 맞춰보면 거의가 맞더란다. 거의가 정직한 학생들이기 때문이다. 참으로 살기 좋고 믿을만한 세상이 되고 있다.

그런데도 차 안의 휴대폰이나 비상금을 훔치는 소(小)도둑에서 빈집털이는 줄지를 않으니 이것이 인간의 양면성일까.

아침에 출근해 문을 열고 들어서니 주위가 어지러웠다. 이상해 주위를 둘러보니 4대의 컴퓨터가 모두 해체되어 열려있고 안에는 색깔 있는 전선들만이 너덜너덜 흩어져 있는데 부품이란 부품은 팬 빼고는 깡그리 빼간 후였다. 야, 참으로 난감했다. 부품 값이야 얼마하지 않겠지만 그 안에 저장된 수많은 내용은 어찌할 것인가. 또 부품도 부품이지만 기계작동 프로그램의 락은 가져가봤자 다른 기계나 다른 프로그램에서는 작동되지 않아 아무 소용도 없는 것인데 그 락까지 가져갔다. 그래서 기계를 작동하지 못했다. 나는 거액을 주고 락을 다시 구입해 꽂아야 이 기계를 돌릴 수 있는 것이다. 이 도둑은 손톱만큼도 인정이 없는 모양이다.

전에 태국에서 지갑을 도난당한 일이 있었다. 따지면 도난이 아니고 길거리음식을 사먹고 지갑을 옆 매대에 놔두고 그냥 갔다가 30분 후 근처에 다시 돌아와 수소문하니 주운 지갑이라며 누군가가 돌려주었다. 그래서 받아 지갑을 살펴보니 10달러 1장에다 카드만 놔두고 감쪽같이 모두 빼간 양심적인(?) 도둑이었다. 그래서 운신을 할 수 있었는데 불교나라라서 그런 모양으로 비록 돈을 잃었을망정 가히 양상군자라고 칭해주고 싶었다.

근처의 컴119에 도움 요청을 하니 대략의 견적을 빼줬다. 그와 이야기 중에 경찰관이 와서 여기저기를 살피면서 지문채취를 했다. 그때 같이 돌아보니 없어진 것이 나오는데 돈과 돼지 저금통이다. 그런데 거액이 입금된 통장은 꺼내놓고 가져가진 못했는데 아무래도 거기까지는 자신이 없었던 모양이다.

컴에게 긴급 수리를 요청하고 프로그램 작동 시까지 3일이 걸렸다. 그리고 저장된 내용의 무문의(無問議) 시까지는 대략 1년 정도 걸렸다. 에이, 속상해서.

당장에 거금을 주고 CCTV를 설치했다. 지금은 무척 싼데 당시에는 엄청나게 귀하고 비쌌다.

지금은 보안회사에서 CCTV를 설치, 관리, 출동, 검거까지 일사천리로 진행되고 휴대폰으로 아무 때나 검색도 한다. 그리고 도둑으로 인한 피해 배상까지도 책임진다니 참으로 땡전만 많으면 편리한 세상이다. 그러나 형편에 부담이 가는 서민들은 오로지 눈과 귀, 몸으로 도둑관리를 해야 하니 돈 없는 서민들은 얼마나 서러운 일인가.

　그래서 도둑들의 표적은 못사는 서민들이고 그들 덕에 도둑들이 밥을 먹고 산다. 잘사는 집은 커다란 도사견 몇 마리에 관리인이 있고 CCTV가 사방에서 이리저리 비쳐대니 도둑이 들 틈이 하나도 없다.

　임꺽정이나 장길산은 목숨을 내 놓은 도둑떼를 이끌어 얼마나 조정을 괴롭혔고 탐관오리의 가슴을 놀라게 했던가. 그래서 민심을 잃으면 세상이 바뀌는 것인데 작금의 정치인들은 아직도 그런 것을 깨우치지 못한 것 같다.

　장자는 재물도둑은 작은 도둑이라 했고, 큰 도둑은 나라를 훔치는 도둑이라 했다. 그러니 그때도 도둑은 있었던 모양인데 따져보면 인간사 태초에 사과를 훔쳐 먹는 시대부터 도둑은 있었다고 봐야 할 것이다(필자 생각). 그리고 그 도둑이 없어져야 살기 좋은 사회가 될 것이고, 반대로 사회가 흉흉하고 국민들이 먹고살기 어려울수록 도둑들은 늘어난다는 점이다.

　時時防火發(시시방화발)하고 *夜夜備賊來*(야야비적래)하라. 즉, 때때로 불을 방지하고 밤도둑을 대비하라.

2019년 3월 13일

새치기는 만국(萬國)병

포르투갈 풍차 언덕에 갔을 때이다. 언덕위에는 풍차가 여러 대 있지만 모두 입구가 잠겨있고, 단 한 대가 돌고 있으며, 문이 열려 있었다. 일행 8명이 안으로 들어가 계단을 타고 탑 위까지 오르려니 입구 매점에서 무엇이든 사지 않으면 들여보내주질 않았다.

나는 캔 음료 8개를 사서 일행들에게 나누어 주고 한 명씩 올라가는데 갑자기 한 여인이 잽싸게 새치기를 하여 일행 줄 가운데 서서 올라가 버렸다. 물론 그 여인도 한국인으로, 유적지에서 자주 보던 여인이다. 아, 참으로 난감했다. 차례차례 우리 팀의 마지막으로 내가 들어가려니 관리인이 고개를 갸우뚱했다. 분명 1명이 차이가 나기 때문인데 내가 돈을 주고 캔 음료를 산 장본인이니 들여보내 주긴 주는데, 속으로 새치기를 어떻게 설명할까 고민하던 나로서는 다행이었다.

왜들 이러나. 같은 나라 같은 민족이면서 우리말로 그녀를 불러 잡을 수도 없었다. 나라 망신이기에 그랬지만 거기에 오는 사람들 대부분이 한국사람이라는 것을 관리인은 알 것이다.

새치기는 우리나라뿐이 아니다.

러시아 입국 심사 시 긴 줄이 한정 없는데 중년의 한 아주머니가 내게 말을 건넸다. 나는 러시아 말을 모르기에 영어로 왜 그럽니까? "Why is that?" 했더니 아주머니는 내 앞의 여인에게 가서 뭐라 뭐라 하더니 그녀의 앞에 서는 것이다. 무엇인가 사정을 하고 끼었지만 그 여인으로 인해 나와 내 뒷사람들은 손해를 보는 것이다.

일본 오사카에서도 그랬다. 뱀 꼬리처럼 이리 꼬불 저리 꼬불 줄을 서 있는데 한 중국인 영감이 손녀쯤 되는 어린 딸아이 손을 잡고 내 앞에 들어와 모르는 중국말을 한참 하더니 고개를 까딱하고는 내 앞에 '척' 서는 것이다. 난 말을 한마디도 안 했는데. 자기는 양해를 구했다고 하는 것 같지만 나와 뒷사람들은 기분 좋은 일이 아니다. 그 더운 여름 날 지문 찍고 입국하는 데만 1시간 30분 걸렸으니 오히려 '왕짜증'이 나는 일이다.

이런 일은 그 유명한 바티칸에서도 있었다.

바티칸 입장은 인터넷 예약과 현지에서 줄을 서서 들어가는 방법이 있는데 전날 무리한 일정으로 인터넷 예약을 못했다. 나중에 하려니 이미 마감이 되어 다음날 아침 새벽밥을 먹고 일찍 가서 줄을 서야만 했다. 약 두 시간 반을 기다리니 모두들 생리적 소식이 오는데도 근처에는 어디에도 공중화장실이 없다. 근처 상가에서 커피라도 사 마셔야 화장실을 이용할 수 있다. 다시 내 줄을 찾아 서서 기다리는데 다리도 아프고 몸이 주리난장이 틀린다. 의자도 없으니 옷에 무엇이 묻든 말든 성벽에 기대어 시계를 보며 입구에 가까워졌을 때이다. 웬 청년

셋이서 내게 다가와 슬그머니 내 앞을 파고드는 것이다. 너무 화가 나서 "겟 아웃!" 하고 큰소리를 쳐도 그들은 멀뚱멀뚱 고개를 갸우뚱하며 이상한 표정을 짓고 그대로 있었다. 조그만 동양인이 우습게 보인 모양이다. 다행히 덩치가 크고 우람한 이태리인이 내 뒤, 뒤에 있다가 뭐라 하자 그제야 그들은 자리를 떴다. 그 유명한 바티칸은 셀 수 없이 대기하는 사람들을 위해 작고 아주 긴 벤치나 간이 화장실을 마련해 줄 수는 없는가. 이어폰도 자기네가 파는 것만을 사용하게 하는 것이 조상이 남긴 유산을 가지고 돈벌이하며 너무 금전만 밝히는 것이 기분 나쁘다.

내가 예전에 예약열차 시간이 급해 긴 줄 앞으로 나가 새치기를 한 적이 있다. 줄 앞 근처에 가 마음씨 좋아 보이는 할머니께 사정을 했다.

"열차가 곧 떠날 것만 같으니 먼저 표를 사게 해 주시면 고맙겠습니다."

그러자 그 할머니는 손으로 나를 가리키고 고개는 뒷줄을 향해 "이 친구가 열차 시간이 급하다는데 내 앞에 끼워줘도 될까요?" 하고 물었다. 다행히 모두들 고개만 끄덕이고 말이 없자 할머니는 나를 끼워주시는 것이었다. 덕분에 무사히 열차를 탔는데 지금 생각해도 그 방법이 무척 합리적이라고 생각된다.

오래전에 서울을 갈 때였다. 대전역에서 열차가 2분을 정차하는데 이 열차가 5분이 지나도 출발을 하지 않는 것이다. 이상하다 싶을 때쯤 모 정당 인사 몇 명이 발소리를 울리며 들어섰다. 아, 그렇구나. 우리나라 국회의원 끗발이 열차도 세울 수 있다는 것을 그제야 알았다.

그들이 들어서고 10초 정도가 지나서야 열차는 움직이기 시작했다.

　한 아주머니께서 다리가 아프다고 사정을 해 뒷사람들에게 묻지 않고 임의로 내 앞에 끼워 드렸더니 자기 동서에 손자 애들까지 불러 우르르 자기 앞에 끼워넣는 것이 우리의 현실이다. 미안함이나 고마움도 모르는 모양이다.

　屈己者(굴기자)는 能處重(능처중)하다. 즉, 자기를 굽히는 자는 중요한 일을 잘 처리한다.

2019년 7월 19일

순간의 판단이 평생을 좌우한다

지인 중에 반평생을 외항선 배를 탄 뱃사람이 있다. 그래서 그는 항상 돈이 많았다. 배에서 내려 다음 출항 시까지 번 돈의 절반 정도를 쓰고 다시 배를 탔다. 배라는 것이 바다생활이라서 상당한 위험이 있지만 그래도 길게는 두 달, 짧게는 일주일 만에 집에 돌아올 때면 호주머니가 두둑했다. 당시 대형회사의 부장 월급이 5만 원일 때 갑판장인 그의 주머니에는 1백만 원 정도가 들어 있었다. 그는 일부를 저축하고 나머지는 친구들과 어울려 소비를 했다.

그런 생활 도중에 한 여인을 만나 결혼을 하고도 그는 배 타는 일을 멈추지 않았다. 한 번 나갔다 돌아오면 뭉칫돈을 부인에게 던져주는 생활 속에 그들 사이에는 딸아이도 하나 생겼다. 그렇게 오십이 넘어 마지막 배 생활을 끝내고 집에 돌아와 가족과 재회를 했다. 그런데 자고 일어나 아침식사 후에 부인이 잠깐 1시간 정도 나갔다 올 곳이 있다며 나간 사람이 밤이 되어도 오지 않았다. 근심 속에 집 주인과 이웃들에게 부인의 행방을 묻던 중 그는 부인의 불륜사실을 듣게 되었으나, 도저히 찾을 수는 없고 누구에게 옳은 답을 들을 수도 없었다.

집 안의 물건을 다 뒤졌지만 어제 던져준 돈뭉치는 물론 모아둔 돈의 행방도 묘연했다. 가진 돈이라고는 집 전세금과 주머니에 든 몇 만 원이 전부였다.

당장 딸아이의 중학교 입학금과 생활비가 없었다. 배운 것은 뱃일뿐이라서 배를 타려했지만 사직서를 냈으므로 받지 않아 다른 회사를 물색하는데 시간이 걸렸다. 그런데 문제는 배를 타자니 그것도 며칠 이상 집을 비워야 하므로 딸아이의 의식주와 학교생활이 문제였다.

아이는 아이대로 이제껏 잘나가던 세월이었지만 학원도 끊기고, 이제는 용돈도 떨어졌다. 친구들과 어울리는 것도 돈 한 푼이 없어서 방구석에만 처박혔다. 딸아이의 말수가 점점 줄어들었다.

그는 전세금을 약간 빼고 월세를 늘려주기로 하였으나 그 전세금도 점점 생활비로 줄어만 갔다. 그때 아이의 입학금도 냈다.

이발하기에도 돈이 아까워 그대로 길렀다. 그러자 그의 허연 머리와 수염이 늘어져 사극에 나오는 도사처럼 변했다. 다른 일은 할 줄을 몰랐고 몸도 한 가지 작업을 오래 못하는 성격이다. 이 일 금방 끝내고 담배 한 대 피우고 저 일을 하는, 설렁설렁하는 그런 일이 아니면 못하는 것이었다. 그때 배를 탈 때 알던 친구가 그를 찾아와서 저녁을 거나하게 샀다. 그는 이번에 작은 어선을 사려고 한단다. 자신과 비교해보니 부러워 눈물이 났다. 그런데 돈이 부족하다며 2천만 원을 빌려주면 매달 이자와 원금을 갚아나간다고 했다. 그의 이자 계산을 보니 은행보다 높게 쳐줌으로, 그 이자만 받아도 자기 집 월세

정도는 갚을 것만 같았다. 옛정을 생각해 서슴없이 전세금을 거의 다 빼 돈을 빌려 주었다.

그런데 한 달하고 3일이나 지나도 친구는 돈을 가져오지 않았다. 곧 가져오겠지만 혹시나 하여 전화를 하니 그런 번호는 없단다. 주소 하나 적어놓지 않은 것이 후회되었다. 전에 배를 타던 선사를 찾아가니 아는 얼굴들이 몇 명 있어 그의 주소와 주민번호를 알아냈다. 버스를 타고 택시를 타며 겨우 찾아간 산동네에는 그가 이사 간지 오래였다. 누구에게 물어볼 수도 없었다.

본래 한 번 금이 간 그릇은 약간의 충격에도 잘 깨지는 법인데 그가 세상을 몰라도 너무 몰랐던 것이다. 머피의 법칙처럼 안 좋은 일은 계속적으로 이어지게 된다.

답답하여 파출소를 찾아 하소연을 했다. 그를 사기로 고소한 것이 아니고 돈 좀 받아달라고 했다.

"저희 경찰은 남의 돈을 받아주는 일을 하는 사람이 아닙니다. 어려움은 알겠지만 다른 데 알아보시고 이왕 오셨으니 차나 한잔하고 가십시오."

눈물을 흘리며 집으로 돌아오는 길에 그의 눈에 띈 것이 고물이었다. 자본금 하나 없이 오로지 몸으로 주워 모아서 고물상에 가져가기만 하면 돈을 쳐주는 것이다. 그런데 냄비단지며 폐지를 손으로는 들 수 있는 것의 한계가 있자, 그는 가진 돈을 다 털어 중고 오토바이와 뒤에 묶어 끄는 리어카를 샀다. 오토바이를 타고 근처를 돌며 고물을 주어 리어카에 실었다. 하루 종일 그렇게 번 돈은 많아야 5만 원 안쪽이다. 몇 푼 되지 않는 그 돈으로는 아이의 학비도 모자랐다. 오토바이

기름도 넣어야 했다. 난방비도 필요했다. 아파서 쉬는 날도 늘어갔다.

어쩔 수 없이 달세가 적게 드는 산비탈로 달세 방을 옮기고 약간 남은 전세금은 모두 뺐다. 그렇게 지낼 즈음, 부인을 찾을 수 있었다. 6년 만에 찾아간 그는 부인의 생활상을 보고 기가 막혔다. 자기가 보내준 그 돈을 부인은 제비에게 다 뜯기고, 지금은 부엌이 딸린 단칸방에서 웬 대머리 영감과 살고 있는데, 그를 보자 펑펑 우는 부인을 때려죽이지도 못하고 돌아 나오면서 그도 눈물을 흘리며 가슴을 쳤다. 그리고 뺀 전세금 오백만 원 중 이백오십만 원을 옛 부인 앞에 던져주고 왔다. 그것이 그의 총재산 중 절반이다. 그러면서 '내가 왜 그리 배를 오래 타서 부인 혼자 살도록 두었던가. 얼마나 외로웠으면 제비를 만났을까' 하는 회한의 눈물만 양 볼을 타고 흘러내렸다.

돌아와 이혼서류를 넘겨주고 오늘도 고물을 주우러 나갔다.

몸이 예전처럼 날래지도, 순발력이 따르지도 않아 오토바이 사고로 한동안 병원에 누워있어야 했다. 그런 그를 찾아오는 사람은 딸이 이틀에 한 번 학교 끝나고 문안을 올 뿐 아무도 없었다.

고정수입은 국민연금 뿐인데 그것도 고등학교에 입학하는 딸을 위해 일시불로 받고는 마무리를 했다.

그런 그에게 아주 작은 영세민 임대주택이 배당되었다. 그것도 그를 방문하여 실생활을 살펴본 구청 직원의 노력이 한 몫을 했다. 그런데 관리비 겸 전세금 3백만 원이 없다. 이백오십만 원 가진 것도 아이의 학부금과 병원비로 이리저리 다 쓰고 몇 푼 없다. 어려서 알던 일가친척들도 누구 하나 돌아보지 않았다. 그도 그럴 것이, 배를 탈 때 배에서 내려 그들에게 선물은 물론 단 한 번도 찾아 본 적이 없기 때문이다.

입주를 포기했다. 졸업한 딸은 딸대로 '알바'로 혼자 벌어 결혼 준비를 하자니 아버지를 도울 여력이 없다. 대학은 포기한지 벌써 오래 전이다. 그는 아이가 6학년 졸업 때까지 배를 탔으므로 아이를 어려서 키워본 적이 없다. 아이가 잘 되기를 바랄 뿐이지 아이에게 도움을 청할 수도, 청하기도 죽어라 싫었다.

근래 다 큰 딸과 한방에서 살기가 거북하다. 아이에게 달세 방을 얻어서 나가라며 가진 돈 백오십만 원을 보태줬다. 아이는 근처 산동네에 방을 얻어 자취를 하고 2, 3일에 한 번씩 반찬이라도 한 냄비를 들고 온다.

그는 자기 인생의 일생을 생각하기도 싫다. 생각만 하면 회한의 덩어리에 눈시울이 끈끈해져 온다. 이제는 흘릴 눈물도 없다.

사람은 누구나 어렵고, 괴롭고, 슬픈 일이 닥치면 그 일을 부정하게 된다. 아니길 꿈꾼다. 아니라고 믿으려 한다. 하지만 현실을 자각하고 난 후에는 어떻게든 해결하려고 하는 것이 인간이다.

그래서 그는 오늘도 오토바이를 탄다. 타지 않으면 굶어 죽는다. 영세민 지원금은 달세를 내면 딱 맞지만 먹고 사는 것만은 오늘도 벌어야 한다. 비가 오는 날은 수거를 못나가므로 그런 날까지 먹고살기 위해서는 맑은 날엔 무조건 나가야 한다.

내가 그를 도울 수 있는 길은 단 한 가지뿐이다. 고물을 모아주는 것인데 헌 옷이나 헌 책과 노트 그리고 빈 박스와 고장 난 전기기기 등으로, 모아놓고 만나서 이야기하면 오전에 온다.

다행히 근처 성당에서 몇 달에 한 번씩 쌀 한 말을 보내 준단다. 그렇게 그는 오늘도 살고 있다.

그래서 사람은 순간을 잘 판단해야 한다. 첫 단추를 잘못 채우면 모든 일은 모두 삐뚤어져 낭패가 된다. 그때는 후회하거나 울어도 버스는 이미 물 건너 떠난 뒤이다. 순간의 판단이 평생을 좌우할 수 있다. 판단의 미스로 얼마나 많은 사람들이 고통 속에서 몸부림을 쳤던가! 판을 벌리기 전에 다시 한 번 더 생각해 볼 일이다. 우리는 태어나면서부터 그렇게 삶이라는 무거운 짐을 지고 살아야만 하는 운명이다. 그 무거운 짐을 내려놓는 날은 아마 생이 다하는 날이거나 치매에 걸려 아무것도 모르게 될 때일 것이다. 항상 홀가분하고 기쁘게 세상을 살아가는 사람이 있다면 그는 해탈의 경지에 오른 수도사(승)들일 것이다.

밝은 빛이 빛나는 그 이면에는 항상 어두운 그림자가 따라다닌다는 점을 기억해야 한다.

有福莫享盡(유복막향진)하라. 福盡身貧窮(복진신빈궁)이다. 즉, 복이 있다고 다 누리지 말라. 복이 다하면 몸이 빈궁해진다.

식중독과 주인정신

집사람이 보양식이라며 무언가를 고아서 나에게 아침저녁으로 마시라며 건네는데 고소하고 먹을 만하여 일주일간을 먹었다. 다음날 오후에 한 그릇을 건네는데 보통 때보다 좀 많았다.

"어째 좀 많네."

"마지막이라서 그릇 다 털어 부었소."

받아서 한 모금을 마시니 맛이 좀 이상했다.

"이거 상한 거 아니야?"

"뭔 소리, 항상 끓여 놨는데. 몸에 좋으니 다 자시오. 남들은 평생 가도 못 얻어먹는 사람도 있어."

벌컥벌컥 마시고 그릇을 물렸다. 그런데 1시간쯤 지나자 배가 아픈 듯하여 화장실을 가야 했다. 그 후로도 계속 한 시간 간격으로 나는 화장실을 행차해야 했고, 자다가도 일어나 가야만 했다. 그제야 심각함을 알았는지 집사람은 "우야노, 상했나 보네" 한다.

동네 병원 문 여는 시간이 아침 9시 30분인데 9시에 이미 한 부부가 날 데리러 왔다. 이날은 계원 부부 6명이 전국 휴가기간(8월 1일~4일)을 맞아 1박 2일, 거제도로 유람을 가기로 약속이 잡혔던 것이다. 마침 몸 상태도 호전되어감으로 승합차에 몸을 실었다.

거제 몽돌해변에서 몇 장의 사진을 찍고 근처 식당에서 점심을 먹는데 아침을 굶었던 나는 배가 고파 아주 맛있게 식사를 할 수 있었다.

그런데 1시간쯤 지나자 또 뱃속에서 소식이 왔다. 근처의 화장실을 찾아 몇 번 해결을 하며 느낀 것은 우리나라는 무료 화장실이 전국 어디에나 잘 갖춰진 나라라는 것이다.

저녁 무렵 약국을 발견하고 약을 지어먹으니 확실히 개선이 되었다. 저녁 식후 잠자리에 들으니 또다시 시작되어 화장실을 가야만 했어도 전처럼 자주 가지는 않았다. 밑이 휴지만 대도 아팠다. 그렇게 자고나서 다음날 나 때문에 일찍 서둘러 집으로 돌아와, 동네 병원을 가서 주사를 맞고 약을 지어 먹었다. 그러자 딱 가라앉는데 병원과 약국에 돈 보태준 효과가 입증되는 것이다. 식중독이란다.

어느 날 저녁 손님과 근처의 식당을 찾았다. 조금 비싼 요리를 소주와 곁들여 먹었고 우리는 화기애애하게 이야기를 나눌 수 있었다. 마무리를 짓고 집으로 돌아와 누워 잤다. 그런데 새벽 3시쯤 사타구니와 겨드랑이가 가렵기 시작하더니 목에서 등으로, 팔까지 온 몸이 가려운데, 긁으면 피부가 뻘겋게 좁쌀처럼 돋다가 이내 수은 흘려 놓아 고인 것처럼 여기저기가 부풀어 올랐다.

그렇게 잠도 제대로 못 자고 아침 9시에 그 집을 갔더니 사장이 없단다. 일단 병원에 갔더니 이것도 식중독이란다. 점심때가 되니 많이 가라앉았다. 다시 그 식당엘 갔다. 내 딴에는 잠 못 자고 고생한 것에 대해 '죄송하다'는 사과의 말을 듣고 싶었다. 그런데 또 사장이 없다며 자기네들의 할 일만 하는데 거기 있기도 뭐해서 그냥 돌아왔다.

돌아오며 생각했다.

'이 집은 곧 망할 것이다. 사장이 없으면 책임지는 누군가가 있어야 할 것 아닌가. 정말 사장이 저렇게 자리를 빈다면 누가 **빼돌려** 먹어도 모르겠다.'

아니나 다를까. 그 후 6개월 정도 지나자 '점포세'라는 현수막이 붙어 있었다.

제법 경치 좋은 곳의 건물 3층에 중국집이 있는데 해물 식사를 하게 됐다. 맛있게 잘 먹는데 해물에 붙어있는 모래를 씹었다. 순간 입에서 '아' 소리가 났지만 여럿이 먹는 자리라서 슬며시 일어나 화장실로 갔다. 입을 헹구고 나오니 입맛이 싹 가셨기에 남기고 나오는데 아직도 이빨이 은근히 아팠다. 그래도 참을 만하여 집으로 돌아왔지만 이틀이 지나도 약간의 통증이 가시지 않아 치과를 갔더니 이빨에 금이 갔단다. 며칠 후 그 중국집을 찾아가 사장을 만났다. 그런데 업을 하는 사장 말이 기가 막혔다.

"그런 일이 있었다면 그때 말씀하시고 조치를 취했어야지, 며칠이 지난 지금에서 말씀하시면, 그 이빨이 저희 집에서 그렇게 된 건지 아닌지, 어찌 알겠습니까?"

그리 말하고 안으로 들어가 버렸다.

돌아오는 길에 또다시 '사장이란 자가 엎드려 빌어야 하는 건데 저렇게 말하고 들어가? 이집도 곧 망하겠다' 하는 생각을 하고 돌아왔는데 정말 주인이 바뀌었다. 처음 시설비도 별로 받지 못하고 현 주인에게 넘기고 어디론가 갔단다.

인생의 행복은 언제나 보이지 않는 곳에서 슬며시 찾아오는데, 그들은 사장이든 주인이든 자기의 본분을 지키지 않고, 자기만이 할 수 있는 일을 하지 않아 행복을 몰아내고 망한 것이리라.

엊저녁 집사람과 저녁식사 중 반주로 소주를 한잔씩 했다. 그런데 자다가 배가 살짝 아파서 잠을 깨고 화장실을 잠시 다녀오자 이번에는 집사람이 화장실을 가는 것이다. 아침밥을 먹지 않은 상태로 아침 9시경이 되자 드디어 몸이 정상으로 돌아왔기에 망정이지 하마터면 큰일날 뻔했다. 오늘이 토요일, 내일은 일요일. 병원도 못 갈 것이기 때문이다.

항상 안 좋은 일은 밤에, 그것도 토요일 오후에 잘 일어난다. 누가 병이 나거나 사망, 태풍의 피해 등도 토요일, 기계의 고장도 토요일 오후에 자주 나며 부품은 월요일에 신청하여 화요일에나 받을 수 있기에 하는 말이다.

구엘공원과 가우디

스페인 바르셀로나에 가면 가우디라는 천재적인 건축가가 만든 작품이나 미완의 독특한 건축물들을 볼 수 있다. 그를 가리켜 모두 천재라고 하는데 정말 내가 봐도 그는 천재적인 사람인 것 같다.

어떻게 저처럼 독특하고 멋진 건축물들을 설계하고 만들었을까.

그는 정말 특이한 사람이다.

구엘공원을 내려가는 터널 속 돌기둥들은 참으로 생각 못한 모습으로, 기둥과 기둥 사이도 기묘하다. 그 사이 틈만 있으면 비둘기가 산다. 구엘공원의 광장을 떠받치는 기둥의 속으로는 물을 가두는 수조가 있고, 천천히 물을 흘려 분수가 되고, 그 물은 조그만 물방아를 돌린다. 그 광장 난간 위쪽에는 세계에서 제일 긴 벤치가 있다. 이 벤치에 남자가 앉아있고 연인인 듯한 여인이 그 남자의 무릎을 베고 벤치에 누워있는데, 그처럼 평화로울 수가 없어 보인다. 저 두 사람은 무엇을 꿈꾸며 무슨 말을 속삭이고 있을까. 내가 잠시 앉아보니 그토록 편할 수가 없다.

여러 색의 타일을 붙여서 만든 이 벤치만 해도 명물인데 밑에는 조그만 성당이 또한 일품이다. 그보다 더 멋진 어마어마한 가우디성당(사그라다 파밀리아)이 아직도 건축 중에 있으니 보기만 해도 입이 딱 벌어진다.

그런 기술을 가지고 있는 사람이 우리에겐 없는 걸까, 아니면 그런 사람은 있어도 구엘 백작처럼 돈과 부지를 대주는 그런 물주가 없는 걸까. 또 대주면 다 떼어먹어 믿지 못해서 못 대주는 것일까.

한 나라의 관광 산업은 기계 없는 공장처럼 관광객만 많으면 후세들이 먹고사는 데는 지장이 없는 것인데 우리는 그런 인프라가 별로 없다.

이태리에는 수많은 볼거리가 있지만 로마의 휴일이란 영화로 세계에 알려져 세계의 관광객이 몰리는데 사람이 거치적거리고 부딪히는 것은 이곳 스페인도 마찬가지이다.

서양의 건축은 화산지대가 많아 물이 솟아오르는 분수를 많이 축조하고 돌로 만들어 사랑했지만, 동양의 건축은 높은 산에서 떨어지는 폭포가 많아 이를 수묵화로 그렸고 목재로 만들어 사랑했다.

천재 건축가 가우디는 남루한 차림으로 새벽기도를 가다 전차에 치어 숨졌기에 참으로 가슴 아프다. 신분증을 갖고 있지 않아 그를 찾기까지 3일이나 걸렸단다. 그는 죽었기에 자기의 건축물이 완공되는 것을 볼 수 없었고, 지금도 타워 크레인 몇 대가 서서 공사 중이이다. 하지만 그곳에 입장을 할 수 있고 오를 수도 있지만 소지품 등 X레이 검사를 철저히 한다.

2015년 10일

라오스 반군과 우리

우리나라는 남과 북을 임진강이 좌우로 가르고 있으며 강 근처의 휴전선을 따라 항상 대치상태가 계속되고 있다. 그러면서 휴전이라는 이름으로 쉬고 있는 전쟁이지만 언제 어떻게 다시 붙어 총질을 할지 모르는 상태이다. 그런데 라오스에서 느낀 것은 이게 아니었다.

나는 방비엥에서 블루라군으로 가는 길에 무척이나 험한 산맥을 넘어가야 했다. 작은 승합버스를 타고 천길 넘는 길을 구불구불은 두고라도 얼마나 울퉁불퉁에 좁고 위험한 낭떠러지를 지나야만 하는지 멀미를 하는 사람도 있고 나도 허리와 머리가 지끈거렸다.

그런데 총을 들고 탄피를 어깨에 이리저리 람보처럼 걸치고 있는 라오스 반군을 산속 길가에서 볼 수 있었다. 2인 1조로 길가를 지키는데 모두 더벅머리이고 군복을 입은 자나 지나가는 차량을 살핀다. 그런데 일반인 옷을 입은 자들이나 민간인, 여행객은 공격하지 않았다.

그들은 차에 탄 사람들을 이리저리 '스윽' 살피기만 할 뿐 어떤 제스

처나 지장을 주지 않아 우리가 탄 차는 멈추지 않고 그대로 통과를 했다. 그렇게 산중턱에 다다르니 이번에도 더벅머리에 군복을 입고 역시 소총을 든 두 명을 또 볼 수 있었지만 그들도 우리를 대충 보기만 할 뿐 어떤 위해도 없었다. 현지인의 말로는 군인이나 군사작전 차량이 보이면 총을 무조건 갈겨대나, 그게 아니면 누구나 통과하는 데에 이상이 없다는 것이다.

나는 그 반군들이 정말 신사답다는 생각이 들었다. 비록 이념의 차이로 서로 싸울지라도 국민을 보호하고 산속에서 자급자족하며 투쟁을 하기 때문이다.

그럼 우리는 어떤가. 왕래는 고사하고 같은 동족을 죽이려고 핵을 만들고 장사정포를 휴전선에 배치하여 서울에서 평택까지 싹쓸이 피바다를 만들기 위해 혈안이 되어 있다. 그보다도 언제 터질지 모르는 핵을 머리에 이고 편안하다며 우리는 살고 있고, 정치권은 정권창출을 위해 오늘도 밥그릇 싸움을 하며 여야가 싸운다.

자기들의 밥그릇 싸움에 왜 국민이 원하는 다른 법까지 싸잡아 비통(非通)시키는지 모르겠다. 그래봤자 권불십년(權不十年)인데.

거짓말 중에 정치인이 하는 거짓말 중 '친애(親愛)하는 국민여러분'이라는 말을 많이들 쓰는데 '친애' 좋아들 하시네. 대다수 국민들은 친애를 받으려는 자도 없고, 심심하면 '국민이 원하는 데' 하지만 대다수 국민은 원하지 않는다는 점이다.

싸우더라도 시급한 법안들이나 빨리 통과시켰으면…….

우리나라의 독립을 위해 수많은 분들이 피를 흘리셨지만 가슴에 남는 사람이 한 분 계시다. 바로 독립운동가 최재형 선생님이다. 그는 기생과 머슴 사이에서 태어났기에 자라며 얼마나 구박을 받았을까.

선생님은 러시아로 건너가 번 돈을 오로지 조국 독립을 위해 아낌없이 쓰고 결국은 가족들과 왜놈의 총탄에 가셨는데 이렇게 진정 나라를 사랑하는 정치인이 현재는 없는 것일까? 안중근이나 이준, 이상설, 김구 선생님들도 그의 도움을 받아야 움직일 수 있었다.

의원, 장관 등 정치인들이 불법자금이나 투기자금을 모르는 자가 없고 오로지 당리당략과 총선, 대선에 유리한 법들만 가지고 싸우니 우리 같은 민초야 이래저래 되든 상관없지만 국가로 봐서는 참으로 앞날이 걱정이다. 함께 뭉칠 수는 없는 걸까?

비행기 예절

나는 여행도 자주 다니고 또 비행기를 타야 빨리 가는 곳을 자주 가기에 비행기를 자주 탄다. 그런데 비행기를 타고내릴 때마다 느끼는 것이 있어 몇 자 적어본다.

비행기를 타면 안내방송이 나오는데 휴대폰이나 전자기기를 비행모드로 하거나 전원을 꺼 달라 해도 여전히 휴대폰에 몰두하는 사람들을 볼 수 있다. 거 참 이상하다. 법칙이나 규칙을 저처럼 지키지 않는 사람이, 아마 무슨 사고라도 난다면 자기가 먼저 살려고 날 뛸 것이다. 그들에겐 승무원들이 설명하는 비상구나 산소마스크 그리고 구명복의 설명도 별 관심이 없고 오로지 휴대폰만 고개 숙이고 바라본다.

전에 블라디보스토크에서 오는 비행기 안에서의 일이다. 한창 비행 중에 "오른쪽 문이 열려 있습니다" 하는데 비행중 비행기 문이 열렸다면 이는 아주 중대한 사고로 이어지기에 정신이 번쩍 들어 소리 낸 아가씨 목소리를 찾아보니 바로 통로 옆 좌석의 남자가 게임을 하는데 그 휴대폰에서 나는 소리였다. 별 이상한 게임도 있구나 생각하며 책을 보다 보니 기내방송이 도착을 알렸다. 비행기가 도착하고 바퀴가 땅을 구르는데 "오른쪽 바퀴가 빠졌습니다. 오른쪽 바퀴가 빠졌습니다" 하고 연달아 두 번을 아가씨가 말하기에 깜짝 놀라 보니 역시 그의 휴대폰 게임에서 나는 소리이므로 "보소, 아제요, 비행 이착륙 중에는 휴대폰 하지 말라는데 한 것도 모자라 바퀴가 빠졌다 해가 사람 놀라게 하요?" 하고 내가 교양 없이 일부러 큰 소리로 외치자 그는 비로소 그제야 휴대폰을 접는 것이었다.

비행기가 천천히 나가자 안내 방송은 "안전히 착륙을 하였고 비행기가 완전히 멈춰 안전벨트 등이 꺼지면 일어나시고 잃은 물건 없이 안녕히 가십시오" 하는데도 제일 먼저 일어나 천장에서 가방을 꺼내니 모두들 일어나 짐을 챙기는 것이었다. 그리고 모두들 통로에 서거나 좌석에서 일어나 고개를 숙이고 나갈 차례를 기다리는데 왜들 저리 쫓기는지 모르겠다. 어차피 일찍 나가봐야 자기 짐이 나올 때까지는 기다릴 것이 뻔한데 세상을 잘못 살아 도망가기 바쁜 모양이다.

큰 배나 항공기가 무사히 계류나 착륙하면 이내 안내 방송이 나온다. 안내 방송이 끝나면 외국인 승객들은 기꺼이 기장이나 선장에게 박수를 쳐주고 일어나 짐을 챙긴다. 그래서 내가 박수를 쳤더니 모두들 이상한 눈으로 날 보는데 미친놈 취급당하기 싫어서 요즘은 나도 박수를 치지 않는다. 허허, 거 참. 쳐야 하나 말아야 하나.

朱子十悔訓(주자십회훈)

– 평생 살아가며 범하기 쉬운 열 가지 후회 : 주재(朱子, 송나라 유학자)

1. 不孝父母死後悔(불효부모사후회) : 부모에게 효도하지 않으면 돌아 가신 뒤 뉘우친다.

2. 不親家族疏後悔(불친가족소후회) : 가족들과 친하지 않으면 멀어진 뒤 뉘우친다.

3. 少不勤學老後悔(소불근학노후회) : 젊어서 부지런히 배우지 않으면 늙어서 뉘우친다.

4. 安不思難敗後悔(안불사난패후회) : 편안할 때 어려움을 생각 않으 면 실패한 후에 뉘우친다.

5. 富不儉用貧後悔(부불검용빈후회) : 재산이 풍족할 때 아끼지 않으 면 가난한 후에 뉘우친다.

6. 春不耕種秋後悔(춘불경종추후회) : 봄에 씨앗을 뿌리지 않으면 가을 추수할 때 뉘우친다.

7. 不治垣墻盜後悔(불치원장도후회) : 담장을 제대로 고치지 않으면 도둑맞은 후에 뉘우친다.

8. 色不謹愼病後悔(색불근신병후회) : 여색을 삼가지 않으면 몸이 병든 후에 뉘우친다.

9. 醉中妄言醒後悔(취중망언성후회) : 술에 취해 허망 되게 말한 것을 술 깬 후에 뉘우친다.

10. 不接賓客去後悔(부접빈객거후회) : 손님을 제대로 접대하지 않으면 떠난 후에 뉘우친다.

인간이 태어나서 삶을 영위해 감에 그의 앞길에 아름다운 무지개는 언제 필까?

사랑의 무지개든 사업의 무지개든 기쁨의 무지개든 소낙비를 참고 견디어야만 밝은 태양 아래서 만날 수 있다. 인고(忍苦)의 세월을 견디며 노력해야 한다. 마치 마늘과 쑥만 먹으며 아픔을 견딘 웅녀(熊女)처럼.

눈 덮인 산속을 혼자 걷기는 힘들다. 그러나 걷고 나면 보람과 환희가 있다.

그런데 방심하지 말라. 누군가가 그 발자국을 따라 이미 당신의 길을 뒤쫓고 있다.